Javier Marías
Alle Seelen

Javier Marías

Alle Seelen

Roman

Aus dem Spanischen übersetzt
von Elke Wehr

Büchergilde Gutenberg

Für Eric Southworth,
für meine Vorgänger Vicente und Félix
und für Elide

Zwei der drei sind gestorben, seit ich Oxford verlassen habe, und das bringt mich auf den abergläubischen Gedanken, daß sie vielleicht gewartet haben, bis ich kam und meine Zeit dort zubrachte, um mir Gelegenheit zu geben, sie kennenzulernen und jetzt von ihnen sprechen zu können. Es mag daher sein, daß ich – im selben Aberglauben – gezwungen bin, von ihnen zu sprechen. Sie starben erst, als mein Umgang mit ihnen aufhörte. Wäre ich weiter in ihrem Leben und in Oxford geblieben (wäre ich weiter tagtäglich in ihrem Leben geblieben), dann würden sie womöglich noch leben. Dieser Gedanke ist nicht nur abergläubisch, sondern auch eitel. Aber wenn ich von ihnen spreche, muß ich auch von mir sprechen und von meinem Aufenthalt in der Stadt Oxford. Obwohl der, der spricht, nicht der gleiche ist, der dort war. Er scheint es zu sein, aber er ist es nicht. Wenn ich mich selbst *ich* nenne oder einen Namen benutze, der mich seit meiner Geburt begleitet hat und durch den sich einige an mich erinnern werden, oder wenn ich Dinge erzähle, die mit Dingen übereinstimmen, die andere mir zuschreiben würden, oder wenn ich die Wohnung, die vorher und nachher andere bewohnten, ich jedoch zwei Jahre bewohnte, als *meine Wohnung* bezeichne, dann geschieht dies nur, weil ich lieber in der ersten Person spreche, und nicht, weil ich glaube, jemand bleibe allein kraft des Erinnerungsvermögens in verschiedenen Zeiten und Räumen dieselbe Person. Wer hier erzählt, was er sah und erlebte, ist nicht der, der es sah und erlebte, aber auch nicht seine Fortsetzung, sein Schatten, sein Erbe oder sein Usurpator.

Meine Wohnung erstreckte sich über drei Stockwerke und war pyramidenförmig, und ich verbrachte viel Zeit in ihr, da meine Verpflichtungen in der Stadt Oxford so gut wie bedeutungslos oder inexistent waren. Tatsächlich ist Oxford eine der Städte der Welt, in der am wenigsten gearbeitet wird; die Tatsache, dazusein, ist dort sehr viel entscheidender als die Tatsache, etwas zu tun oder gar zu handeln. In Oxford zu sein erfordert ein solches Maß an Konzentration und Geduld und der Kampf gegen die natürliche geistige Lethargie eine derartige Anstrengung, daß es unangemessen wäre, von seinen Bewohnern überdies auch noch Aktivität zu verlangen, vor allem in der Öffentlichkeit, obwohl einige Kollegen sich stets im Eilschritt von einem Ort zum anderen zu bewegen pflegten, um den Eindruck ständiger Zeitnot und äußersten Beschäftigtseins in den Pausen zwischen den Unterrichtsstunden zu erwecken, die indes in allergrößter Ruhe und Gelassenheit abgelaufen waren oder ablaufen würden, bildeten sie doch einen Teil des Daseins und nicht des Tuns und auch nicht des Handelns. So war Cromer-Blake, und so war der Inquisitor, auch der Schlächter und The Ripper genannt, dessen wahrer Name Alec Dewar lautete.

Wer sich jedoch der ganzen vorgetäuschten Betriebsamkeit entzog und dem statischen oder stabilen Charakter des Ortes Gestalt und Ausdruck verlieh, war Will, der alte Pförtner des Gebäudes (der pompös und lateinisch genannten Institutio Tayloriana), in dem ich in Ruhe und Gelassenheit zu arbeiten pflegte. Noch nie habe ich einen so reinen Blick gesehen (schon gar nicht in meiner Heimatstadt Madrid, wo reine Blicke *nicht existieren*) wie bei diesem kleinen, zierlichen Mann von fast neunzig Jahren, der unveränderlich mit einer Art Blaumann bekleidet war und dem man gestattete, viele Vormittage in seiner gläsernen Pförtnerloge zu sitzen und die eintretenden Professoren zu grüßen. Will wußte nicht genau, an welchem Tag er lebte, und so geschah es – ohne daß jemand das Datum seiner Wahl hätte voraussehen oder gar wissen können, durch was es bestimmt wurde –, daß er es jeden Morgen in ein anderes Jahr verlegte und nach seinem Willen, oder besser gesagt wahrscheinlich ohne seinen Willen, in der Zeit vor- und zurückreiste. Es gab Tage, an denen er sich weniger seinem Glauben nach als tatsächlich im Jahr 1947 oder 1914 oder 1935 oder 1960 oder 1926 oder in irgendeinem anderen Jahr seines sehr langen Lebens befand. Bisweilen konnte man an einem leichten Ausdruck von Furcht erkennen, daß Will sich gerade in einem schlechten Jahr eingerichtet hatte (er war ein zu reines Wesen, um die Sorge zu kennen, fehlte ihm doch jede Vorausschau in die Zukunft, die stets mit diesem Gefühl verbunden ist), aber dieser Ausdruck ging nie so weit, daß er seinen vertrauensvollen und heiteren Blick verdüstert hätte. Man konnte vermuten, daß ein Morgen des Jahres 1940 für ihn von der Angst vor den Bombardierungen der vorangehenden oder der kommenden Nacht beherrscht war und daß ein Morgen des Jahres 1916 ihn in leichte Niedergeschlagenheit versetzte wegen der schlechten Nachrichten, die von der Offensive an der Somme kamen, und daß er an einem Morgen des Jahres 1930 ohne einen Penny in der Tasche erwacht war, mit dem tastenden, schüchternen Blick dessen, der sich etwas borgen muß und noch nicht weiß, bei wem. An anderen Tagen war die fast unmerkliche Gedämpftheit seines gewaltigen Lächelns oder des Glanzes seines herzlichen Blickes völlig unentzifferbar – nicht einmal mittels phantasiereicher Vermutungen –, weil sie zweifellos durch Kummer und Verdruß seines Privatlebens bedingt war, das keinen Studenten oder Professor je interessiert haben dürfte. Bei diesen ständigen Reisen durch seine Existenz war für die anderen fast alles unergründlich (wie bei Porträts aus vergangenen Jahrhunderten oder einer vorgestern aufgenommenen Photographie). Wie konnten wir wissen, an welchem trübseligen Tag seiner zahlreichen Tage Will lebte, wenn wir sahen, daß er uns statt mit dem freudigen Gesicht der fröhlichen oder auch neutralen Tage nur mit einem halben Lächeln begrüßte? Wie sollte man wissen, welchen melancholischen Abschnitt seines endlosen Lebensweges er gerade durchlief, wenn er beim Gutentagsagen nicht mit kindlicher Gebärde die Hand hob? Jene senkrecht erhobene Hand, die dir die Überzeugung vermittelte, daß es in jener ungastlichen Stadt jemanden gab, der sich wirklich freute, dich zu sehen, obwohl dieser Jemand nicht wußte, wer du warst, oder, besser gesagt, dich jeden Morgen für einen anderen hielt als am Tag zuvor. Nur einmal erfuhr ich dank Cromer-Blake, in welchem Augenblick seines gleichförmigen Lebens, das sich so viele Stunden hinter den Scheiben seiner Pförtnerloge abgespielt hatte, Will sich gerade befand. Cromer-Blake wartete an der Tür des Gebäudes, bis ich kam, und mahnte mich: »Sag was zu Will, ein paar tröstende Worte. Es scheint, er lebt heute den Tag im Jahr 1962, als seine Frau starb, und es würde ihn sehr schmerzen, wenn jemand von uns vorbeiginge, als wüßte er nicht Bescheid. Er ist sehr traurig, aber seine angeborene gute Laune erlaubt ihm, seine heutige Rolle gerade so weit auszuleben, daß er sein Lächeln nicht völlig verloren hat. Also bis zu einem gewissen Grad ist er auch entzückt.« Und dann, den Blick nicht mehr auf mich gerichtet, setzte Cromer-Blake hinzu, während er sich über das vorzeitig ergraute Haar strich: »Hoffen wir, daß er nicht auf den Gedanken kommt, täglich bei diesem Datum zu bleiben: Dann müßten wir die Schwelle jeden Morgen mit einer Beileidsbezeugung auf den Lippen überschreiten.«

Will trug eine schwarze Krawatte zu dem weißen Hemd unter dem Blaumann, und seine wasserhellen Augen wirkten noch durchsichtiger und flüssiger als gewöhnlich, vielleicht weil er eine Nacht in Tränen und im Anblick des Sterbens verbracht hatte. Ich ging bis zur Tür der Pförtnerloge, die offenstand, und legte ihm die Hand auf die Schulter. Ich spürte seine Knochen. Ich wußte nicht recht, was ich sagen sollte.

»Guten Tag, Will, auch wenn es für Sie ein schlechter Tag ist. Ich habe es gerade erfahren, es tut mir sehr leid, was kann ich Ihnen sagen?«

Will lächelte sanftmütig, und einmal mehr leuchtete sein rosiges Gesicht auf, das so rosig war, daß es völlig glatt wirkte. Er legte seine Hand auf meine und gab mir ein paar kraftlose Klapse, als sei er es, der mich tröstete. Cromer-Blake, mit seinem Talar über der Schulter, beobachtete uns (Cromer-Blake trug seinen Talar immer über der Schulter und beobachtete immer).

»Danke, Mr. Trevor. Es stimmt, was Sie gesagt haben, der Tag könnte nicht schlimmer für mich sein. Sie ist gestern nacht gestorben, wissen Sie? Heute früh. Sie war schon einige Zeit etwas krank, aber nicht sehr. Heute früh bin ich aufgewacht, und sie lag im Sterben. Sie ist sofort gestorben, ohne Vorwarnung, ganz plötzlich, vielleicht wollte sie mich nicht wecken. Ich sagte ihr, sie solle warten, aber sie konnte nicht. Sie hat mir nicht mal Zeit gelassen, aufzustehen.« Will verstummte einen Augenblick und fragte: »Wie steht mir die Krawatte, Mr. Trevor? Normalerweise trage ich ja keine.« Dann lächelte er und fügte hinzu: »Aber sie hatte ein gutes Leben, glaube ich wenigstens, und kurz war es auch nicht. Sie müssen wissen, sie war fünf Jahre älter als ich. Fünf Jahre hatte sie mir voraus, jetzt kann ich es ja sagen. Jetzt werde ich der Ältere sein, vielleicht. Ich werde weiter meinen Geburtstag feiern, und vielleicht werde ich älter, als sie je gewesen ist.« Er fingerte an seiner Krawatte herum. »Und außerdem: auch wenn der Tag schlecht für mich ist, so gibt es doch keinen Grund, Ihnen nicht einen guten Tag zu wünschen. Guten Tag, Mr. Trevor.«

Die Hand erhob sich von der meinen – von seiner eigenen Schulter – nicht so luftig wie andere Male, aber sie erhob sich doch zu ihrem senkrechten Gruß.

An jenem Morgen befanden wir uns im Jahr 1962, und deshalb war ich Mr. Trevor. Hätte Will sich in den dreißiger Jahren eingerichtet, dann wäre ich Dr. Nott gewesen, und wäre er in den fünfziger Jahren gewesen, dann hätte er Mr. Renner in mir gesehen. Während des ersten Weltkrieges verwandelte ich mich in Dr. Ashmore-Jones, in den zwanziger Jahren war ich Mr. Brome, in den vierziger Jahren Dr. Myer und in den siebziger und achtziger Jahren Dr. Magill, und nur daran ließ sich erkennen, welchem Jahrzehnt Will, der Reisende in der Zeit, sich jeden Morgen zugeneigt und zugewandt hatte. Für ihn war ich jeden Tag ein Mitglied der Fakultät, das der Vergangenheit angehörte, wenn auch immer das gleiche in jedem Zeitabschnitt, den sein Geist täglich auswählte, um in ihm zu leben. Und er irrte sich nie. In mir und in seinen reinen, zeitlosen Augen lebten noch einmal ihre eigene routinehafte Vergangenheit all die Dr. Magill und Dr. Myer und Mr. Brome und Dr. Ashmore-Jones und Mr. Renner und Dr. Nott und Mr. Trevor, von denen einige schon tot, andere pensioniert, wieder andere einfach versetzt oder verschwunden waren, ohne eine andere Erinnerung als die ihres Namens zu hinterlassen, oder sich vielleicht relegiert gesehen hatten aufgrund irgendeines schweren Vergehens, von dem der arme Will in seiner ewigen Pförtnerloge niemals die geringste Kenntnis erhalten haben dürfte.

Und merkwürdigerweise lebte in mir an manchen Vormittagen auch ein gewisser Mr. Branshaw, an den sich niemand erinnerte und von dem niemand etwas wußte, was mich jeden Morgen, wenn ich mich so nennen hörte – »Guten Tag, Mr. Branshaw« –, auf den Gedanken brachte, ob Wills Fähigkeit, sich in der Zeit zu bewegen, womöglich auch die Zukunft umfaßte (vielleicht die unmittelbarste, die Zeit, die ihm noch zu leben blieb) und er aus der Sicht der neunziger Jahre jemanden grüßte, der noch nicht in Oxford eingetroffen war und, wo immer er sich auch befand, vielleicht noch gar nicht wußte, daß es ihm auferlegt sein würde, in der ungastlichen und in Sirup konservierten Stadt zu leben, wie sie vor Zeiten einer meiner Vorgänger nannte. Jemand, den Will mit seinen verträumten, durchsichtigen Augen ebenfalls nicht wiedererkennen würde und dem er vielleicht meinen Namen gäbe – welchen er niemals vor mir aussprach –, wenn er ihn mit seiner feierlichen Hand am Eingang der Tayloriana grüßen würde.

Wie schon gesagt, waren meine Verpflichtungen in der Stadt Oxford minimal, was mir oft das Gefühl gab, eine dekorative Figur zu sein. Da ich mir jedoch bewußt war, daß meine bloße Anwesenheit schwerlich etwas dekorieren konnte, hielt ich es für angebracht, mir bisweilen den schwarzen Talar anzuziehen (der nur noch bei seltenen Gelegenheiten vorgeschrieben war), hauptsächlich, um die zahlreichen Touristen zufriedenzustellen, denen ich gewöhnlich auf meinem Weg von meiner pyramidenförmigen Wohnung zur Tayloriana begegnete, und in zweiter Linie, um mich verkleidet zu fühlen und etwas mehr gerechtfertigt in meiner Eigenschaft als Verzierung. In dieser Verkleidung traf ich daher bisweilen in dem Raum ein, in dem ich vor verschiedenen Gruppen von Studenten, die allesamt extreme Ehrfurcht und noch größere Gleichgültigkeit an den Tag legten, meine wenigen Unterrichtsstunden oder Vorlesungen hielt. Vom Alter her stand ich ihnen näher als den meisten Mitgliedern der Kongregation (wie im Gefolge der starken klerikalen Tradition des Ortes die Gesamtheit der *dons* oder Professoren der Universität heißt), aber es genügte, daß ich in den wenigen Stunden, in denen ich Blickkontakt mit ihnen herstellte, nervös auf einem Podium thronte, damit die Distanz zwischen den Studenten und mir nahezu monarchische Ausmaße erreichte. Ich saß oben und sie unten, ich hatte ein schönes Pult vor mir und sie gewöhnliche Bänke voller Einkerbungen, ich trug meinen langen schwarzen Talar (übrigens mit den Bändern von Cambridge und nicht von Oxford, zwecks größerer Zurückhaltung), und sie trugen keinen, und dies war schon Grund genug, daß sie nicht nur keinen Einspruch gegen meine tendenziösen Behauptungen erhoben, sondern mir nicht einmal Fragen stellten, wenn ich mich eine Stunde lang über die düstere spanische Nachkriegsliteratur ausließ, eine Stunde, die mir ebenso endlos erschien wie den Literaten die Nachkriegszeit (den ganz wenigen Regimegegnern).

Bei den Übersetzungsübungen hingegen, die ich mit wechselnden englischen Kollegen zusammen abhielt, stellten die Studenten sehr wohl Fragen. Die Texte, die meine Kollegen für diese Übungen aussuchten (deren Bezeichnung von einer Extravaganz war, daß ich sie vorläufig lieber verschweige, um nicht ein sinnloses und gewiß unbedeutendes Rätsel zu schaffen), waren derart weit hergeholt oder milieuverhaftet, daß ich oft falsche Definitionen für veraltete oder hermetische Wörter improvisieren mußte, die ich nie im Leben gesehen oder gehört hatte und die natürlich auch die Studenten in ihrem Leben nicht noch einmal sehen oder hören würden. Es waren hochtrabende und denkwürdige (zweifellos von kranken Köpfen ersonnene) Wörter. So erinnere ich mich mit besonderer Begeisterung an *praseodimio*[1], *jarampero*[2], *guadameco*[3] und *engibacaire*[4] (auch *briaga*[5] habe ich nicht vergessen

1 Praseodym (A. d. Ü.)
2 kleines Boot, das die Schmuggler in der Meerenge von Gibraltar benutzen (A. d. Ü.)
3 früherer Schmuck für Frauen (A. d. Ü.)
4 Kuppler (A. d. Ü.)
5 Rüstseil der Traubenpresse (A. d. Ü.)

können, das in einer höchst eleganten Passage über Weinbau vorkam). Selbst auf die Gefahr hin, wie ein Dummkopf dazustehen, jetzt, da ich sie ins Englische übersetzt habe und sehr wohl weiß, was sie bedeuten, gestehe ich, daß mir ihre Existenz damals völlig unbekannt war. Noch heute wundere ich mich über ihre Existenz. Meine Rolle bei diesen Übungen war riskanter als bei den Vorlesungen, da sie darin bestand, als sprechende Grammatik und sprechendes Wörterbuch zu fungieren, mit der daraus folgenden Abnutzung meiner Reflexe. Die schwierigsten Fragen waren die etymologischen, aber nach kurzer Zeit, getrieben von Ungeduld und von dem Wunsch zu gefallen, hatte ich keine Bedenken, in aller Eile phantastische Etymologien zu erfinden, um mir aus der Klemme zu helfen, im Vertrauen darauf, daß kein Schüler und auch nicht der Kollege, der gerade an der Reihe war, je Neugier genug aufbringen würden, um später den Wahrheitsgehalt meiner Antworten zu überprüfen. (Und für den Fall, daß sie es täten, war ich überzeugt, daß sie auch Mitleid genug besäßen, um mir nicht am nächsten Tag meinen Aberwitz vorzuwerfen.) Angesichts von Fragen, die mir so heimtückisch und absurd erschienen wie zum Beispiel die Frage nach dem Ursprung des Wortes *papirotazo*[1], hatte ich daher keine Skrupel, Antworten anzubieten, die noch absurder und heimtückischer waren.

»*Papirotazo*, in der Tat. Dieser Schnipser mit dem Zeigefinger wird so genannt, weil man in dieser Weise die Papyrusrollen beklopfte, die zu Beginn des neunzehnten Jahrhunderts in Ägypten gefunden wurden, um ihre Wi-

1 Schnipser mit den Fingern (A. d. Ü.)

derstandskraft zu prüfen und erste Anhaltspunkte für die Bestimmung ihres Alters zu finden.«

Und als ich sah, daß niemand heftig reagierte noch mit dem Einwand aufwartete, daß ein einziger *papirotazo* jeden dynastischen Papyrus in Konfetti verwandelt hätte, sondern die Schüler vielmehr Notizen machten und der englische Kollege – zweifellos betäubt vom groben Klang des Wortes und vielleicht berauscht von der plötzlichen Vision eines napoleonischen Ägypten – meine Erklärung guthieß (»Hören Sie? *Papirotazo* kommt von dem Wort *papiro*: pa-pi-ro, pa-pi-ro-ta-zo«), fühlte ich mich ermutigt, weiterzumachen und die Unwahrheit durch eine gelehrte Fußnote zu ergänzen: »Es ist daher ein ziemlich neues Wort, das sich dem älteren *capirotazo* assimilierte, wie man diesen schmerzhaften und beleidigenden Stüber ebenfalls nennt« – ich machte eine Pause, um die Vokabel mit einem Schnipser in die Luft zu veranschaulichen –, »denn diesen Schlag pflegte man auch den kapuzentragenden Büßern während der Karwoche auf die Spitze ihrer Kapuzen oder *capirotes* zu versetzen, um sie zu demütigen.«

Und mein Kollege stimmte immer zu (»Hören Sie? Ca-pi-ro-te, ca-pi-ro-ta-zo«). Der Genuß, mit dem einige der britischen Professoren ausgefallene spanische Wörter aussprachen, rührte mich immer wieder, und die größte Freude bereiteten ihnen die Wörter mit vier oder mehr Silben. Ich erinnere mich, daß der Schlächter ein solches Vergnügen empfand, daß er die Haltung vergaß, ein Bein anhob – dessen schneeweißes Schienbein sich aufgrund der zu kurzen Socken und der gefräßigen Schuhe entblößte –, es ungeniert und nicht ohne Anmut auf eine leere Bank legte und im Takt seines euphorischen Syllabierens mitwippen ließ (»*Ve-ri-cue-to, ve-ri-cue-to*[1]. *Mo-fle-tu-do, mo-fle-tu-do*[2]«). In Wahrheit mußte ich später erkennen, daß der Beifall meiner Kollegen für meine imaginären Etymologien eine Folge ihrer ausgezeichneten Erziehung, ihres Solidaritätsgefühls und ihres Sinns für Amüsement war. In Oxford sagt nie jemand irgend etwas geradeheraus (Offenheit wäre der unverzeihlichste und auch der verwirrendste Fehler), aber ich verstand es so, als Dewar der Inquisitor mir bei meinem Abschied nach meinen zwei Jahren Aufenthalt unter anderen hochtrabenden Worten sagte: »Ich werde deine phantastischen etymologischen Kenntnisse vermissen. Sie haben mich immer ungemein verblüfft. Ich erinnere mich noch an mein Erstaunen bei deiner Erklärung, das Wort *papirotazo* käme von *papo*[3], weil es einen Schlag bezeichnet, den man dem Gegner unter das Kinn versetzt; ich war völlig baff.« Er hielt einen Augenblick inne, um sich vergnügt an meiner Verwirrung zu weiden. Dann schnalzte er mit der Zunge und fügte hinzu: »Die Etymologie ist eine faszinierende Wissenschaft, schade nur, daß die Studenten, diese armen Burschen ohne Urteilsvermögen, fünfundneunzig Prozent der Herrlichkeiten vergessen, die sie von uns hören, und daß unsere brillanten Entdeckungen sie nur ein paar Minuten lang fesseln, mehr oder minder bis zum Ende der Stunde. Aber ich werde mich daran erinnern: pa-pa-da, pa-pi-ro-ta-zo«, und er winkelte sein Bein leicht an. »Wer hätte das gedacht. Phantastisch.«

Ich glaube, ich wurde ziemlich rot, und sobald ich

1 Unwegsamkeit (A. d. Ü.)
2 pausbäckig (A. d. Ü.)
3 Kropf, Doppelkinn (A. d. Ü.)

konnte, lief ich in die Bibliothek, um im Wörterbuch nachzuschlagen und zu entdecken, daß das berühmte Wort *papirotazo* in der Tat von dem Wort *papo* kam, der Stelle des Halses, wo man einst den schmachvollen Schlag erhielt. Ich fühlte mich mehr denn je als Hochstapler, aber ich sah mein Gewissen auch zum Teil beruhigt, da ich fand, daß meine verrückten Etymologien nicht sehr viel aberwitziger oder unwahrscheinlicher waren als die wirklichen. Diese zumindest erschien mir ebenso wunderlich wie die improvisierte. Und, wie The Ripper erklärt hatte, diese rein ornamentalen Kenntnisse hielten ohnehin nur wenige Minuten an, gleich, ob sie falsch, richtig oder halbwahr waren. Bisweilen erweist sich das wahre Wissen als bedeutungslos, und dann kann man es erfinden.

Ich bin endlos durch die Stadt Oxford gelaufen und kenne fast all ihre Winkel und auch die Außenbezirke mit ihren Namen, die auf der drittletzten Silbe betont werden: Headington, Kidlington, Wolvercote, Littlemore (Abingdon, Cuddesdon, die schon etwas weiter weg liegen). Ich lernte auch fast all ihre Gesichter der Zeit vor drei und zwei Jahren kennen, so schwierig es auch war, sie wiederzufinden. Die meiste Zeit lief ich ohne Plan und ohne ein bestimmtes Ziel, obwohl ich mich noch gut daran erinnere, daß ich etwa zehn Tage lang während meiner zweiten Vorlesungszeit dort (die Hilary heißt und acht Wochen zwischen Januar und März umfaßt) mit einem wenig erwachsenen Plan herumlief, den ich mir, solange er dauerte, nicht einmal selbst eingestand. Es war kurz bevor ich Clare und Edward Bayes kennenlernte, und tatsächlich ergab sich die Unterbrechung oder die Aufgabe des Vorhabens (ja, es war eine Aufgabe) sicherlich auch aus der Bekanntschaft mit Clare Bayes und ihrem Mann und nicht nur daraus, daß der Plan an einem windigen Nachmittag auf der Broad Street zu ebendieser Zeit seine Verwirklichung und zugleich sein Scheitern erlebte.

Etwa zehn Tage, bevor Clare und Edward Bayes mir vorgestellt wurden und ich mit ihnen zu verkehren begann, fuhr ich – an einem Freitag – mit dem letzten Nachtzug, der gegen zwölf Uhr vom Bahnhof Paddington abfuhr, aus London zurück. Es war der Zug, den ich normalerweise jeden Freitag oder Samstag bei meiner Rückkehr aus der Hauptstadt nahm, wo ich keine Unterkunft besaß, es sei denn, ich ginge in ein Hotel, und das konnte ich mir nur hin und wieder leisten. Gewöhnlich kehrte ich lieber nach Hause zurück und fuhr, falls nötig, am anderen Morgen erneut nach London – eine knappe Stunde in einem direkten Zug –, wenn etwas oder jemand meine Anwesenheit dort erforderte. Der letzte Zug von London nach Oxford war jedoch nicht direkt. Die Umständlichkeit dieser Verbindung wurde dadurch wettgemacht, daß ich eine Stunde länger in den Genuß der Gesellschaft von William und Miriam kam, einem befreundeten Ehepaar, das in South Kensington lebte und mir seine Unterhaltung und Gastfreundschaft als Abschluß meiner Londoner Streifzüge anbot. Bei diesem letzten Zug um Mitternacht mußte man in der Ortschaft Didcot umsteigen, von der ich nie mehr gesehen habe als ihren düsteren Bahnhof, noch dazu immer nach Einbruch der Dunkelheit. Bisweilen stand der zweite Zug, der uns mit unbegreiflicher Bedächtigkeit von dort nach Oxford brachte, noch nicht auf seinem Gleis, wenn wir sechs oder sieben Fahrgäste, die wir diese Verbindung benutzten, aus London eintrafen (die British Rail mußte der Auffassung sein, daß wir Reisenden dieses allerletzten Zuges unverbesserliche Nachtschwärmer waren und sehr wohl noch etwas später ins Bett kommen konnten), und dann mußte man auf diesem stillen, leeren Bahnhof warten, der, soweit man in der Dunkelheit die Umgebung erkennen konnte, von der dazugehörigen Ortschaft abgeschnitten und ringsum von freiem Feld umgeben zu sein schien, wie eine Geisterhaltestelle.

In England pflegen Unbekannte nicht miteinander zu

sprechen, nicht einmal in den Zügen oder während der langen Wartezeiten, und die nächtliche Stille des Bahnhofs von Didcot ist eine der tiefsten, die ich je erlebt habe. Die Stille ist um so tiefer, wenn sie von einzelnen unregelmäßigen Stimmen oder Geräuschen unterbrochen wird, wie vom Scheppern eines Waggons, der sich plötzlich in rätselhafter Weise ein paar Meter fortbewegt und anhält, oder von den unverständlichen Rufen eines Bahnangestellten, den die Kälte aus seinem kurzen Schlaf weckt, um ihm einen schlechten Traum zu ersparen, oder vom dumpfen, entfernten Poltern einiger Kisten, die unsichtbare Hände grundlos zu verrücken beschließen, wo doch nichts drängt und alles aufschiebbar ist, oder vom metallischen Knacken einer Bierdose, die zusammengedrückt und in einen Papierkorb geworfen wird, oder vom bescheidenen Flug einer einzelnen Zeitungsseite oder von meinen eigenen Schritten, die sich nutzlos dem Rand der Plattform nähern, wie die Bahnsteige in England heißen, um die Zeit des Wartens zu verkürzen. Einige wenige Lampen, die im Abstand von mehreren Dutzend Metern angebracht sind, um auf diese Weise Verschwendung zu vermeiden, erhellen zaghaft die noch ungefegten Bahnsteige, die dem Boden am Ende eines billigen Straßenfests gleichen. (Sie werden erst am Morgen von Frauen gefegt, die jetzt im unbekannten Didcot träumen.) Es sind gerade nur die kurzen Abschnitte des Steinbodens und des Gleises sichtbar, die jede Lampe flackernd erhellt, und eine davon erhellt auch mein Gesicht, das aus einem marineblauen Mantel mit aufgestelltem Kragen herausragt, und weibliche Schuhe und Knöchel, deren Besitzerin im Dunkel bleibt. Ich sehe nur die Umrisse einer sitzenden Gestalt im Regenmantel und die Glut der Zigaretten, die sie, ebenso wie ich, während des Wartens raucht, das in dieser oder jener Nacht länger ist als gewöhnlich. Die Schuhe klopften verhalten einen Rhythmus auf dem Boden, als hätte ihre Trägerin noch immer die Musik in den Ohren, nach der sie vielleicht den ganzen Abend getanzt hatte, und es waren die Schuhe eines jungen Mädchens oder einer naiven Tänzerin, mit Schnalle und sehr niedrigem Absatz und abgerundeter Spitze. Englische Schuhe, ohne Zweifel, die meinen Blick nach rechts gewandt hielten und die reglose Stunde auf dem Bahnhof von Didcot erträglicher machten. Unsere jeweiligen Zigaretten vereinigten sich, in Kippen verwandelt, auf dem Boden: Ich warf die meinen mit einem urwüchsigen *papirotazo* zum Rand des Bahnsteigs, von dem sie nicht immer herunterfielen, sie die ihren in die gleiche Richtung, mit einer Armbewegung, wie sie jemand macht, der mit wenig Kraft einen Ball wirft. Und wenn die Hand diese Bewegung machte, trat sie in den Lichtkegel, und ich konnte ein paar Zehntelsekunden lang ein Armband sehen. Ab und zu stand ich auf, zum einen, um das Dunkel der Gleise in der Ferne auszuforschen, zum anderen, um zu versuchen, etwas mehr von der Frau zu sehen, die rauchte und mit ihren erleuchteten Füßen – die Beine abwechselnd übereinandergeschlagen und nebeneinander – einen unbekannten Rhythmus klopfte. Ich tat zwei oder drei Schritte an ihr vorbei und kehrte zu meinem Platz zurück, aber das einzige, was ich sehen konnte, waren die englischen Schuhe von vorne und die Knöchel, die im Halbdunkel makellos wirkten. Bis schließlich wenige Minuten, bevor zögernd und ermattet der verspätete Zug erschien, sie es war, die sich erhob und gemessenen Schrittes den Bahnsteig entlangging, während die getrübte und verstärkte Stimme eines indischen Eisenbahnangestellten, dessen Akzent so stark war, daß ein Ausländer nur erraten konnte, was er sagte, die Einfahrt des Zuges in Didcot und seine übrigen Halteorte ankündigte: Banbury, Leamington, Warwick, Birmingham. (Oder war es Swindon, Chippenham, Bath, Bristol? Ich möchte nicht auf die Landkarte sehen; in meinem Gedächtnis bewahre ich beide Reihen, vielleicht vermischt.) Sie stand schon bereit, mit einer kleinen Tasche in der Hand, die sie hin und her schlenkerte, während sie wartete. Ich öffnete ihr die Zugtür.

Ihr Gesicht habe ich völlig vergessen, wenn auch nicht ihre Farben (gelb, blau, rosa, weiß, rot); dennoch weiß ich, daß sie die Frau ist, die mich in meinen jungen Jahren auf den ersten Blick am meisten bewegt hat, obwohl mir bewußt ist, daß diese Äußerung – so will es die Tradition der Literatur und der Wirklichkeit – nur für jene Frauen gelten kann, die die jungen Männer niemals kennenlernen. Ich erinnere mich auch nicht, wie ich sie ansprach oder worüber wir uns unterhielten während der knappen halben Stunde, die die Fahrt zwischen Didcot und Oxford oder ihren Bahnhöfen dauert. Vielleicht fingen wir gar keine Unterhaltung an, sondern wechselten nur drei oder vier einzelne Sätze. Dagegen erinnere ich mich, daß sie, wenn auch nicht jung genug, um Studentin zu sein, doch sehr jung war und folglich nicht sehr elegant und daß der Kragen ihres Regenmantels so weit offenstand, daß ich das Perlenkollier betrachten konnte (ob falsch oder echt, kann ich nicht sagen), das die gepflegtesten englischen Mädchen entsprechend der damaligen Mode gern trugen, obwohl sie sonst sehr ungezwungen oder scheinbar nachlässig gekleidet waren (sie war gerade nur sorgfältig gekleidet, nicht elegant). Ich erinnere mich auch, daß mir diese Frau mit ihrem Bubikopf und ihren heute vergessenen Gesichtszügen vorkam, als sei sie den dreißiger Jahren entstiegen. Vielleicht sah Will, der Pförtner, alle Frauen so an den Tagen, an denen er sich in diesem Jahrzehnt aufhielt. Was wir sprachen, war jedenfalls nicht persönlich genug, als daß ich etwas über sie erfahren hätte. Möglich, daß ihre hellen Augen vor Müdigkeit zufielen und ich nicht wagte, es zu verhindern. Möglich, daß während jener halben Stunde später Fahrt mein Wunsch nach Betrachtung sehr viel stärker war als meine Neugier oder mein Kalkül. Möglich auch, daß wir nur über Didcot sprachen, über seinen finsteren, kalten Bahnhof, der hinter uns lag und zu dem wir beide würden zurückkehren müssen. Sie stieg in Oxford aus, aber ich hatte nicht verstanden, das Terrain vorzubereiten: Ich bot ihr nicht einmal an, sie im Taxi mitzunehmen.

Fortan durchwanderte ich die Stadt Oxford etwa zehn Tage lang mit dem Plan oder der unbewußten Hoffnung, ihr wieder zu begegnen, was nicht allzu unwahrscheinlich war, wenn sie kein Besuch hierher geführt hatte und sie hier lebte. Ich verbrachte noch mehr Zeit auf der Straße als sonst, und jeden Tag verblaßte ihr Gesicht mehr oder floß mit anderen zusammen, wie es mit den Dingen zu geschehen pflegt, an die man sich um jeden Preis erinnern will, mit all den Bildern, denen gegenüber die Erinnerung sich nicht respektvoll (das heißt passiv) zeigt. So ist es nicht verwunderlich, daß ich heute keinen ihrer Gesichtszüge vor mir sehe – es ist ein unvollendetes Bild, mit skizzierten, aber nicht ausgemalten Umrissen, mit bestimmten, wenn auch nur angedeuteten Farben –, obwohl ich sie mit Sicherheit ein zweites Mal und, wie ich glaube, ein drittes und vielleicht sogar ein viertes Mal wiedergesehen habe. Aber jenes sichere Mal – zehn Tage später – ging alles sehr rasch, und außerdem war es windig. Ich kam aus der Buchhandlung Blackwell's und hatte nicht mehr genügend Zeit, um noch rechtzeitig zu einer meiner Übersetzungsübungen mit dem anspruchsvollen Dewar einzutreffen. Ich beschleunigte meine Schritte, den Blick nach vorn gerichtet, inmitten einer Windbö, die aufgekommen war, während ich bei Blackwell's herumgestöbert hatte. Ich tat etwa zwanzig Schritte, und auf der Höhe des Trinity College kreuzte ich zwei weibliche Gestalten, die ebenfalls hastig daherkamen und die Köpfe gesenkt hielten, um dem Wind auszuweichen. Erst als ich vier oder fünf Schritte weitergegangen war (und ihr den Rücken zugewandt hatte), erkannte ich sie und drehte mich um. Was mich am meisten überraschte, war, daß auch sie und ihre Freundin, die ihrerseits vier oder fünf Schritte weitergegangen waren, seit wir uns gekreuzt hatten, stehengeblieben waren und sich umgewandt hatten. Auf diese Entfernung von acht oder zehn Schritten sahen wir uns wirklich. Sie lächelte und rief, eher um sich zu erkennen zu geben als weil sie mich erkannt hätte: »Im Zug! In Didcot!« Ich überlegte eine Sekunde, ob ich auf sie zugehen sollte oder nicht, und während ich zögerte, zog ihre Freundin sie am Ärmel und drängte sie, den Weg fortzusetzen. Ihr Rock und auch ihre kurzen Haare flatterten im Wind. Ich erinnere mich daran, weil sie sich während dieses kurzen Augenblicks, in dem sie in der Broad Street stehenblieb und rief »Im Zug! In Didcot!«, mit einer Hand das Haar aus der Stirn strich und mit der anderen den Rock gegen den Wind festhielt. »Im Zug! In Didcot!« wiederholte ich und bestätigte ihr, daß ich sie erkannt hatte (während die Schöße meines blauen Mantels gegen meine Beine schlugen); aber da zog die widerliche, drängelnde Freundin, deren Gesicht ich nicht sah, sie schon in die Richtung davon, die der meinen zu Dewar und zur Tayloriana, der ich sogleich folgen würde, entgegengesetzt war. Ich habe sie während des übrigen Jahres nicht mit Sicherheit wiedergesehen, auch nicht während des folgenden, an dessen Ende ich Oxford verließ, wenn auch nicht – noch nicht –, um ganz nach Madrid zurückzukehren, wie ich es jetzt mit Gewißheit getan habe. Am meisten bedaure ich, daß ich bei diesem zweiten sicheren Mal weder auf ihre englischen Schuhe noch auf ihre Knöchel achten konnte, die der Wind in meinen Augen gewiß hätte zerbrechlich erscheinen lassen. Ich war zu sehr in Anspruch genommen durch den vereitelten Flug ihres Rocks.

Die Schuhe, die Clare Bayes trug, waren niemals englische, sondern immer italienische, und nie besaßen sie einen niedrigen Absatz oder eine Schnalle oder eine abgerundete Spitze. Wenn sie zu mir nach Hause kam (nicht sehr oft) oder wenn wir einmal gemeinsam zu ihr nach Hause gingen (noch weniger oft) oder uns in einem Hotel in London oder Reading oder sogar Brighton (ein einziges Mal) befanden, dann pflegte sie als erstes ihre Schuhe abzustreifen, indem sie ihren Fußrücken spannte, um sie mit je einem Fußtritt gegen die Wand zu schleudern, wie jemand, der unzählige Paare besitzt und dem es nichts ausmacht, wenn sie kaputtgehen. Ich sammelte sie unverzüglich auf und stellte sie an einen Platz außerhalb unseres Blickfelds: Der Anblick leerer Schuhe bringt mich dazu, mir die Person darin vorzustellen, die sie getragen hat oder sie tragen könnte, und diese Person tatsächlich an meiner Seite zu sehen – *außerhalb* der Schuhe – oder sie überhaupt nicht zu sehen, erfüllt mich mit schrecklichem Unbehagen (deshalb ruft die Betrachtung der Auslage eines herkömmlichen Schuhgeschäfts in mir automatisch das Bild einer unbeweglichen, steifen und zusammengedrängten Menschenmenge hervor). Clare Bayes besaß die Angewohnheit – sie stammte anscheinend aus den Jahren ihrer Kindheit, die sie in Delhi und Kairo verbracht hatte –, auf Strümpfen auf jeder Art von Boden zu laufen (aber in England ist fast alles Teppichboden), und deshalb erinnere ich mich nicht so sehr – wie wohl so viele andere – an die leicht muskulösen und kräftigen Beine, die sie mit ihren hohen Absätzen hatte, sondern eher an die schlanken, in ihren Bewegungen fast kindlich wirkenden Beine, die sie hatte, wenn sie auf Strümpfen ging. Sie rauchte und redete stundenlang, während sie auf meinem Bett oder ihrem oder dem eines Hotels lag, immer im Rock, der daher immer hochgerutscht war und ihre Schenkel und den dunkleren Teil ihrer Strümpfe oder aber ihre bloßen Schenkel entblößte. Oft riß sie sich Laufmaschen in die Strümpfe, denn sie war nicht vorsichtig in ihren Bewegungen, und bisweilen entdeckte sie, daß sie durch das flüchtige, unmerkliche Entlangstreifen ihrer Zigaretten verbrannt waren, mit denen sie in einer in England ungewöhnlichen (vielleicht in den südlichen Ländern ihrer Kindheit erlernten) Gebärdensprache gestikulierte, begleitet vom Klirren der verschiedenen Armreifen, die ihre Unterarme schmückten und die sie nicht immer ablegte. (Kein Wunder, daß sie in rauhen Mengen Flugasche um sich verstreute.) Alles an ihr war expansiv, exzessiv, nervöses Wesen, eines jener Wesen, für die die Zeit nicht gemacht ist, für die der bloße Begriff der Zeit und ihres Vergehens eine Beleidigung ist in ihrem Bedürfnis nach Fragmenten der Ewigkeit in allem oder, anders gesagt, nach ewigen Inhalten, mit denen sie die Zeit bis zum Überlaufen füllen wollen. Aus diesem Grund, dieser Verewigung wegen, die alles betraf, was wir begonnen hatten, liefen wir mehr als einmal Gefahr, daß Edward Bayes, ihr Ehemann, mit eigenen Augen die Außenseite oder die Spur dessen zu Gesicht bekäme, was er gewiß wußte und ständig abzutun oder vielleicht sogar zu vergessen suchte. Ich war es daher, der stets die endlosen Auslassungen von Clare Bayes unterbrechen mußte, den eternisierbaren Inhalt jedes Augenblicks, ihre Kommentare oder ihren unendlichen Wortschwall, während sie auf dem Bett lag, rauchte, gestikulierte, predigte, die Beine übereinanderschlug, nebeneinanderlegte, anzog, ihre Vergangenheit und ihre Gegenwart verherrlichte oder verfluchte und von einem Plan für ihre unmittelbare Zukunft zum anderen sprang, ohne daß ein Plan jemals zur Ausführung gelangte. Ich war es, der den Wekker stellen oder die Uhr auf dem Nachttisch konsultieren und entscheiden mußte, daß wir uns zu trennen hatten, oder der (in Oxford) auf die obsessiven Glockenschläge achten mußte, die die vollen, halben und Viertelstunden angeben und zudem rücksichtslos bei Einbruch der Dämmerung bimmeln; und der sie drängen und die Schuhe suchen mußte, die nach ihrer Ankunft in einem Versteck gelandet waren, und ihr den Rock glattziehen und zurechtrücken mußte, der sie bitten mußte, sie solle nicht den Regenschirm oder die im Teppich steckende Brosche oder den auf dem Waschbecken gelassenen Ring oder die Tüte mit den merkwürdigen Einkäufen vergessen, die sie immer, selbst an Sonntagen und wo immer wir uns auch trafen, bei sich trug (und der bei ihr zu Hause die Kippen fortwerfen und ihr beim Wechseln der Laken helfen und das Fenster öffnen und sein Glas auswaschen mußte). Clare Bayes trug alles mögliche mit sich herum, und alles breitete sie dort aus, wohin sie kam, als würde sie das ganze Leben dortbleiben, obwohl wir bisweilen noch nicht einmal über eine Stunde zwischen unserem jeweiligen Unterricht verfügten. (Am Ende behielt ich ein Paar Ohrringe von ihr zurück, die sie niemals aus meiner Wohnung zu schaffen vermochte.) Ein glücklicher Umstand – ihre Erziehung – hinderte sie daran, ungeschminkt auf die Straße zu gehen, und ihr Haar bestand aus einer künstlich verwilderten langen Mähne, der meine Liebkosungen oder das längere Liegen oder Plattgedrücktwerden auf einem Kissen nicht allzuviel anhaben konnten. Ich mußte sie daher vor unserem Abschied nicht kämmen, wohl aber darauf achten, daß ihre während der Zeit unseres Zusammenseins gestiftete und bewahrte Ewigkeit von ihrem Gesicht verschwunden war, darauf achten, daß dieses nicht erhitzt und ihre Augen nicht verschleiert waren. Mich versichern, daß das Behagen sich verflüchtigt hatte (in Oxford sind die Entfernungen sehr kurz und lassen einem noch nicht einmal Zeit, ein anderes Gesicht aufzusetzen). Um das zu erreichen, mußte ich nur rasch die geistige Übung mit ihr praktizieren, die der Ehebruch begünstigt: ihr helfen, lückenlose Geschichten für Edward Bayes zu erfinden, und dafür sorgen, daß sie sich nicht in Widersprüche verwikkelte, wenn sie sie erzählte, obwohl sie diese Übung für unnötig hielt und sie ihr lästig fiel (ihre infolge meiner Beharrlichkeit beim Abschied stets verdüsterte Miene). Sie war nachlässig und leichtsinnig und unbeschwert und vergeßlich, und wenn ich Edward Bayes wäre – dachte ich damals –, dann bedürfte ich keiner großen Kunstgriffe oder Anstrengungen, um jeden ihrer Gedanken und jeden ihrer Schritte in Erfahrung zu bringen. Aber ich war nicht Edward Bayes, und wenn ich es gewesen wäre, dann wären mir die Aktivitäten und Absichten von Clare Bayes vielleicht völlig undurchsichtig erschienen. Vielleicht hätte ich nichts von ihnen wissen mögen oder mich damit zufriedengegeben, sie mir vorzustellen. Jedenfalls war ich es, der nach ihrem kurzen, hitzigen Aufenthalt alles in Ordnung bringen und sie nahezu mit Gewalt aus meiner pyramidenförmigen Wohnung (jedes Stockwerk schmaler) oder aus dem Hotel befördern mußte, in das wir gegangen waren, oder der sich ihrer im letzten Moment aufwallenden Anhänglichkeit (der Schmerz der abgelaufenen Zeit) entziehen und ihre Verwegenheiten neutralisieren mußte, wenn ich es gewagt hatte, ihre Wohnung in Edward Bayes' Abwesenheit zu betreten. (Ehebruch ist äußerst anstrengend.)

Clare Bayes besaß so gut wie keine Skrupel, aber wer sie kannte, konnte das auch nicht von ihr verlangen, denn ihr Charme bestand gerade in ihrer mangelnden Rücksicht den anderen und sich selbst gegenüber. Clare Bayes brachte mich oft zum Lachen, was ich am meisten schätze, aber ich weiß, daß ich niemals eine Schwäche für sie empfand – so wenig wie sie für mich, glaube ich –, die dauerhaft oder stark genug gewesen wäre, um mich in irgendeine Gefahr zu bringen (wenn ich nicht Edward Bayes war, so befand ich mich auch niemals in Gefahr, ihn zu ersetzen). Ich habe es immer für außerordentlich naiv gehalten, zu glauben, daß jemand – weil er uns liebt, das heißt, weil er *allein beschlossen* hat, uns eine Zeitlang zu lieben, und es uns *danach mitgeteilt* hat – uns gegenüber ein anderes Verhalten an den Tag legen wird als den anderen gegenüber, so als wären wir nicht dazu bestimmt, unmittelbar nach der einsamen Entscheidung und der Mitteilung des anderen die anderen zu sein, als wären wir in Wirklichkeit außer wir selbst nicht immer auch die anderen. Am allerwenigsten hätte ich mir gewünscht – zumindest in den prekären Tagen, in denen ich mit einer verschwommenen Identität in Oxford lebte –, von Clare Bayes behandelt zu werden, wie sie Edward Bayes oder ihren Vater oder den ironischen Cromer-Blake selbst behandelte, der väterlich und kindlich zugleich zu ihr war, während ihr Vater nur väterlich und ihr Ehemann nur ehelich zu ihr war. Ich nehme an, daß ich mehr als alles andere brüderlich gewesen bin, denn dazu neigte ich gewöhnlich bei Frauen, die ich gut kannte, zweifellos, weil ich keine Schwestern hatte und sie vermißt habe. Gewiß war Clare Bayes jemand, den ich nur in Abständen sah, aber ich beobachtete sie doch aus der Nähe, und wenn ich auch nicht schlecht von ihr sprechen oder, sagen wir, Dinge äußern möchte, die im Verständnis derer, die sie von mir erfahren, negativ erscheinen können, so habe ich mich doch oft genug an die Stelle der anderen versetzt – an die Stelle ihres Vaters, von Edward Bayes, des ironischen Cromer-Blake selbst –, um mit Sicherheit sagen zu können, daß es ihr an Rücksichtnahme fehlte. Vor allem versetzte ich mich an die Stelle von Edward Bayes, und ich erinnere mich an einen fünften November, neun Monate, nachdem wir uns kennengelernt hatten – ich erinnere mich an das Datum, weil dieser Tag der Guy Fawkes Day in England ist und ich vom Fenster des Arbeitszimmers von Clare Bayes in All Souls, in der Catte Street, gegenüber der alten Biblioteca Bodleiana und der Radcliffe Camera, die englischen Kinder sah, die um Pennys bettelten für die Puppe, die sie an diesem Tag aus Stoffetzen, Bindfäden und alten Lumpen basteln, um den gehenkten Verschwörer Guy Fawkes darzustellen, und die sie am Abend auf Scheiterhaufen verbrennen: diese Erinnerung ist ein Moment des Wirklichen –, an dem Clare Bayes mich mit ihrem Ehemann verwechselte, so sehr hatte ich mich an seine Stelle versetzt (an die vermeintliche, vielleicht niemals eingenommene Stelle).

Wir vier, Bayes, Cromer-Blake, sie und ich, hatten uns dort verabredet, um gemeinsam zu Mittag zu essen, und ich war zwanzig wohlüberlegte Minuten zu früh als erster zu der Verabredung in der Catte Street eingetroffen. Am Vorabend waren Clare und ich zu lange in einem Hotel in Reading geblieben, so daß wir entgegen unserer Gewohnheit, wenn wir uns in die Nachbarstadt begaben, im selben Zug zurückgekehrt waren (nur in Edward Bayes' Abwesenheit nahmen wir Clares Wagen, und wenn er nicht abwesend war, fuhren wir auf der Hin- und Rückfahrt immer in verschiedenen Zügen nach London oder Reading). Wir waren daher zusammen am Bahnhof von Oxford angekommen und zusammen unter einem dahinziehenden fleischigen Mond gegen den Wind gelaufen, bis wir uns an einer Ecke in einiger Entfernung von unseren jeweiligen Wohnungen trennten. Während der Fahrt im Zug hatten wir ebenfalls zusammengesessen, denn da wir in aller Augen Freunde waren, wäre denjenigen, die uns hätten sehen können, das Gegenteil ungleich merkwürdiger erschienen. Gesehen hatte uns zweifellos ein Mitglied der russischen Abteilung namens Rook. Er saß, dösend und schlaff, als einziger Fahrgast im Wagen erster Klasse, in den wir eingestiegen waren, da wir ihn vom Bahnsteig aus für leer gehalten hatten. Er sah uns und wir sahen ihn, als wir bereits mit kompromittierendem und für englische Verhältnisse allzu offenherzigem Gelächter den Gang entlanggingen, und er sagte zunächst, mit einer mutmaßlichen Neigung seines herabgesunkenen Kopfes, »Mrs. Bayes«, an Clare gewandt, und dann – zweifellos, weil er meinen Namen nicht auszusprechen wußte oder es ihn Mühe kostete, sich an ihn zu erinnern – einfach »guten Abend«, an mich gewandt. Wir gingen weiter bis zu dem Sitz, der von Rooks Platz am weitesten entfernt war, aber wir wagten nur noch, mit leiser Stimme kurze und neutrale Sätze zu wechseln. Später dann, als wir zum erstenmal allein und zusammen unter einem dahinziehenden fleischigen Mond gegen den Wind durch die Straßen von Oxford liefen, hörten wir seine Schritte in geringer Entfernung hinter uns, im gleichen Takt wie die unseren, oder das glaubten wir zumindest – wir glaubten, es seien seine Schritte und nicht das Echo. Wir wandten uns nicht um und wechselten auch kein einziges Wort mehr bis zum Abschied, und dann sagten wir nur »auf Wiedersehen«, ohne stehenzubleiben und ohne uns anzuschauen (die Traurigkeit der Heimlichkeit). Und ich hörte nur noch die Schritte von Clare Bayes, die sich einen Augenblick lang eilig entfernten, sie dürfte meine müden nicht gehört haben.

Dieser Rook war bekannt, weil er seit zwölf Jahren an einer neuen Übersetzung von *Anna Karenina* arbeitete und weil er während eines Studienjahres in Amerika Nabokov kennengelernt und mit ihm verkehrt hatte. Seine Übersetzung – von der noch niemand eine Zeile gesehen hatte, nicht einmal der Verleger – würde kanonisch und unvergleichlich sein, angefangen bei der grundlegenden Neuerung des Titels, denn Rook und Nabokov zufolge – auf den er sich stets als »Vladimir Vladimirovič« bezog, um keinen Zweifel an seiner Vertrautheit mit ihm und an den Formen der russischen Anrede aufkommen zu lassen –, war *Karenin* korrekt und nicht *Karenina*, da Anna weder Tänzerin noch Sängerin noch Schauspielerin war, die einzigen Frauen, bei denen, so russisch sie auch sein mochten, es zulässig wäre, in einem in englischer oder irgendeiner anderen westlichen Sprache verfaßten Text dem Familiennamen die weibliche Form zu geben. Er und ich waren mehr als einmal im Senior Common Room oder Professorenzimmer der Tayloriana zusammengetroffen, während wir herumfaulenzten und taten, als würden wir mit Hilfe einiger Tassen kachektischen Kaffees oder des einen oder anderen nachlässigen oder haßerfüllten Blicks in den gelehrten Inhalt unserer Aktentaschen an der Vorbereitung unserer jweiligen Unterrichtsstunden feilen. Rook – ein Mann mit dickem Kopf und dünnem Körper, kurz, ein Großköpfiger – war immer bereit, von Nabokov zu erzählen oder mich über Lermontow oder Gogol aufzuklären, aber sein Privatleben war eine Unbekannte für die übrigen Mitglieder der Kongregation. Aus ebendiesem Grund konnte man ihm ungestraft jede beliebige Gewohnheit oder Charaktereigenschaft unterstellen, und sein Ruf war der eines gewaltigen Klatschmauls. Diesen Ruf in Oxford zu besitzen bedeutet in Wirklichkeit nichts, da es ungewöhnlich ist, ihn nicht zu besitzen: Wer nicht lästermäulig oder zumindest boshaft ist, lebt dort eine ebenso marginale und anrüchige Existenz wie jemand, der von einer anderen Universität außer Cambridge oder Oxford selbst kommt. Und er wird sich niemals anpassen, weil er niemals akzeptiert wird. Das einzige, was in Oxford wirklich interessiert, ist Geld, gefolgt in einigem Abstand von Information, die immer ein Mittel sein kann, zu Geld zu gelangen. Es kommt nicht darauf an, ob die Information wichtig oder entbehrlich, nützlich oder wertlos, politisch oder ökonomisch, diplomatisch oder epistemologisch, psychologisch oder genealogisch, familiär oder dienstpersonalbezogen, historisch oder sexuell, sozial oder beruflich, anthropologisch oder methodologisch, phänomenologisch, technologisch oder schlicht phallisch ist; aber wer in dieser Stadt überleben will, muß mitteilbare Information irgendeiner Art besitzen (oder sich sogleich beschaffen). Information über etwas weiterzugeben ist außerdem die einzige Möglichkeit, sie nicht über sich selbst weitergeben zu müssen: Je misanthropischer, unabhängiger, einsamer oder mysteriöser daher ein Bewohner Oxfords ist, um so mehr Information über andere liefert er der allgemeinen Überzeugung nach ebendiesen anderen, damit ihm seine Zurückhaltung verziehen werde und er sich mit vollem Recht über seine Intimität ausschweigen kann. Je mehr einer über die anderen weiß und erzählt, um so mehr wird er davon entbunden, etwas über sich selbst zu erzählen. Ganz Oxford ist daher vollauf und unentwegt damit beschäftigt, sich verborgen zu halten oder sehr zurückhaltend zu sein und zugleich die größtmögliche Anzahl von Daten über die anderen in Erfahrung zu bringen, und daher kommen die – wahre – Tradition und die – wahre – Legende der großen Qualität, Effizienz und Virtuosität der *dons* oder Professoren von Oxford und Cambridge in den schmutzigsten Aufgaben der Spionage und ihres ständigen im Wettstreit betriebenen Einsatzes seitens der britischen und sowjetischen Regierung als ruhmreiche Einzel-, Doppel- oder Dreifachagenten (die aus Oxford haben das feinere Gehör, die aus Cambridge sind niederträchtiger). Diese Situation bewirkt jedoch, daß das erwähnte Privileg, sich über seine eigene Intimität auszuschweigen, buchstäblich darauf beschränkt ist, das heißt darauf, sich die Demütigung und Beschämung zu ersparen, sie persönlich eingestehen oder lüften zu müssen, da eben aufgrund der allgemeinen Notwendigkeit, Information über die anderen zu liefern, um sie nicht über sich selbst liefern zu müssen, diese Information, die jeder zu liefern vermeidet, von den anderen (einer Menge) begehrt, ausspioniert, verfolgt, ausgeforscht, erlangt und am Ende geliefert wird, damit sie ihrerseits vermeiden können, die Information zu liefern, die sie über sich selbst besitzen. Einige (wenige) schwache

Gemüter geben die Schlacht von vornherein verloren und posaunen mit tadelnswertem Mangel an Widerstand und Scham ihre privaten Angelegenheiten aus. Dies ist nicht sehr gut angesehen, der offenen, ungezwungenen Haltung und der Abweichung von den Spielregeln wegen, aber es wird geduldet, der bedingungslosen Kapitulation und der schmachvollen Unterwerfung wegen. Trotz allem gelingt es einigen Virtuosen, ihre Gewohnheiten, Laster, Vorlieben und Praktiken zu verheimlichen (vielleicht um den Preis des Verzichts auf jede Gewohnheit, jedes Laster, jede Vorliebe und jede Praktik), was nicht verhindert, daß man ihnen alle möglichen andichtet und unterstellt; aber gerade deren Vielfalt und die Widersprüchlichkeit, die sich aus den zusammenhanglosen und wirren Informationen ergibt, lassen Zweifel an der Wahrheit dieser Informationen aufkommen, und so sind die Virtuosen (aber man muß schon *sehr* virtuos sein) bisweilen erfolgreich, und niemand weiß mit Sicherheit etwas von ihnen. Rook war sicher ein herausragender Virtuose (ein Meister, so als hätte er auch eine sowjetische Schulung durchlaufen): Abgesehen von seiner völligen Hingabe an die zyklopische Übersetzung und von seinem früheren Umgang mit Vladimir Vladimirovič in den ehemaligen Kolonien war nichts von ihm bekannt (sein Privatleben war ein weißer Fleck), und deshalb hielt man es für ausgemacht, daß im Gegenzug alles, was er wußte, zu einem Bestandteil des populärwissenschaftlichen Wissens würde, sobald er es wußte.

An dem Vormittag, nachdem wir ihn zusammengesunken und schlafend im Zug aus London gesehen und geglaubt hatten, hinter uns seine Schritte auf den windigen Straßen unserer leeren Stadt zu hören, las Clare Bayes in aller Ruhe die Zeitung, als ich zwanzig Minuten zu früh in ihrem Arbeitszimmer in der Catte Street eintraf. (Sie öffnete mir die Tür mit einem Finger zwischen zwei Zeitungsseiten. Sie küßte mich nicht.) Sie schien ausreichend geschlafen zu haben, und ich hatte kaum geschlafen, weshalb ich mich außerstande sah, nach einer Einleitung zu suchen, bevor ich ihr die Frage stellte, die ich mir wiederholt während meiner schlaflosen Nacht gestellt hatte. (»Hatte sie Ted gesagt oder hatte sie ihm nicht gesagt, daß sie gestern abend in Reading gewesen war?«)

»Natürlich nicht, er hat mich auch nicht gefragt.«

»Du bist verrückt. Um so schlimmer. Wenn er es noch nicht weiß, dann wird er es sofort von Rook erfahren.«

»Von Rook direkt nicht. Sie kennen sich kaum.«

»Alle kennen hier die anderen kaum, aber das hindert sie nicht, jederzeit miteinander zu reden und das erste von sich zu geben, was ihnen durch den Kopf geht. Es hätte genügt, daß Rook heute morgen mit Ted in einem Flur oder auf der Straße zusammengetroffen wäre. Sagen Sie doch Ihrer Frau übrigens, daß ich sie gestern abend in meinem Taxi vom Bahnhof mitnehmen wollte. Wir sind im selben Zug von Reading gefahren, aber sie stieg so rasch aus, daß ich keine Zeit hatte, es ihr anzubieten. Ich nehme aber doch an, daß der spanische Herr sie begleitet hat. Sehr höflich, dieser spanische Herr, ich habe ein paar Sätze mit ihm gewechselt. Das genügt, und schon hast du eine Liste mit Fragen fertig, von denen ich nicht weiß, wie du sie beantworten willst.«

»Was für Fragen? Ted stellt kaum Fragen. Er wartet, daß ich es ihm erzähle. Es gibt keinen Grund, so besorgt zu sein.«

Immer war ich es, der sich Sorgen um sie machte. Ich spielte meine Rolle, und manchmal spielte ich auch ihre

Rolle. Jetzt spielte ich sie alle drei, meine, ihre und die von Edward Bayes, oder die, die Edward Bayes ihr zufolge nicht spielte.

»Was für Fragen? Was hast du gestern abend mit unserem spanischen Herrn in Reading gemacht? Woher kamst du? Weshalb habt ihr in aller Eile den Bahnhof verlassen? Rook hat euch gesehen. Warum hast du mir nicht gesagt, daß du nach Reading fahren würdest? Warum hast du mir nicht gesagt, daß du in Reading gewesen bist? Rook hat dich gesehen. Rook. Reading.«

»Ich würde mich schon aus der Affäre ziehen.«

»Tu es jetzt. Sag mir, was du auf diese Fragen antworten würdest. Es sind konkrete, einfache, eheliche Fragen.«

Clare Bayes war, wie immer, auf Strümpfen. Sie hatte sich mit der Zeitung in der Hand hinter ihren Arbeitstisch gesetzt (noch immer mit dem Zeigefinger zwischen den Seiten: ich fragte mich, was sie wohl las, von dem sie nicht lassen wollte), und ich stand und stützte die Ellbogen auf die Fensterbank, die sich ihr gegenüber befand. Von dort aus sah ich deutlich die Spitzen ihrer Zehen, die durch den dunkelsten (verstärkten) Teil ihrer dunklen Strümpfe verdunkelt waren. Sie schauten unter dem Tisch hervor, auf dem Teppichboden. Ich hatte Lust, ihre dunklen Füße zu berühren, aber Edward Bayes oder Cromer-Blake konnte jeden Moment eintreffen. Clare Bayes sah mich im Gegenlicht. Mit der anderen Hand rauchte sie. Der Aschenbecher stand weit von ihr entfernt.

»Ted kann jeden Moment kommen«, sagte ich, »und wenn er Rook heute morgen getroffen hat, kann er uns beiden diese Fragen stellen, sobald er in der Tür steht. Besser, wir denken uns gleich etwas aus, ich hab' die Nacht damit verbracht, mir Antworten auszudenken. Hast du mich in Reading getroffen? Auf dem Bahnhof von Reading? Warum bist du so spät zurückgekommen? Zu welchem Zweck bist du hingefahren? Zum Einkaufen nicht, was kann man in Reading kaufen?«

»Du bist ein Dummkopf«, sagte Clare Bayes zu mir. »Zum Glück bist du nicht mein Mann. Du bist ein Dummkopf mit der Mentalität eines Detektivs, und mit dieser Art Dummkopf kann man nicht verheiratet sein. Deshalb wirst du nie heiraten. Ein Dummkopf mit dem Hang zum Detektiv ist ein schlauer Dummkopf, ein logischer Dummkopf, das sind die schlimmsten, denn die Logik der Männer gleicht ihre Dummheit nicht etwa aus, sondern verdoppelt und verdreifacht sie und macht sie offensiv. Teds Dummheit ist nicht offensiv, und deshalb lebe ich gern mit ihm. Du bist so dumm, daß du noch in die Möglichkeit vertraust, es nicht zu sein. Du bemühst dich noch. Er nicht.«

»Wir Männer sind alle dumm.«

»Alle Menschen sind dumm. Ich auch.« Mit dem Zeigefinger schnippte sie die Asche von der Zigarette, aber sie zielte schlecht, und sie fiel auf den Teppichboden, neben ihre unbeschuhten Füße. Ich schaute auf die begehrten, dunklen Füße und schaute auf die Asche und wartete auf den Augenblick, da diese Füße auf sie treten und sich grau flecken würden. »Wenn du Ted wärst, würdest du mir diese Fragen nicht stellen, weil du wüßtest, daß ich sie dir beantworten könnte oder nicht und daß es auf die Dauer auf das gleiche herauskäme; man sucht den Frieden mit der Person, mit der man lebt, solange man mit ihr den Alltag teilt. Wenn ich sie dir beantworten würde, könnte ich lügen (und du müßtest die Lüge als Wahrheit akzeptieren) oder dir die Wahrheit sagen (und du wärst nicht sicher, ob du die Wahrheit wolltest). Wenn ich sie dir nicht beantworten würde, könntest du weiter bohren, und ich könnte böse werden und mit dir streiten oder dir Vorwürfe machen und weiter keine Antworten geben oder dich erstaunt anschauen und tagelang schweigen und auch dann keine Antwort geben, bis du es leid wärst, meinen Blick zu sehen und meine Stimme nicht zu hören. Wir verurteilen uns immer durch das, was wir sagen, nicht durch das, was wir tun. Durch das, was wir sagen, oder durch das, was wir sagen, daß wir tun, nicht durch das, was die anderen sagen, oder durch das, was wir getan haben. Man kann niemanden zwingen, etwas zu beantworten, und wenn du Ted wärst oder wenn du verheiratet wärst, dann wüßtest du das sehr gut. Die Welt ist voller unbekannter Bastarde, die das Vermögen oder die Misere derer erben, die sie nicht gezeugt haben. Kein Mann hat je gewußt, ob er der Vater seiner Kinder ist, trotz der Ähnlichkeiten. In der Ehe beantwortet keiner, was er nicht beantworten will, und deshalb stellt man sich am Ende weniger Fragen. Manche reden überhaupt nicht miteinander, das findet man nicht selten.«

»Und wenn Ted nun auf den Gedanken käme, heute wie ich zu sein und trotz allem zu fragen? Was würdest du ihm sagen, wenn er dich beim Eintritt durch diese Tür einem Verhör unterziehen würde? Was habt ihr gestern abend zusammen in Reading gemacht? Woher seid ihr gekommen? Habt ihr miteinander geschlafen? Seid ihr ein Liebespaar? Schlaft ihr miteinander? Seit wann?«

»Du bist ein Dummkopf, würde ich zu ihm sagen, genau wie zu dir.«

Sie legte die Zeitung aus der Hand, stand auf und trat auf die Asche, die sie unentwegt neben ihre Füße hatte fallen lassen, ohne es zu bemerken. Sie kam auf mich zu, und ich drehte mich um, und wir beide blickten schweigend aus dem Fenster: Es war sonnig und wolkig; ihre Brust berührte leicht meinen Rücken; auf den Treppen der Radcliffe Camera bettelten die englischen Kinder um Pennys für ihre gehenkte Puppe. Ich öffnete das Fenster und warf ihnen eine Münze zu, deren Klirren auf dem Steinboden bewirkte, daß einige von ihnen uns den Kopf zuwandten; aber ich hatte das Fenster schon wieder geschlossen, und sie konnten uns nur hinter den Scheiben erahnen. Clare Bayes streichelte mit der Hand meinen Nacken und mit einem ihrer unbeschuhten Füße meinen Schuh. Ich dachte, daß sie bestimmt an ihren Sohn dachte. Mein Schuh fleckte sich grau.

Folgendes schrieb Cromer-Blake an jenem fünften November in sein Tagebuch, und ich übersetze und transkribiere es heute:

»Am meisten überrascht mich, daß die Krankheit mich vorerst nicht daran hindert, mich für die Angelegenheiten der anderen zu interessieren. Ich habe beschlossen, mich zu verhalten, als sei nichts geschehen, und niemandem etwas zu sagen außer B., und B. nur, wenn sich das Schlimmste bestätigen sollte. Das ist nicht weiter schwierig, wenn man die Entscheidung einmal getroffen hat. Seltsam ist jedoch nicht, daß ich mich verstellen und mich verhalten kann, wie es sich gehört, sondern mein eigenes unveränderliches Interesse an meiner Umwelt. Alles ist mir wichtig, alles berührt mich. In Wirklichkeit muß ich mich gar nicht verstellen, weil es mir nicht in den Kopf will, daß mir so etwas passieren kann und wird. Ich kann mich nicht an den Gedanken gewöhnen, daß ich, je nachdem, wie die Dinge ausgehen, am Ende STERBEN könnte und daß ich in diesem Fall (ich kreuze die Finger) nicht mehr erfahren würde, was den anderen von diesem Zeitpunkt an widerfährt. Als würde man mir ein Buch aus der Hand nehmen, das ich mit unendlicher Neugier lese. Es ist unvorstellbar. Obwohl das allein nicht so gravierend wäre, das Schlimme ist, daß es auch keine anderen Bücher mehr gäbe, das Leben als einziger Kodex.

Das Leben ist noch immer mittelalterlich.

Mir würde natürlich nichts mehr geschehen, mein Tod wäre mir geschehen, und das ist Geschehen genug. Ich kann mich nicht an den Gedanken gewöhnen, und deshalb möchte ich noch nicht wieder zum Arzt gehen oder mich bei Dayanand sehen lassen, der mit seinem schrecklichen klinischen Auge schon etwas von meinem Gesundheitszustand ahnen muß. Und deshalb ist mir so wichtig, was mir dann nicht mehr wichtig sein wird, nämlich was aus B. wird (ich kann mir nicht vorstellen, bei seinem Leben nicht dabeizusein, der Tod nimmt uns nicht nur unser eigenes Leben, sondern auch das Leben der anderen) und aus Dayanand selbst und aus Roger und aus Ted und aus Clare und aus unserem lieben Spanier. Heute habe ich sie gesehen, sie waren zusammen, hatten sich gerade aus einer Umarmung gelöst, am Fenster, weniger verliebt als vergnügt und auch leicht melancholisch, wie betrübt darüber, sich nicht stärker lieben zu können. Es war ein Glück, daß ich zuerst kam und nicht Ted. Ich weiß nicht, worauf sie hinauswollen, worauf Clare hinauswill, oder warum sie mich zu ihrem Vertrauten und ein wenig zu ihrem Helfer gemacht haben, ich wäre lieber genauso unwissend wie Ted. Neulich kam Clare zwischen zwei Lehrveranstaltungen in mein Arbeitszimmer, nervöser als sonst, und hatte es sehr eilig zu sprechen. Ich gab ihr nur drei Minuten, aus denen sechs wurden (der junge Bottomley, der voll Ungeduld und mit arroganter und kritischer Miene auf der anderen Seite der Tür wartete), in denen sie nichts sehr Konkretes oder Zusammenhängendes sagte, aber sie hörte nicht auf, von Ted zu sprechen, als wäre es das einzige, was sie in der Welt interessierte. Danach rief sie mich nicht an, um das Gespräch weiterzuführen, Schweigen, nichts. Und heute, während des Mittagessens, bemerkte ich plötzlich zu meinem großen Erstaunen einen Fuß, ihren Fuß, an meiner rechten Wade, unter dem Tisch. Clares Fuß, der meine Wade streichelte. Zum Glück waren wir im Halifax, wo die Tischdecken lang sind. Wie ich sogleich begriff, suchte sie das linke Bein unseres Spaniers, der neben mir saß; ich schaute sie daher mit großen Augen und leicht vorwurfsvoll an, nahm verstohlen ihren Fuß und führte ihn seinem eigentlichen begehrten Ziel zu, dem ausländischen Knie. Dann kümmerte ich mich natürlich nicht weiter um das Unterirdische, sondern schnitt rasch ein neues Gesprächsthema mit Ted an, aus Angst, er könne bemerken, was da in der Tiefe geschah. Es war ungemein verletzend und zugleich ungemein amüsant, so daß ich mich schuldig fühle. Ich mache mir Sorgen um sie alle, um die drei, und ich frage mich, wie das enden soll. Uns bleiben noch Monate, wir sind erst in der Hälfte von Michaelmas. Aber ich kann nicht umhin, die komische Seite der Sache zu sehen, trotz meiner jahrelangen Freundschaft mit Ted, meiner generellen Sorge um Clare und meiner Krankheit. Also war das erste, was ich B. heute abend erzählt habe, das Mißverständnis der Extremitäten, als das große Ereignis des Tages oder das Ereignis, das ihn am ehesten von seiner Unzufriedenheit ablenken konnte. Ich bin der gleiche wie eh und je, schwanke zwischen Zorn und Lachen angesichts der Dinge, ohne Mittelmaß, sie sind meine beiden komplementären Verhaltensweisen, mit denen ich der Welt begegne und mich in ihr bewege. Entweder ich werde wütend oder ich lache oder beides zugleich und beides innerlich. Ich ändere mich nicht. Die Krankheit müßte mich verändern, mich nachdenklicher und lauer machen. Aber die Krankheit macht mich nicht wütend, noch bringt sie mich zum Lachen. Wenn sie weiter fortschreitet, wenn sie sich bestätigt (ich kreuze wieder die Finger), werde ich mich beobachten. Mir ist bange.«

Cromer-Blake war mein Führer und Beschützer in der Stadt Oxford, und er war es auch, der mich vier Monate nach meiner Ankunft – neun Monate vor jenem fünften November – bei einem jener bombastischen Abendessen, die dort unter dem Namen *high tables* bekannt sind, mit Clare Bayes bekannt machte. Diese Abendessen finden in den riesigen Refektorien der verschiedenen *colleges* statt, und jedes *college* veranstaltet das seine einmal pro Woche. Wenn sie wortwörtlich *hohe Tische* heißen, dann hat dies seinen Grund eher darin, daß der Tisch, an den sich die Gastgeber mit ihren jeweiligen Gästen setzen, auf einem Podium steht und die anderen überragt (an denen die Studenten mit verdächtiger Geschwindigkeit zu Abend essen und die sie fluchtartig verlassen, sobald sie fertig sind, um die erhabenen Tischgäste nach und nach sich selbst zu überlassen und sich auf diese Weise den Anblick zu ersparen, den diese am Ende bieten), als in einer besonders gehobenen Qualität der Speisen oder der Gespräche. Es sind förmliche Abendessen (entsprechend der Oxford-Etikette), und für die Mitglieder der Kongregation ist es Pflicht, ihnen im Talar beizuwohnen. Am Anfang sind sie auch sehr formell, aber ihre sehr lange Dauer schafft Raum für einen allmählich fortschreitenden schweren Verfall in den Manieren, im Vokabular, in der Sprechweise, in der Flüssigkeit der Argumentation, in der Haltung, in der Nüchternheit, in der Kleidung, im Anstand und im allgemeinen Verhalten der Tischgäste, die gewöhnlich etwa zwanzig zählen. Zu Beginn ist alles feierlich, und alles ist bis in die kleinste Einzelheit geregelt. Die Tischgäste, zur Hälfte Mitglieder des *college*, das sein Abendessen veranstaltet, und zur anderen Hälfte Mitglieder von anderen *colleges* (plus irgendein Fremder oder Ausländer auf der Durchreise), die von den ersteren in der Hoffnung eingeladen wurden, später von ihnen in ihre jeweiligen *colleges* eingeladen zu werden (so daß die Zusammensetzung der verschiedenen *high tables* wenig variiert und die Tischgäste fast immer die gleichen sind, nur daß sie einige Male in dem einen *college* essen und andere Male in einem anderen, und manche essen im Verlauf eines Studienjahres am Ende zehn- oder zwölfmal zusammen, so daß sie sich schließlich hassen oder einander nicht ausstehen können), müssen sich zuvor in einem eleganten kleinen Salon nebenan versammeln, wo sie in den Genuß eines raschen Sherry kommen, und erst wenn alle eingetroffen sind, schreitet man zum Refektorium (niemals pünktlich um sieben Uhr, wie es vorgeschrieben ist), jeweils zu zweit nebeneinander (jeder Gastgeber mit seinem Gast) und in einer streng hierarchischen Reihenfolge innerhalb des *college*. Da es nicht einfach ist, sich in Sekundenschnelle des Dienstalters und der Titel von zehn oder zwölf verdienstvollen und extrem empfindlichen Personen zu entsinnen, ergibt sich gewöhnlich schon vor dem Eintreten der eine oder andere Zwist oder Hader und manches Geschubse, Gedränge und Geschiebe seitens der ehrgeizigen oder vergeßlichen Mitglieder oder *fellows*, die gewissermaßen das Protokoll zu unterlaufen und sich in der Reihe vorzudrängen suchen, um an Prestige zu gewinnen. Die Studenten, die bereits (hungrig) im Speisesaal sitzen und warten, erheben sich heuchlerisch und respektvoll, wenn sie endlich die talartragenden *dons* und ihre jeweiligen verwirrten fremden Begleiter hereindefilieren sehen, welche allesamt die Hände andächtig auf die Rückenlehne der Stühle legen, die ihnen zuvor zugewiesen worden sind. Der *warden* oder Direktor oder Verwalter des *college* (häufig ein gähnender Angehöriger des Adels) präsidiert dem erhabenen Tisch, der seinerseits dem anderen Tisch präsidiert, weshalb er doppelt präsidiert, und bereits bevor wir uns hinsetzen, beginnt er mit dem sinnfälligsten Aspekt seines zweifachen Präsidierens, das heißt mit seiner unvermeidlichen Serie von Hammerschlägen und lateinischen Brocken, die zu unserem Schrecken und zum Entsetzen der Ausländer während des ganzen Abendessens andauern wird. Denn besagter *warden* hat neben sich einen kleinen Hammer (sowie einen hölzernen Sockel, der auf dem Tisch angebracht ist, um die Hammerschläge aufzunehmen, wie ihn die Richter haben), der ihm dazu dient, das Abendessen für eröffnet zu erklären, die reichhaltige Abfolge verschiedener Weine und der Gänge zu beschließen und anzukündigen und zerstreut und gefährlich mit ihm herumzuspielen, wenn ihn die Umgebung langweilt (fast immer). Sobald er vor dem stehenden Refektorium in einer nach Weihrauch riechenden Stille das erste Gebet in anglifiziertem Latein gesprochen hat, eröffnet der dumpfe Klang des ersten Hammerschlags, gefolgt vom Klirren der Kristallgläser, das Gelärm der gierigen *dons* und der noch gierigeren Studenten, die sich hinsetzen, zetern, um die Gunst der Kellner wetteifern und sich mit ihren Löffeln auf die Suppe oder Brühe und mit ihren rötlichen Händen auf die Gläser mit Rotwein stürzen. Es ist vorgeschrieben, daß jeder (erhabene) Tischgast sieben Minuten lang mit der Person spricht, die zu seiner Rechten oder zu seiner Linken sitzt, je nachdem, wie sich die anfänglichen Paare formieren, um dann fünf Minuten dem zu widmen, der an seiner anderen Seite sitzt, und weiter so im kalkulierten Wechsel während der beiden Stunden der ersten Phase des *high table*. Hingegen ist es völlig verfehlt, das Wort an denjenigen zu richten, der gegenübersitzt, es sei denn, sowohl man selbst als auch der andere Tischgast sind gleichzeitig Opfer eines Fehlers in der Zeitmessung der jeweiligen Nachbarn und vorübergehend ohne Gesprächspartner, was in Oxford eine sehr mißliche Situation, wenn nicht eine Kränkung ist. Die Professoren von Oxford sind daher Experten im gleichzeitigen Reden, Essen, Trinken und Zählen der Minuten, wobei sie die ersten drei Dinge mit großem Tempo und das vierte mit enormer Präzision bewältigen, denn auf einen Befehl in Form eines lateinischen Brockens oder eines Hammerschlags seitens des launischen *warden* werden die Kellner dazu schreiten, hurtig die Teller und Weingläser sämtlicher Tischgäste abzuräumen, ohne Rücksicht darauf, ob diese abgekratzt, leer, halbvoll oder noch unberührt sind. Bei meinem ersten *high table* nahm ich kaum einen Bissen zu mir, beschäftigt wie ich war mit dem Berechnen der abgelaufenen Minuten und damit, rechts und links Scheingespräche mit unvollkommener zwölfteiliger Parität zu führen. Die Kellner entrissen mir meine unberührten Teller einen nach dem anderen und auch meine Gläser, diese allerdings angetrunken und sogar ausgetrunken, denn das einzige, was mir in meiner chronologischen und dialogischen Verzweiflung zwischen Satz und Zeitrechnung gelang, war, mich hemmungslos dem Trinken zu ergeben.

Bei jenem zweiten *high table*, an dem ich teilnahm,

beobachtete Clare Bayes mich verstohlen von der anderen Seite des Tisches her, fast mir gegenüber, halb amüsiert und halb mitleidig angesichts meiner mutlosen Gebärden, wenn ich üppige Teller aus meinem Gesichtsfeld verschwinden sah, die ich trotz meiner zunehmenden Trunkenheit und meines wachsenden Hungers noch keines Blickes hatte würdigen können (ich erinnere mich freilich, daß ich Messer und Gabel ständig reglos und zu allem bereit in den Händen hielt, aber jedesmal, wenn ich mich anschickte, irgendein Stück zu schneiden oder aufzuspießen, dachte ich daran, auf die Uhr zu sehen, oder ich bemerkte, wie der Tischgast zu meiner Rechten unverständliche Worte zu murmeln begann – sicher Verwünschungen und Flüche – oder zuviel Aufsehen beim Essen machte – einmal glaubte ich, Gegurgel zu hören –, um mir auf diese Weise mitzuteilen, daß er mich ungeduldig erwartete, da der Turnus mit seinem vorherigen Gesprächspartner beendet war). Die erste Phase des Abendessens bestand aus drei oder vier oder fünf Hauptgerichten (je nach Vermögen oder Geiz des *college*), und deren Verzehr dauerte – mehr als alles andere der langen Pausen wegen (in denen wir unerbittlich allein mit unseren Weingläsern blieben) – ungefähr zwei Stunden, wie ich schon gesagt habe. Während dieser ersten beiden Stunden war man also dazu verurteilt, mit nur zwei Personen zu reden, von denen eine immer der Kollege war, der die Einladung verschickt hatte – zur Linken –, indes die andere vom Zufall oder, besser gesagt, vom zumeist bösen Willen des *warden* bestimmt wurde, dessen Aufgabe es war, die Plätze zu verteilen. Bei jenem Abendessen war Cromer-Blake mein Gastgeber und bereitete mich darauf vor, daß zu meiner Rechten ein vielversprechender junger

Ökonom sitzen würde, dessen einziger Fehler (bei einem *high table*) darin bestand, daß er nur bereit war, sich über das Thema zu unterhalten, mit dem sich seine kürzlich abgeschlossene Doktorarbeit befaßt hatte.

»Und was ist das für ein Thema?« fragte ich, während wir vor dem Betreten des Refektoriums im Gedrängel unseren Platz in der Zweierreihe suchten.

Cromer-Blake fuhr sich über das graue Haar, wie er es immer zu tun pflegte, bevor er irgendeine Frage beantwortete oder eine Meinung äußerte oder eine Anekdote erzählte, und antwortete mir lächelnd: »Nun ja, sagen wir mal, es ist ein äußerst ungewöhnliches Thema. Aber ich bin sicher, du wirst Zeit genug haben, es herauszufinden.«

Jener junge Ökonom namens Halliwell war fettleibig und rothaarig, trug einen militärischen, wenn auch dünnen Schnurrbart – ein Siebenmonatskind oder eine vorgezogene Premiere – und zeigte in der Tat nicht die geringste Neugier für meine Person oder mein Land (mein Land ist normalerweise eine gute Zuflucht bei den erhabenen Unterhaltungen), so daß ich es war, der mit einer höflichen Befragung beginnen mußte, die nach nicht mehr als vier Fragen, wie angekündigt, in das überaus originelle Thema seiner Doktorarbeit mündete, nämlich eine bestimmte und anscheinend besondere Steuer, mit der in England zwischen 1760 und 1767 der Apfelwein belegt wurde.

»Nur der Apfelwein?«

»Nur der Apfelwein«, antwortete der junge Ökonom Halliwell befriedigt.

»Oh, wie interessant, wer hätte das gedacht«, antwortete ich. »Und wie kommt es, daß nur der Apfelwein damit belegt wurde?«

»Erstaunt, was?« sagte der junge Ökonom Halliwell

entzückt und machte sich daran, mir minuziös die Ursachen und Charakteristiken jener ungewöhnlichen Steuer auseinanderzusetzen, die für mich nicht uninteressanter sein konnte.

»Faszinierend, erzählen Sie weiter«, sagte ich.

Zum Glück ist es einfach, in einer Sprache, die nicht die eigene ist, zu tun, als hörte man zu, und hin und wieder intuitiv zu nicken oder zu loben oder (servil) den Mund zu öffnen, und genau das tat ich jenes Mal im Verlauf der endlosen Siebenminutenabschnitte, die mir nach den jeweiligen fünf mit Cromer-Blake mit dem jungen Halliwell zustanden. Während sich dieser vielversprechende Ökonom ungehemmt über den Apfelwein ausließ und nicht die Freundlichkeit besaß, mir eine einzige Frage zu stellen, konnte ich mich trotz meiner fortschreitenden Trunkenheit (aber ich habe das Glück, daß nichts in meinem Verhalten oder in meiner äußeren Erscheinung den Prozeß verrät, dem ich mich unterwerfe, wenn ich mich betrinke) der Beobachtung der übrigen Tischgäste widmen, mit denen mir der direkte Umgang bis zum Nachtisch verwehrt war, und während der Cromer-Blake geschuldeten Sprechzeiten diesen über jene befragen und mich ein wenig schadlos halten, indem ich auf spanisch den jungen Ökonomen Halliwell verfluchte. Ich muß sagen, so wie Clare Bayes mich verstohlen mit einer Mischung aus Spott und Mitgefühl beobachtete, beobachtete auch ich sie mit großem Gefallen und später, als der allgemeine Verfall am Tisch eingesetzt hatte, mit offener sexueller Bewunderung. Sie war eine der fünf beim Abendessen anwesenden Frauen und eine der beiden unter fünfzig. Sie war auch die einzige, die unter ihrem schwarzen Talar ein äußerst geschmackvolles Dekolleté erkennen ließ, und mehr will ich prinzipiell nicht sagen, denn da ich eine Zeitlang ihr Liebhaber gewesen bin, käme es mir prahlerisch vor, jetzt ihre Reize aufzuzählen. Der übrige Tisch war, mit einer Ausnahme, von gleichfalls talartragenden Herren besetzt, und der *warden* war Lord Rymer, Mitglied des Oberhauses und prominenter Intrigant in London, Oxford, Brüssel, Straßburg und Genf. Zwischen ihm und mir saßen zwei Tischgäste, und Clare Bayes, auf der anderen Tischseite, war nur durch einen Gast vom Kopfende getrennt.

Wie allgemein bekannt, schaut man sich in England kaum an, oder man tut es so verschleiert und unabsichtlich, daß immer Zweifel daran aufkommt, ob jemand wirklich anschaut, was er anzuschauen scheint, so undurchsichtig vermögen die Augen in ihrer natürlichen Tätigkeit zu werden. Deshalb vermag ein kontinentaler Blick (zum Beispiel der meine) die angeschaute Person in Verlegenheit zu bringen, selbst wenn im Rahmen der möglichen Blicke eines Spaniers oder Kontinentaleuropäers der betreffende Blick als neutral, lau oder sogar respektvoll bezeichnet werden muß. Aus dem gleichen Grund ist ein insulärer oder englischer Blick, der vorübergehend den Schleier ablegt, der ihn gewöhnlich bedeckt, skandalös und könnte zu Streit oder Auseinandersetzung führen, verhielte es sich nicht so, daß eben die Blicke, die diesen unverschleierten Blick sehen könnten, den ihren nicht abgelegt haben und deshalb nicht sehen noch anschauen können, was für andere unvernebelte Augen (zum Beispiel kontinentale) offensichtlich und vielleicht beleidigend wäre. Obwohl ich im Verlauf von zwei Jahren ein wenig lernte, undurchsichtig zu schauen, war mein Blick zur damaligen Zeit nicht nur unfähig zur Zensur, sondern, wie ich schon angedeutet habe, bei diesen unvergeßlichen Abendessen bestand meine einzige Zuflucht gegen den Hunger und die Langeweile – außer im Rotwein, im Rosé und im Weißwein – darin, meinen Blick zu schärfen und mich der Beobachtung zu widmen. Wenn also mein Blick (ich selbst bemerkte es) von einem bestimmten Augenblick an voller sexueller Bewunderung für Clare Bayes war, dann war der Blick des *warden* Lord Rymer – ebenfalls in Richtung Clare Bayes – seit der Einleitung des Hammerschlags und der lateinischen Brocken von wilder, unverhohlener Lüsternheit. Während jedoch die Schamlosigkeit meines Blickes durch die Scham der anderen auf mich gerichteten Blicke aufgehoben wurde (einschließlich des Blickes von Lord Rymer, der sich den üblichen insulären Schleier anlegte, sobald er die Augen von Clare Bayes' Dekolleté oder Gesicht abwandte), war die offensive Wollust im Blick des *warden* für meinen Blick unverkennbar, der seinerseits, sobald er sich von Clare Bayes' Dekolleté oder Gesicht löste, deutlich moribund wurde (der Züchtigung wegen, die Halliwell mir verabreichte) und finster (der animalischen Geilheit wegen, die mir im Blick von Lord Rymer zu betrachten vergönnt war). Das Hauptproblem lag jedoch darin, daß der Blick von Clare Bayes selbst nicht völlig englisch war, vielleicht aufgrund (wie ich später erfuhr) der in Delhi und Kairo verbrachten Jahre ihrer Kindheit, wo man sich nicht wie auf den Inseln und auch nicht wie auf unserem Kontinent anschaut; sie war daher in der Lage, nicht nur die viehisch lüsternen Blicke des *warden*, sondern auch meine sexuell bewundernden wahrzunehmen. Das zweite (geringere) Problem bestand darin, daß am anderen Ende des Tisches, auf meiner Seite und neben dem Kopfende, das von einer kurz vor der Pensionierung stehenden berühmten literarischen Autorität eingenommen wurde, die ich sehr gern mochte und von der ich später noch sprechen werde, Edward Bayes saß, gleich Cromer-Blake Mitglied des gastgebenden *college*; und obwohl sein Blick stets rein insulär war, kann der Umstand, daß die beiden einzigen unverschleierten Blicke des Tisches seiner Frau galten, ihn gezwungen haben, seinerseits seinen gewohnten Schleier abzulegen, um sich über die – wilden oder nichtwilden – Begierden der anderen auf dem laufenden halten zu können. Aber so stimmt es nicht ganz, denn bei seiner Plazierung, in derselben Reihe mit mir, konnte Edward Bayes meinen Blick überhaupt nicht sehen, wohingegen er sehr wohl den Blick von Clare Bayes und ebenso den Lord Rymers ohne jede Sichtbehinderung sehen konnte. Er sah mit Sicherheit, daß seine Frau in einem bestimmten Augenblick dem Erröten nahe war, aber er schrieb es gewiß dem Wein zu oder dem unwürdigen Herumscharwenzeln des *warden*: ein riesiger Mann mit sehr straffer Haut – ich glaube, er war unbehaart –, der genauso betrunken war wie alle anderen auch. Und wenn Edward Bayes den Blick seiner Frau sah, die mich ab und zu anschaute, dann mußte er denken, daß derjenige, den sie in Wirklichkeit auf der Suche nach Schutz oder zumindest Komplizenschaft anschaute, ihr Freund Cromer-Blake war, der unmittelbar zu meiner Linken saß, wie ich schon gesagt habe. Aber es gab noch einen vierten Blick – vielleicht einen fünften, wenn der Blick von Edward Bayes sich tatsächlich seines englischen Tülls entledigt hatte –, der nicht notwendig verschleiert sein mußte, und dieser gehörte Dayanand, dem Arzt indischer Herkunft und Freund Cromer-Blakes, der links von Clare Bayes und deshalb genau mir gegenübersaß. Obwohl er schon seit Jahrzehnten in Oxford lebte, bewahrten seine Augen noch immer die Leuchtkraft und Klarheit seines Herkunftslandes und wirkten im Rahmen dieses Abendessens nachgerade feurig. Alle fünf oder sechs Minuten, während er ruhig von seiner Unterhaltung mit Clare Bayes zur Einsilbigkeit gegenüber dem einzigen Gast wechselte, der keinen Talar trug (ein todhäßlicher Professor für Mineralogie von der Universität Leiden, dessen Blick, wiewohl ausländisch, ebenfalls durch gewaltige rechteckige Lupen verschleiert war, die er als Brille trug), ließ er seine schwarzen und leicht wäßrigen Augen einen Augenblick verweilen und betrachtete mich von oben bis unten mit einem pharmazeutischen Ausdruck, als deute meine Art, offen nach rechts und links, aber vor allem auf Clare Bayes zu schauen, auf ein bekanntes und leicht heilbares Leiden, das jedoch in diesen Breiten ausgerottet war. Es war unmöglich, Dayanands Blick standzuhalten, und jedesmal, wenn sich mein Blick mit seinem kreuzte, blieb mir nichts anderes übrig, als mich Halliwell zuzuwenden und so zu tun, als vertiefte ich mich noch mehr in sein steuerpolitisches Geschwätz. Dayanands Augen wurden hingegen feurig, sobald er sie Clare Bayes und dem Kopfende zuwandte und Lord Rymer in sein Gesichtsfeld trat, der indes keine großen Probleme hatte, seinem Blick standzuhalten, da er ihn wahrscheinlich – er fühlte sich unschuldig – nicht einmal bemerkte: Der *warden*, verpflichtet, mit seinen unmittelbaren Nachbarn zu sprechen, die ihn sichtlich langweilten (zu seiner Rechten eine Harpyie, *warden* eines *college* für Frauen; zu seiner Linken eine herablassende predigende Leuchte der Sozialwissenschaften namens Atwater), entfernte sich jetzt allmählich vom Protokoll und begann, mit unangebrachten Richtigstellungen in die jeweiligen Gespräche von Clare Bayes und Cromer-Blake einzugreifen, seinen nächstfolgenden Nachbarn zu beiden Seiten des Tisches. Aber da weder die eine noch der andere allzusehr geneigt waren, ihn ganz in ihre Gespräche einzubeziehen, tat er, als würde er der Harpyie oder der Leuchte zuhören und spielte mit dem Holzhammer auf dem Sockel, wie es gelangweilte oder betrunkene *wardens* der hohen Tische häufig tun. Und betrunken und verdrossen, wie er war, merkte er in keinem Augenblick, daß sein anfänglich unbekümmertes Geklopfe auf den feststehenden Sockel (er ließ den Hammer nachlässig fallen) sich allmählich in eine Reihe immer heftigerer Schläge verwandelte (jetzt mit kräftig geschwungenem Hammer), die jedoch in genügendem Abstand erfolgten, um – außer Verwunderung – eine gewaltige Verwirrung hervorzurufen, da einige Kellner bei ihrem Klang die Teller abzuräumen begannen, die sie gerade serviert hatten, während andere, die erfahrener waren und wußten, daß diese Schläge nicht zum Zeremoniell gehörten, sie ihnen wieder zu entreißen suchten, um sie ihren Bestimmungspersonen zurückzugeben, die in einigen Fällen noch keine Gelegenheit gehabt hatten, an ihnen zu schnuppern. Nachdem infolge des Personalgerangels ein paar dieser Teller laut klirrend zu Boden gefallen waren, kam ein Augenblick, an dem die fünf Kellner, die bei Tisch bedienten, damit aufhörten und sich beratend in einer Ecke des Refektoriums versammelten, wo sie sich gegenseitig der Unfähigkeit bezichtigten, während (wenn auch verhalten) Proteste seitens der Tischgäste zu vernehmen waren, die Fischbestecke vor sich hatten, um ein Steak in Angriff zu nehmen, Schüsseln mit kalten Resten, die stehengeblieben waren und auf dem Tisch störten (etwas Niedagewesenes bei einem *high table*), Gerichte, die andere begonnen oder angebissen hatten, und (das Schlimmste) leere Gläser oder Gläser mit zusammengeschüttetem Wein. Lord Rymer bemerkte nichts, und bei jedem zerstreuten Hammerschlag auf den Sockel oder auf den Tisch (denn er traf nicht immer), mit dem daraus folgenden Dröhnen und Splittern des edlen Holzes, dem Hüpfen der Erbsen und Champignons und dem Rollen einiger Gläser, konnte ich nicht umhin, die mögliche Richtung zu kalkulieren, die je nach seiner Haltung oder vielmehr Neigung (der haltlose *warden* schien sich über die Tischplatte werfen zu wollen) der Hammer nehmen konnte, wenn er ihm aus der Hand fiele und davonflöge. Ich lehnte mich ein wenig zurück, nicht nur in der Hoffnung, ihm auszuweichen, sondern um damit auch die Möglichkeiten zu erhöhen, daß er die Stirn des jungen Ökonomen Halliwell träfe und ihn zu Boden streckte, denn der junge Ökonom Halliwell, gleichgültig gegen alles, ertränkte mich nach jedem Aparte und Atemholen mit Cromer-Blake weiterhin in altem oder stichigem Apfelwein, und nichts hätte mich mehr getröstet, als ihn ohne Bewußtsein zu sehen.

»Erstaunlich die Sache mit Ihrem Apfelwein«, sagte ich. »Und diese Sondersteuer, gab es die nur in England?«

»Nur in England«, antwortete Halliwell begeistert.

Ich gewahrte, daß Clare Bayes meine Bewegung bemerkte (also lieh sie mir einige Aufmerksamkeit unter jenen Umständen) und sich ebenfalls zurücklehnte, obwohl ich nicht weiß, ob dies in der Absicht geschah, gleichfalls einen Schlag gegen einen ihrer Nachbarn zu begünstigen oder um ihr Dekolleté und ihr Gesicht dem Blickfeld von Lord Rymer zu entziehen und zu sehen, ob der *warden* auf diese Weise aus seiner Betäubung zu erwachen und wieder Haltung anzunehmen vermochte. Aber der intrigante Lord Rymer streckte seinerseits den gewaltigen Oberkörper vor (wobei der linke Ellbogen den Tisch leerfegte und der vordere Teil seines Talars über das unberührte Steak streifte und Erbsen aus dem Sattel hob) und war nicht bereit, das aus dem Blick zu verlieren, was ihm so gefiel und was er um jeden Preis sehen wollte. Es kam ein Augenblick, da Lord Rymer, den Blick unverwandt und verloren auf das Dekolleté und das Gesicht von Clare Bayes geheftet, überhaupt nicht mehr anwesend war, und was bislang – wie ich schon gesagt habe – beliebige, unregelmäßige und in Abständen erfolgende Schläge gewesen waren, verwandelte sich nun in ein fortgesetztes mechanisches Gehämmer, dessen er sich nicht im mindesten bewußt war. Die Wirkung der Hammerschläge war bereits mehr als spürbar auf dem Tisch, wo sich die Reste verschiedener Gänge häuften und nicht nur Brotkrumen, Erbsen und Champignons herumhüpften (die in jedem Fall leicht vom Teller hüpfen), sondern Stücke gedämpfter Kartoffeln, Gräten von Seezungen, Spritzer dicker Soßen, die Brille des häßlichen Professors aus Leiden (der ohne sie noch häßlicher war) und sehr viel Wein unterschiedlicher Farbe. (Glücklicherweise erfüllen die Talare neben heimlichen ästhetischen Funktionen auch die Aufgabe, die eleganten Anzüge, mit denen man sich zu den hohen Tischen einfindet, vor dem unendlichen und unbegreiflichen Schmutz zu schützen, den diese bisweilen zur Folge haben.) Die fünf Kellner, die sich mittlerweile einig geworden waren, hatten jedoch alle Hände voll zu tun, den Tisch am entgegengesetzten Kopfende festzuhalten – wobei sie die dort sitzende literarische Autorität zerzausten –, damit die Erschütterungen und das Gewicht des riesigen Körpers von Lord Rymer, der sich immer mehr auf seinem Sitz vorbeugte, keine größeren Verheerungen anrichteten. Nach und nach (aber alles war eine Sache von Sekunden) trat Stille im Refektorium ein, allerdings keine vollständige, denn sowohl der inbrünstige Halliwell als auch der sauertöpfische Atwater waren außerstande, einen Augenblick den Mund zu halten, und während der erste mich weiterhin quälte (»Sogar der Vizegraf Pitt mußte sich mit der Sache mit dem Apfelwein befassen! Sterne erwähnte die Steuer in einer seiner Predigten!« rief er entzückt aus), richtete der andere, die Daumen in Brusthöhe in den Falten seines Talars vergraben, unbeirrt eine hochtrabende Rede an den *warden*, im Glauben, er sei es, den dieser mit seinen starren, animalischen Augen ansah, und nicht das heißbegehrte Dekolleté und das Gesicht von Clare Bayes. Obwohl das Gehämmer in seiner wildesten Phase nicht länger als eine Minute dauerte, wurde die Situation unhaltbar (während dieser Minute). Aber da wir, die einzigen Tischgäste, deren Blicke unverschleiert waren, aufgrund unserer mickrigen hierarchischen Position nicht in der Lage waren, irgendeine Maßnahme zu ergreifen und die anderen, maßgeblicheren Blicke von besagter Gaze verhüllt waren, die ihnen den Blick dafür verstellte, daß Lord Rymer die Haltung verloren hatte und daß man ihn ermahnen oder ihm einfach den Vorsitz entziehen mußte (aber Lord Rymer war nicht nur *warden*, sondern auch ein einflußreicher Politiker, der für seine lebenslange Rache bekannt war), breitete sich die Stille immer weiter aus, unterbrochen nur – außer von den Hammerschlägen – vom unbeirrbaren Gemurmel Halliwells und der Leuchte Atwater und von den spitzen Schreien der rechts vom *warden* sitzenden Harpyie, die, obwohl eine offenkundige Schmeichlerin und deshalb unfähig, Lord Rymer aufzurütteln und sich damit der Gefahr auszusetzen, ihn zu verärgern, unwillkürlich bei jedem Hammerschlag zusammenfuhr, so nah befand sich ihre ausladende und zweifellos silikongefüllte Büste dem malträtierten Sockel.

Während jener endlosen Minute fand ich Gelegenheit, sämtliche Tischgäste in meinem Blickfeld zu beobachten: Die literarische Autorität am entgegengesetzten Kopfende teilte Schläge gegen die ihr zu Leibe rückenden Kellner aus, die, eifrig bemüht, den Tisch im Gleichgewicht zu halten, ihr weiter die Frisur zerzausten und die Ellbogen ihrer zehn kräftigen Arme gegen die Ohren stießen; zu ihrer Rechten hatte Frau Dr. Wetenhall mehr als eine Hand zuwenig bei ihrem dreifachen Versuch, sich die Ohren zuzuhalten, zwei Flaschen zu fassen, die bereits (halbvoll) auf den *warden* zurollten, und ein (womöglich neues) prekäres Haarteil mit Strähnen festzuhalten, das sich zu lösen begann, während ihr anderer Nachbar, der Leiter meiner Abteilung (Professor Kavanagh, ein ungezwungener Ire, der sich vor allem für die erfolgreichen Schauerromane interessierte, die er unter Pseudonym schrieb, ein Mann, der bei Kollegen und Untergebenen schlecht angesehen war, eben weil er Ire war, Romane schrieb und ungezwungen war), amüsiert wirkte und ironisch zum Getöse des *warden* beitrug, indem er im gleichen Takt mit einem Löffel an sein Weinglas schlug, wie man es noch heute beim Nachtisch tut, um eine Rede anzukündigen; zu seiner Rechten saßen zwei Mitglieder des *college* (mit Namen Brownjohn und Willis, Wissenschaftler mittleren Alters und folglich reflexarm), die lediglich Seitenblicke auf Lord Rymer wagten und versuchten, die herumfahrenden Augengläser ihres holländischen Gastes einzufangen, der, obwohl sicher auf seinem Platz sitzend, angesichts des

Verlusts seine Arme ausgestreckt hatte (und mit ihnen das wenige umwarf, was in seinem Umkreis noch aufrecht stand), als fürchtete er, jeden Moment zu stolpern, wie Blinde, wenn sie sich ihres Stocks beraubt sehen; Dayanand, ebenfalls Mitglied des *college* und charaktervolles Individuum, war einer der wenigen, die das Gedröhn des *warden* hätten unterbrechen können, aber wenn auch vieles in seiner Haltung darauf hindeutete, beschränkte er sich doch darauf, ihm tödliche Blicke zuzuwerfen und auf dem Tisch die Fäuste zu ballen und zu öffnen (»dieser indische Arzt wird sich das teuer bezahlen lassen, auch wenn er zehn Jahre warten muß«, dachte ich; »vor diesem indischen Arzt muß man auf der Hut sein«); die Leuchte Atwater und der Ökonom Halliwell hatten endlich innegehalten in ihrem Wortschwall, und die bloße Tatsache zu schweigen schien sie noch mehr zu verwirren als das Gehämmer des *warden*, das sie wahrscheinlich bis zu jener Minute tosender Stille gar nicht wahrgenommen hatten; von der schreckhaften Harpyie habe ich schon gesprochen, und was Cromer-Blake betraf, so war sein Gesicht ein Rätsel: Während er an seinem wächsernen Kinn zupfte, schien er mit einem Anflug von Lächeln (das eines Mannes, der kurz davorsteht, in schallendes Lachen auszubrechen, oder das eines Mannes, in dem sich vielleicht der Zorn sammelt) zu warten, als wüßte er als guter Kenner der Angewohnheiten seines *warden* bereits, daß die Minute eine Minute dauern würde. Die übrigen vier Tischgäste, zu denen Edward Bayes gehörte, entzogen sich meinem Blickfeld. Aber bei dieser Wanderung, die mein Blick in sechzig Sekunden unternahm und die er auch jetzt nach so viel Zeit und in sehr viel längerer Zeit und in der Stadt Madrid unternimmt, in die ich zurückgekehrt bin, habe ich Clare Bayes ganz bewußt übersprungen.

Tatsächlich war es so, daß während jener Minute niemand wirklich – das heißt mit dem Blick – auf Lord Rymer achtete: Ein Teil der Tischrunde blickte ihn verstohlen und furchtsam an, konnte ihn jedoch nicht sehen, wie ich schon erklärt habe; ein anderer Teil war zu sehr damit beschäftigt, seine Haltung zu bewahren und wenigstens zu verhindern, daß die von den Hammerschlägen erschütterten Flaschen, Augengläser und umherrollenden Trinkgefäße auf den Boden fielen; und ein dritter Teil nutzte die Gelegenheit, um Blicke untereinander zu tauschen oder, was das gleiche ist, um einander direkt und ohne irgendeinen Schleier ins Gesicht zu schauen. Zu den ersten gehörten die Harpyie, der Schauerromancier Kavanagh, die Leuchte der Sozialwissenschaften Atwater und der Apfelwein-Ökonom Halliwell, wobei die beiden letzteren als Mitglieder des *college* sich vielleicht (nicht sehr viele) Gedanken darüber machten, ob sie eingreifen und Lord Rymer das Instrument entziehen oder weiter untätig abwarten sollten, daß andere sich dem Risiko aussetzten, durch ihren kühnen Versuch unter den Hammer zu geraten oder – später – von Vergeltungsmaßnahmen getroffen zu werden; unter den zweiten befanden sich die literarische Autorität beziehungsweise der bereits so gut wie emeritierte Professor Toby Rylands, die Wissenschaftler Brownjohn und Willis, die perückentragende Frau Dr. Wetenhall und der fürchterliche Mineraloge in seiner Finsternis; und zu den dritten gehörten, wie ich während der letzten Sekunden jener Minute feststellen konnte, Dayanand und Cromer-Blake, Clare Bayes und ich sowie möglicherweise ihr Mann: gewiß auch er. Der abgemilderte (lediglich argwöhnische oder strenge) Blick, den Dayanand während des Abendessens hin und wieder auf mich gerichtet hatte und der jetzt mit seiner ganzen Intensität Lord Rymer traf, richtete sich plötzlich unverändert auf seinen Freund Cromer-Blake; das heißt, Dayanand warf ihm zu, was ich zuvor einen tödlichen Blick nannte, während er weiter seine Hände oder Fäuste auf dem Tisch ballte und öffnete, wie bei einem empörten Menschen, der sich mit knapper Not beherrscht; und als Cromer-Blake seinerseits die Augen des indischen Arztes wie Feuerblitze auf sich spürte, hob er den Blick, und obwohl ich seine Augen nicht gut sehen konnte, da sie sich im Profil befanden, also eigentlich nur das rechte, bemerkte ich, daß sein anfängliches Lächeln sich in die äußerst harte Linie verwandelte, die seine schmalen, wie blutlos wirkenden Lippen bisweilen zu bilden vermochten.

Und in diesem Augenblick schaute ich offen in das Gesicht von Clare Bayes, und ohne sie zu kennen, sah ich sie wie jemanden, der bereits meiner Vergangenheit angehörte. Ich meine, wie jemanden, der *nicht mehr* zu meiner Gegenwart gehörte, wie jemanden, der einen sehr interessiert hat und aufgehört hat, einen zu interessieren, oder schon gestorben ist, wie jemanden, der *war* oder den man an einem schon weit zurückliegenden Tag dazu verurteilt hat, *gewesen zu sein*, vielleicht weil dieser jemand einen sehr viel früher dazu verurteilt hat, nicht mehr zu sein. Jenes ausgeschnittene Kleid, das unter dem Talar zum Vorschein kam und indirekt so viel Aufruhr verursacht hatte, stammte aus einer anderen Zeit, wie so oft die Galakleidung in England. Und sogar das Gesicht von Clare Bayes war ein wenig altmodisch mit seinen zu vollen Lippen und seinen hohen Wangenknochen. Aber daran lag es nicht. Es lag daran, daß auch sie mich anschaute, und sie schaute mich an, als würde sie mich seit uralten Zeiten kennen, fast als wäre sie eine jener ergebenen, zweitrangigen Gestalten, die unsere Kindheit bevölkern und später nicht fähig sind, uns als die abscheulichen Erwachsenen anzuschauen, die wir sind, sondern uns mit ihrem reglosen, von der Erinnerung entstellten Auge – zu unserem Glück – in alle Ewigkeit als Kinder sehen werden. Diese naive Unfähigkeit findet sich häufiger bei Frauen als bei Männern, insofern Kinder für Männer ärgerliche Entwürfe von Erwachsenen sind, während sie für Frauen vollkommene Wesen darstellen, dazu bestimmt, zu verderben und abzustumpfen, und deshalb bemüht sich ihre Netzhaut, das Bild der vorübergehenden Gottheit zu bewahren, die verurteilt ist, es einmal nicht mehr zu sein, und wenn diese Netzhaut sie nicht kennengelernt hat, dann verwenden sie alle Vorstellungskraft, die der Umgang mit einer anderen Person stets erfordert, auf die Vorstellung dieses Kindes, das sie vielleicht nur von Photographien kennen oder in der schlafenden Gestalt dessen, der schon erwachsen und vielleicht gealtert ist, oder aus den gemächlichen Erzählungen, die der Usurpator ihnen vielleicht auf einem Bett anzuvertrauen gewagt hat, dem einzigen Ort, an dem die Männer sich bereit zeigen, mit lauter Stimme weit zurückliegender Dinge zu gedenken. So schaute Clare Bayes mich an, als kennte sie meine Kindheit in Madrid und hätte in meiner eigenen Sprache meine Spiele mit meinen Brüdern und meine nächtlichen Ängste und meine verabredeten Prügeleien nach dem Ende des Schulunterrichts erlebt. Und daß ich so von ihr gesehen wurde, bewirkte, daß ich sie in ähnlicher Weise sah. Ich habe später erfahren – als ich mehr von ihr wußte –, daß ich in jenen letzten Sekunden einer Minute, die nur jetzt existiert, ihre Kindheit in Indien aufblitzen sah, das nachdenkliche Gesicht des kleinen Mädchens, das nicht viel zu tun hatte in jenen südlichen Städten und unter der Obhut der braunen Stimmen heiterer Dienstboten einen Fluß vorbeifließen sah. Ich wußte nicht, daß ich ihn sah (und deshalb irre ich mich vielleicht oder lüge und sah ihn *nicht* und darf es *nicht* sagen), aber ich muß einfach sagen, daß durch diese dunklen blauen Augen jener in der Nacht glänzende, helle Fluß zog, der Yamuna oder Jumna, der durch Delhi fließt, gesprenkelt mit kleinen, rudimentären Lastkähnen, die Getreide, Baumwolle und Holz und auch Steine auf seinem Lauf dahinschleppen, vom Ufer her von nichtssagenden Gesängen gewiegt, gesäumt von Kieselsteinen, die von seinen steilen Ufern rollen, wenn er die Stadt hinter sich läßt, so wie in meinen Augen sich vielleicht Madrider Bilder aus der Calle de Génova, de Covarrubias und de Miguel Ángel malten, die sie nie betreten noch gesehen hatte: vielleicht das Bild von vier Kindern, die mit einem alten Dienstmädchen durch diese Straßen gehen. Und gewiß war da auch die gewaltige Eisenbahnbrücke, die den Yamuna auf der Höhe der Stadt überspannt, die ständig aus der Ferne betrachtete Brücke, von der sich, wie ihr die Kinderfrau mit geheimnisvoller Stimme erzählte, wenn sie allein waren, mehr als ein unglückliches Liebespaar hinabgestürzt hatte: der breite blaue Fluß, zerteilt von der langen Brücke mit ihren diagonalen, gekreuzten Eisenträgern, die meiste Zeit leer, im Dunkeln, müßig und verschwommen, genau wie eine jener ergebenen, zweitrangigen Gestalten der Kindheit, die sich später entziehen, um nach langer Zeit, wenn sie gerufen werden, nur für die Dauer eines Augenblicks wiederzuerscheinen und aufzuleuchten und sich sogleich wieder im

Dunkel ihrer unbekannten, austauschbaren Existenzen zu verlieren, nachdem sie ihren kurzen Dienst geleistet oder das Geheimnis offenbart haben, das man plötzlich von ihnen fordert. Und so existieren sie nur, damit das Kind, immer wenn es das Bedürfnis danach spürt, durch sie hindurchgehen kann. Das kleine englische Mädchen schaut jetzt auf die schwarze Eisenbrücke und wartet, daß ein Zug sie überquert, um zu sehen, wie sie aufleuchtet und sich im Wasser spiegelt, einer jener Züge mit lebhaften Farben, voller Licht und unhörbarer Geräusche, welche den Yamuna von Zeit zu Zeit überqueren, den Jumna, den sie geduldig von ihrem Haus in der Höhe anschaut, während die Kinderfrau ihr Worte zuflüstert oder ihr Vater, der Diplomat, sie in ihrem Rücken vom Rand des Gartens her betrachtet, wenn die Dunkelheit schon hereingebrochen ist, in Gala für das Abendessen und ein Glas in der Hand. Die Stunde naht, da das kleine Mädchen ins Bett geht, aber vorher muß noch ein Zug vorbeifahren, einer mehr, denn das frische Bild des vorbeifahrenden Zuges und des von seinen Fenstern erleuchteten Flusses (die Männer auf den Lastkähnen verlieren das Gleichgewicht, während sie nach oben schauen) hilft ihr, in den Schlaf zu finden und sich mit der Vorstellung des nächsten Tages in einer Stadt abzufinden, zu der sie nicht gehört und die sie erst dann als ihre sehen wird, wenn sie sie verlassen hat und ihrer nur noch mit ihrem Sohn oder mit einem Liebhaber mit lauter Stimme gedenken kann. Alle drei, das kleine Mädchen, die Kinderfrau und der melancholische Vater, warten, bis der Postzug, der aus Moradabad kommt und immer mit unberechenbarer Verspätung eintrifft, rasch die Eisenbrücke überquert, sie von einem Ende zum anderen ausfüllt mit seinen klapprigen tausendfarbigen Waggons, die man im

Mondlicht wie einen Splitter erkennen kann: Und dann, nachdem sie die hin und her pendelnde Laterne des letzten Waggons aus den Augen verloren und ihr mit der Hand einen Abschiedsgruß zugewunken hat, der niemals um einer Antwort willen erfolgte, steht Clare Bayes auf und zieht sich die Schuhe an und küßt, auf die Fußspitzen gestellt, ihren schweigsamen Vater, der nach Tabak und Pfefferminzlikör riecht, und verschwindet schließlich im Innern des Hauses an der Hand der Kinderfrau, von der sie vielleicht, bevor sie einschläft, irgendein nichtssagendes Lied hören wird. So schaute Clare Bayes mich an, und so schaute ich sie an, als wären wir einer des anderen wachsame und mitfühlende Augen, Augen, die aus der Vergangenheit stammen und nicht mehr zählen, weil sie schon seit langer Zeit wissen, wie sie uns sehen müssen: Vielleicht schauten wir uns an, als seien wir beide ältere Geschwister. Und obwohl ich sie noch nicht kannte, wußte ich, daß ich sie kennen und ihr auf einem Bett die Details erzählen würde, die ich ihr im Verlauf so vieler Monate regelloser und immer wieder unterbrochener Begegnungen in meiner pyramidenförmigen Wohnung in Oxford und auch in der ihren und in den immer gleichen Hotels in London und Reading und einem in Brighton über die Calle de Génova, de Covarrubias und de Miguel Angel anvertraute.

Sie wandte den Blick ab. Plötzlich schien der *warden* Lord Rymer aus seiner lüsternen Selbstversunkenheit zu erwachen. Er griff energisch nach dem Hammer, und als er in seinem Umkreis eine so große Stille gewahrte (das Gemurmel hatte aufgehört, sämtliche Studenten waren mit ihrem elenden Abendessen fertig und schon vor einer Weile von den tiefen Tischen geflohen, in der Tasche das eine oder andere Messer zur Entschädigung), setzte er eine verächtliche, vage Miene auf, zeigte mit dem Stiel auf uns und sagte: »Was ist los mit Ihnen? Haben Sie sich nichts zu sagen, oder ist gerade ein Engel vorbeigegangen?« Dann stand er auf, schob mit der Hüfte (eine Geste des Ekels) den Teller mit seinem unberührten und erbsenlosen Steak beiseite, stieß einen groben lateinischen Brocken hervor, ohne sich noch im geringsten um eine glaubhafte Aussprache zu bemühen, versetzte dem übel zugerichteten Sockel einen letzten, erbarmungslosen Schlag und rief euphorisch: »Nachtisch!«

Dies ist ein Augenblick von großer Feierlichkeit und (bildnerischer) Schönheit bei den erhabenen Abendessen, denn er ist das Zeichen dafür, daß die Tischgäste aufstehen und, abermals in einer (wenn jetzt auch nicht richtig eingehaltenen, schwankenden und anarchischen) Reihe, in einen Salon hinübergehen, der weniger förmlich und gemütlicher als das Refektorium ist, wo sie eineinhalb Stunden lang bedächtig Früchte der Saison, tropische Früchte, Trockenfrüchte, Eis, Kuchen, Torten, Sorbets, saure Drops, Kekse, Oblaten und mit Likör und Pfefferminz gefüllte Pralinen zu sich nehmen, während gleichzeitig im Uhrzeigersinn und äußerst rasch etliche Flaschen oder vielmehr Karaffen verschiedener außergewöhnlicher Portweine zirkulieren, die auf dem Markt nicht erhältlich sind. Bei dieser zweiten, frohsinnigeren Phase des Abendessens, die eher dem Mittelalter als dem achtzehnten Jahrhundert verhaftet und örtlich unter der Bezeichnung *Bananenverzehr im Mondlicht* bekannt ist, wechselt man endlich die Gesprächspartner, die Unterhaltungen unterliegen keiner zeitlichen Begrenzung mehr, und in dem Maße, wie der Portwein den Wunsch nach Entschädigung steigert und den durch die Weine der ersten Phase verursachten sprachlichen Verfall vollendet, wird die Unterhaltung allgemein, ungezwungen, hektisch und sogar chaotisch, bisweilen unanständig. Zudem besteht die entfernte Möglichkeit, daß der *warden* (sie unterliegt, wie alles, seinem Willen) in einem bestimmten Augenblick beschließt, einen Toast auf die Königin auszubringen, was bedeutet, daß man endlich rauchen darf. Aber der Augenblick von großer Feierlichkeit und (bildnerischer) Schönheit ereignet sich beim Verlassen des Refektoriums, denn dabei müssen die Tischgäste die bislang benutzte Serviette behalten und in der Hand tragen, so fleckig und zerknittert sie auch sein mag; und das Auf und Ab des kleinen weißen Tuchs (leicht soldatisch, wie immer, wenn man in einer Reihe geht) bildet einen sublimen Gegensatz zum langsamen, weiten Flug der endlosen schwarzen Talare. Clare Bayes legte sich die Serviette in einer ironischen Geste wie einen Kinderlatz um und bedeckte auf dem kurzen Weg ihr Dekolleté. Sie brach in Lachen aus, und ich glaube, sie lachte mir zu. Später dann, als sie während des Nachtischs weit entfernt neben der Autorität Toby Rylands und in der Nähe ihres Mannes saß, schaute sie mich den ganzen restlichen Abend nicht mehr an. Ab einem bestimmten Augenblick rauchte ich pausenlos: dank der unvorhergesehenen Toleranz oder der monarchischen Ergebenheit des *warden* Lord Rymer.

An jenem Abend wurde mir bewußt, daß mein Aufenthalt in der Stadt Oxford, wenn er zu Ende ginge, sicher die Geschichte einer Verstörung wäre; und daß alles, was hier begänne oder sich ereignete, von jener umfassenden Verstörung erfaßt oder gefärbt und deshalb dazu verurteilt wäre, im Zusammenhang meines Lebens, das *nicht* verstört ist, nichts darzustellen: dazu verurteilt, sich zu verflüchtigen und dem Vergessen anheimzufallen wie das, was die Romane erzählen, oder wie fast alle Träume. Deshalb unterziehe ich mich jetzt der Mühe der Erinnerung und der Mühe des Schreibens, weil ich weiß, daß ich andernfalls am Ende alles auslöschen würde. Auch die Toten, die die Hälfte unseres Lebens sind und gemeinsam mit den Lebenden das Leben ausmachen, wobei sich jedoch nicht leicht bestimmen läßt, was die einen von den anderen trennt und unterscheidet; ich meine, die Lebenden von den Toten, die wir lebendig gekannt haben. Und ich würde am Ende die Toten von Oxford auslöschen. Meine Toten. Mein Beispiel.

Daß mein Aufenthalt in dieser Stadt einer Verstörung gleichkommen würde, hat in gewissem Sinne nichts Besonderes, insofern alle, die dort leben, gestört oder Gestörte sind. Denn *sie befinden sich nicht in der Welt*, und wenn sie in die Welt hinausgehen (zum Beispiel nach London), dann genügt dieser Umstand, daß ihnen die Luft wegbleibt, die Ohren summen, sie den Gleichgewichtssinn verlieren, straucheln und eiligst in die Stadt zurückkehren müssen, die sie ermöglicht und behütet: Hier befinden sie sich nicht einmal in der Zeit. Ich hingegen pflegte mich durchaus in der Zeit und auch in der Welt zu befinden (in Madrid, zum Beispiel), und deshalb mußte meine Verstörung, wie ich an jenem Abend entdeckte, von anderer Natur, vielleicht gegen die Norm gerichtet sein. Da ich mich immer in der Welt befunden hatte (da ich mein Leben in der Welt verbracht hatte), sah ich mich plötzlich *außerhalb der Welt*, als hätte ich mich in ein anderes Element, ins Wasser begeben. Vielleicht war mir meine Verstörung erst durch das unvermutete Auftauchen meiner Kindheit in Clare Bayes' Blick vollauf bewußt geworden, denn die Kindheit ist die Zeit, in der man am stärksten in der Welt verankert ist – oder, um es mit kindlichen Worten zu sagen, in der die Welt mehr Welt ist – und die Zeit eine größere Substanz besitzt und die Toten sich noch nicht in die Hälfte des Lebens verwandelt haben.

Nach dem Abendessen ging ich einen Augenblick in Cromer-Blakes Wohnräume im *college* hinauf, um vor dem Schlafengehen noch ein letztes Glas zu trinken, und während er die Gläser hinstellte und mit methodischen, sicheren Bewegungen eine Flasche öffnete, noch immer im Talar, dachte ich: »Hier bin ich nicht nur ein Ausländer, von dem niemand etwas weiß und der niemandem etwas bedeutet, von dem man nichts biographisch Wichtiges weiß, außer daß er nicht für immer bleiben wird, sondern schlimmer und entscheidender ist, daß es hier niemanden gibt, der mich in meiner Jugend oder in meiner Kindheit gekannt hat. Eben das verstört mich: daß ich mich nicht mehr in der Welt befinde und mich vorher nicht in *dieser* Welt befunden habe. Daß es keinen Zeugen meiner Kontinuität gibt, der weiß, daß ich mich nicht immer im Wasser befunden habe. Cromer-Blake weiß seit einiger Zeit etwas von mir, durch meine Vorgänger aus Madrid und Barcelona. Aber das ist alles, Angaben, die er erhielt, als ich noch kein Gesicht, nur einen Namen besaß. Und doch ist dies Grund genug – die delegierte Freundschaft –, daß er bereits dazu verurteilt ist, das stärkste Band zwischen mir und dieser Stadt zu sein, die Person, der ich die Fragen stellen werde, die gestellt werden müssen, und an die ich mich hier immer dann wenden werde, wenn irgendein Problem, eine Krankheit, eine Niederträchtigkeit oder ein ernsthafter Wahn auftaucht. Er ist die Person, die ich jetzt gleich über die Frau vom Abendessen, Clare Bayes, befragen werde, und sobald er die Gläser eingeschenkt und sich gesetzt hat, werde ich ihn über sie und ihren Ehemann ausfragen. Cromer-Blake mit seinem weißen Haar und seinem blassen Gesicht, mit seinem Schnurrbart, den er sich in beständigem Zweifel wachsen läßt und alle paar Wochen wieder abrasiert, mit seiner unnachahmlichen englischen Sprechweise, die den bewundernden Studenten zufolge wie die der BBC »von früher« klingt, mit seiner Bissigkeit und seinen großartigen Valle-Inclán-Interpretationen, mit seinem Aussehen eines verstoßenen Kirchenmannes und seinem nicht vorhandenen Familiensinn, ist dazu verurteilt, die väterliche und auch die mütterliche Gestalt in dieser Stadt zu sein, obwohl er mich – in keiner Weise – während meiner Kindheit oder meiner Jugend gekannt hat (ich bin über dreißig, er hat mich in meiner Jugend nicht gekannt). Die Frau vom Abendessen kannte sie ebensowenig, aber sie hat, ich weiß nicht wie, meine Kindheit *gesehen* und mir erlaubt, die ihre zu sehen, sie als kleines Mädchen zu sehen. Dennoch weiß ich, daß ich nicht damit rechnen kann, daß sie in dieser Stadt die väterliche Gestalt verkörpert, nicht einmal die mütterliche, die es für alle zu jeder Zeit und an jedem Ort geben muß, gleich welches Alter und welchen Grad an Selbständigkeit wir haben. Auch die ältesten und mächtigsten Männer bedürfen dieser Gestalten bis zum Ende ihrer Tage, und ihre Schwierigkeit oder Unfähigkeit, jemanden zu finden, der sie verkörpert, widerlegt nicht ihr Bedürfnis nach ihnen, noch verhindert es ihre Phantasien auf der Suche nach ihnen oder das Gefühl des Mangels: ihr Verlangen nach ihnen, ihr Warten auf sie und ihre Vorstellung von ihnen.

Cromer-Blake schenkte mir mit Worten der Entschuldigung ein Glas Portwein ein, der nicht so gut war wie der, den wir zu unserem erhabenen Nachtisch getrunken hatten, und setzte sich in einen Sessel. Ich saß bereits, ihm gegenüber, auf seinem Sofa und trug ebenfalls noch immer den feierlichen Talar. Beide waren wir ziemlich betrunken, aber ihn hinderte das niemals daran, eine Unterhaltung zu führen. Bisweilen sprachen wir englisch, bisweilen spanisch; bisweilen sprach jeder in seiner Sprache.

»Prost«, sagte er und schlürfte buchstäblich einen Tropfen Wein. »Es war nicht so hart, oder? Abgesehen von der Apfelwein-Taufe, aber tröste dich, der ist seit Anfang des Jahres an diesem *college* noch niemand entgangen. Du darfst keine böse Absicht darin sehen, du warst quasi der einzige am Tisch, der sie noch nicht erhalten hatte, deshalb hat man dich neben ihn gesetzt. Halliwell ist neu hier, und das ist seine ellenlange Visitenkarte. Schlimm ist nur, daß er gewöhnlich nicht darüber hinauskommt, keiner gibt dem Ärmsten eine zweite Chance.«

»Trotz allem war das nicht das Schlimmste«, setzte ich

an; aber Cromer-Blake, für den feststand, daß der Witz dieser hohen Abendessen zu einem großen Teil in den Kommentaren nach dem eigentlichen Essen lag, ließ mir keine Gelegenheit, zu sagen, was nach meinem Dafürhalten das Schlimmste gewesen war.

»Das Schlimmste war Dayanand«, erklärte er.

Ich wollte das lüsterne und unbesonnene Verhalten des *warden* ansprechen und bei dieser Gelegenheit Cromer-Blake über Clare und Edward Bayes ausfragen, aber sicher besaßen diese Dinge in seinen Augen weder Neuheit noch Reiz. Ich schaute ihn an, während er tröpfchenweise Portwein schlürfte: Über seine langen übereinandergeschlagenen Beine fiel der untere Teil des Talars wie in Kaskaden herab, seine schwarze, weißgekrönte Gestalt war umrahmt von den Regalen voller englischer und spanischer Bücher, als bildeten seine eigene Haltung, sein Aussehen, sein Aufzug und seine Umgebung eine ästhetische Verkleidung. Er war nicht lächerlich, und ich dachte: Frauen und alles, was sie auslösen, besitzen keine Bedeutung für Cromer-Blake, obwohl sie durchaus mütterliche und sogar väterliche und auch kindliche Gestalten für ihn darstellen können. Aber wenn diese Gestalten auch im Verlauf des ganzen Lebens unentbehrlich sind, so vermögen sie doch nicht, schwere Konflikte oder Verunsicherungen zu schaffen, und sind es deshalb nicht wert, nach den Abendessen kommentiert zu werden. Clare Bayes kann eine solche Gestalt für Cromer-Blake sein, während sie es für mich nur sehr gelegentlich sein könnte oder in dem Maße, in dem sie sich eines Tages endgültig der wie auch immer beschaffenen – konfliktiven und verunsichernden – anderen Gestalt beraubt sähe, die ich ihr zugeschrieben haben würde. Die ich ihr zuschreiben werde. Feinde hingegen sind sämtliche erschöpfende und obsessive Kommentare nach den Abendessen wert. Es gibt keine größeren Feinde als die, die auch Freunde sind. Dayanand, der indische Arzt, war mir von Cromer-Blake immer als ein sehr guter Freund präsentiert worden, was ihn – in idealer Weise – dazu befähigt, ein Erzfeind zu sein. Was den *warden* betraf, so dürfte Cromer-Blake schon daran gewöhnt sein.

»Ich habe nicht die Gelegenheit gehabt, mit ihm zu sprechen.«

»Um so besser für dich. Hast du nicht gesehen, wie er uns während des ganzen Abendessens angeschaut hat?«

»Ja, das hab' ich gemerkt. Ich habe den einen oder anderen flammenden Blick von ihm erhalten, ich nehme an, es erschien ihm nicht richtig, daß auch ich eure Freundin Clare unverhohlen bewundert habe.«

»Ich glaube nicht, daß es das war. Mit dem gleichen wütenden Blick hat er den *warden*, dich und mich angeschaut. Aber glaubst du, daß für ihn von Belang ist, was Rymer während der Abendessen macht? Andere Male ist es viel schlimmer gewesen: Einmal, während des Nachtischs, war er nicht davon abzubringen, auf der Brust der Frau des Dekans von York eine Kette aus Mandarinenscheiben aufzubauen. Es geschah vor aller Augen, wir wußten nicht, wo wir uns verstecken sollten, aber niemand tat oder sagte etwas, woraus hervorgegangen wäre, daß wir, die Anwesenden, die plötzliche Vorliebe unseres phantasievollen *warden* für Früchteschmuck bemerkt hatten. Man muß sagen, daß der Dekan Selbstbeherrschung, Stärke und möglicherweise Zurückhaltung bewies, während er die Szene vom anderen Tischende her mit unparteiischer Aufmerksamkeit beobachtete, gleichsam als sähe er nur die positive Seite der Angelegenheit, als erleichterte man ihm eine unmittelbar bevorstehende Aufgabe oder brächte ihn auf eine gute Idee. Am nächsten Tag lachte Dayanand schallend, als er sich an die grenzenlose Unerschütterlichkeit des Dekans von York und die noch verdienstvollere der Dekanin erinnerte, eine füllige Frau, die das Ganze lediglich mit einem errötenden Lächeln und verschämten Protesten über sich ergehen ließ. Und glaubst du, daß Clare nicht wußte, was sie tat, als sie sich dieses Kleid anzog? Rymer herauszufordern ist eines unserer ältesten Vergnügen. Nein, Dayanand hat dir diese wütenden Blicke zugeworfen, weil du heute abend *mein* Gast warst, und Lord Rymer, weil er weiß, daß ich ihm zur Zeit den einen oder anderen Gefallen erweise, oder besser gesagt, wir erweisen uns gegenseitig den einen oder anderen Gefallen. In letzter Zeit sind wir ein Herz und eine Seele. Sämtliche Blicke von Dayanand galten mir, ich bin sicher. Zuerst über Zwischenpersonen, und dann hat er mich mit rotglühenden Nägeln gekreuzigt. Wie kann er so dreist sein?«

Die abschließende Frage hatte Cromer-Blake sich selbst gestellt.

»Ich hab' geglaubt, ihr seid Freunde.«

»O ja, das sind wir. Und außerdem ist er mein Arzt, ein wunderbarer Arzt, den ich nicht gern verlieren würde. Kaum tut mir ein bißchen der Hals weh, bin ich schon bei ihm, damit er mir den Löffel auf die Zunge legt und ein paar Pillen gibt. Ich stehe ständig in seiner Schuld, aber doch nicht so sehr, daß ich sie ihm dadurch zurückzahlen müßte, daß ich wahnsinnige Blicke über den Tisch aushalte, mit zwanzig Personen als Zeugen.«

Unter anderen Umständen hätte ich augenblicklich nach der Ursache jener Blicke gefragt, die Cromer-Blake so empört und beleidigt hatten und die er dennoch so gut zu verstehen schien, aber ich wollte schnell etwas über Clare Bayes erfahren und wartete nur auf irgendeine Lücke im Gespräch, die mir erlauben könnte, wieder auf sie zurückzukommen. Da ich sie nicht fand, schwieg ich, und Cromer-Blake bekam, wie so manches Mal, einen ernsten Gesichtsausdruck, der nichts zu tun zu haben schien mit dem, was ihn umgab oder was sein Gesprächspartner sagte: ein Ernst, der aus ihm selbst kam, gleich einer Pose, wie sie ähnlich im Theater die Selbstgespräche einleitet und begleitet. Und je mehr er sprach, um so mehr sprach er zu sich selbst, und sein Kinn sank immer tiefer: »Ich kann mich doch in meinen Vorlieben und meinem Begehren nicht nach ihm richten, ich meine, ich kann nicht vermeiden, daß sie mit seinen zusammenfallen; wenn ich das täte, würde ich mir die Hände binden und ein frustriertes Leben führen, weil ich ihn um Erlaubnis für jeden Zeitvertreib oder jede Leidenschaft bitten müßte, bevor ich in dieser Stadt irgendeine Initiative ergreife; ich müßte die verlockendsten Angebote ausschlagen, die schönsten Verführungsaktionen unterbrechen und zu ihm laufen und ihn vor ihrer Vollendung fragen, ob er etwas dagegen habe, daß ich meine unmittelbaren Absichten verwirkliche, ob irgendein Einwand seinerseits bestehe, ob meine sexuellen Handlungen oder meine bloßen Gefühle mit seinem vergangenen Leben oder seinen künftigen Plänen kollidieren, ob ich ihn rückwirkend oder im voraus verletzen kann, ob er seine Aufmerksamkeit schon auf dieses oder jenes schöne Gesicht, auf diesen oder jenen athletischen Körper gerichtet hat oder zu gerichten gedenkt, der mir gerade in meinem Schlafzimmer zur Verfügung steht. Es wäre lächerlich: Dayanand, macht es dir was aus, wenn ich mit einer Person schlafe, die nackt in meinem Zimmer ist? Schau sie dir gut an und vergewissere dich, nicht, daß du später deine Meinung änderst. Es wäre lächerlich. Aber etwas wird man tun müssen, er hat es sehr übelgenommen. Für wen hält er sich eigentlich, daß er sich so aufführt? Für wen hält er sich, daß er mir direkte Fragen über meine intimen Angelegenheiten stellt? Für wen hält er sich, daß er in diesem verzweifelten Ton mit mir spricht? Ich *kann nicht* die Ursache seiner Verzweiflung sein, ich bin es nicht. Für wen hält er sich, daß er Rechenschaft von mir fordert? Am Ende des Abendessens, es ist unglaublich. Er soll mit Jack reden.« Cromer-Blake machte eine Pause, als bildete der Name, den er ausgesprochen hatte, das interne Zeichen für das Ende des Selbstgesprächs und die Abschwächung seines Ernstes; er fuhr sich mit der Hand über das wollige Haar, leerte sein Glas mit einem Zug, und während er sich mit zitternder Hand ein neues einschenkte, fügte er hinzu: »Er ist verrückt vor Eifersucht, er ist ein Fanatiker.«

Alkohol macht mich einsilbig, obwohl ich gut zuhöre. Cromer-Blake hinderte er nicht daran, ohne das geringste Stottern zu sprechen, aber er ließ ihn vorübergehend vergessen, mit wem er sprach, und Dinge erwähnen, aus denen er mir gegenüber kein Geheimnis machte (zweifellos weil ich nicht für immer dableiben würde), über die er sich jedoch im Zustand der Nüchternheit wahrscheinlich nicht so offen geäußert hätte. Wäre ich ein bösartiger Mensch gewesen (ich bin es nicht), dann hätte ich die nötigen Kommentare von mir gegeben, um ihn bei seiner schlechten Laune zu halten und mir jenen Zwist aufgrund einer gefühlsbedingten oder sexuellen Rivalität bis in die letzte Einzelheit erzählen zu lassen. Aber an jenem Abend interessierten mich diese Einzelheiten nicht, obwohl ich mir später oft mit mehr als bloßer Neugier, das heißt mit wahrem Wissensdurst, Gedanken über sie gemacht habe. Ich wollte wissen, wer die Person (»Jack«) war, um die Dayanand und Cromer-Blake in jenen Tagen warben oder, vielleicht besser gesagt, die sie zu behalten trachteten. Ich wollte wissen, welches folgenschwere Band sie vereinte, denn möglicherweise war es diese Person, für die ich an jenem Winterabend kaum Neugier empfand, die sie für das Leben oder für den ewigen Tod miteinander verband, obwohl der eine noch unter den Lebenden und der andere schon unter den Toten weilt.

»Und was ist mit Edward Bayes? Ist er auch ein Fanatiker? Oder ist er eher wie der Dekan von York?«

Cromer-Blake lachte sanft und kurz, und plötzlich kehrte seine anfängliche gute Laune zurück.

»Alle können wir bisweilen wie der Dekan von York sein. Du denkst also ernsthaft an Clare.«

»Eigentlich nicht. Ich glaube, ich denke noch immer an ein junges Mädchen, das ich vor einigen Tagen im Zug aus London gesehen und gestern in der Broad Street wiedergesehen habe. Aber da ich nicht weiß, wer sie ist, und sie wahrscheinlich nicht wiedersehen werde, glaube ich, daß ich anfangen könnte, auch an deine Freundin Clare zu denken.« »Zu blöd«, dachte ich, »warum kann ich nicht an ergiebigere und interessantere Dinge denken? Beziehungen zwischen nicht blutsverwandten Personen sind es niemals, die mögliche Skala der Verhaltensweisen ist äußerst schmal, die Überraschungen sind fingiert, die Schritte sind Formalitäten, alles ist infantil: die Annäherungen, die Erfüllungen, die Entfernungen; die Fülle, der Kampf, die Zweifel; die Gewißheiten, die Eifersucht, das

Verlassen, das Lachen; alles ermüdet, bevor es beginnt. Ich bin verstört durch meine Abwesenheit von der Welt und vermag nicht mehr zu unterscheiden zwischen Dingen, über die man sich Gedanken machen muß, und solchen, bei denen dies ein beklagenswerter Verlust an Zeit und Konzentration wäre. Ich habe meinen Mittelpunkt verloren, ich darf weder an dieses junge Mädchen denken noch an Clare Bayes. Ich darf alles in bezug auf sie tun, nur nicht an sie *denken*. Ich bin betrunken, und ich bin verstört, ich habe Zeit im Überfluß, ich verwandle mich in einen Idioten in dieser erstarrten Stadt, in der ich gelandet bin.« Mit lauter Stimme faßte ich Cromer-Blake gegenüber meine Gedanken zusammen: »Ich sollte nicht an diese Dinge denken, ich sollte an interessantere Dinge denken. Vor allem über interessantere Dinge reden. Entschuldige.«

»Glaubst du, die gibt es?« Cromer-Blake hatte wieder eine ernste Miene aufgesetzt, wenn auch weniger ernst als zuvor, ohne seine Freundlichkeit und seine gute Laune zu verlieren. Das waren die Kommentare nach dem Abendessen. Er hatte eine Zigarette aus der Schachtel genommen, die vor mir auf dem Tisch lag, und sie ungeschickt mit meinem Feuerzeug angezündet. Nie trug er Zigaretten oder Feuer bei sich. Er hielt die Zigarette wie einen Bleistift. Den Rauch inhalierte er nicht. Er konnte nicht rauchen.

»Na ja«, sagte ich und leerte mein Weinglas auf der Suche nach einer Antwort; Cromer-Blake füllte es mir erneut. Seine Hand war wieder normal. Ich zündete ihm die Zigarette richtig an.

»Danke. Nimm mich, nimm Dayanand, nimm Rymer; nimm Kavanagh, nimm sogar Toby oder The Ripper, die aufgrund ihres Alters und ihres Charakters bestimmt ein keusches Leben führen. Nimm natürlich auch Ted. Gut, du kennst sie nicht genügend, aber ich wohl. Ich kenne sie. Keiner denkt an etwas anderes als an Frauen und Männer, der ganze Tag ist eine Formalität, um in einem bestimmten Moment innezuhalten und an sie zu denken, die Unterbrechung der Arbeit oder des Studiums hat keinen anderen Zweck, als *an sie denken zu können*, sogar wenn wir mit ihnen zusammen sind, denken wir an sie, zumindest ich. Die Parenthesen sind nicht sie, sondern die Unterrichtsstunden und die Forschungsarbeit, die Lektüre und das Schreiben, die Vorlesungen und die Zeremonien, die Abendessen und die Zusammenkünfte, die Finanzen und das Politisieren, alles, was wir hier als Aktivität betrachten. Die produktive Aktivität, die Geld und Sicherheit und Achtung einbringt und uns zu leben erlaubt, die bewirkt, daß eine Stadt oder ein Land funktioniert und organisiert ist. Die uns dann erlaubt, mit aller Intensität an sie zu denken. Sogar in diesem Land ist es so, entgegen unserem Anspruch und unserem Ruf, entgegen dem, was wir selbst gerne glauben wollen. Das ist die Parenthese und nicht umgekehrt. Alles, was man tut, alles, was man denkt, alles, was man sonst noch denkt und anzettelt, ist ein *Mittel*, um an sie zu denken. Selbst die Kriege werden geführt, um wieder an unsere Männer und Frauen *denken* zu können, um den ewigen Gedanken an sie zu erneuern, an die, die uns bereits gehört haben oder gehören könnten, an die, die wir bereits kennen, und an die, die wir kennenlernen werden, an die, die jung waren, und an die, die es sein werden, an die, die bereits in unseren Betten gewesen sind, und an die, die niemals durch unsere Betten wandern werden.«

»Das ist eine nette Übertreibung.«

»Mag sein, aber genau das sehe ich bei mir selbst und in

meiner Umgebung. Ich sehe es sogar in dieser Stadt, in der das Studium angeblich weder Raum noch Zeit für etwas anderes läßt. Und es wird immer so sein. Ich weiß, wenn ich alt bin, wenn ich pensioniert bin und nichts anderes mehr tun kann als unaufrichtige Ehrenbezeigungen entgegenzunehmen und meinen Garten zu pflegen, dann werde ich immer noch an sie denken und auf der Straße stehenbleiben, um Leute zu bewundern, die heute noch nicht geboren sind. Das ist das einzige, was sich nicht ändern wird, ich bin sicher. Deshalb denke ich auch jetzt so intensiv. Ich produziere und speichere künftige Erinnerungen und bereite mir auf diese Weise ein bißchen Abwechslung im Alter vor. Mein Alter wird einsam sein, wie das von Toby. Du solltest Freundschaft mit ihm schließen.«

»Soll ich auch Clare Bayes als Beispiel nehmen? An wen denkt sie?«

»Oh, das weiß ich nicht, ich habe von den Gedanken der Männer, des männlichen Geschlechts gesprochen, die einzigen, die ich gut kenne, die einzigen, von denen ich sicher weiß, wie sie sind, mit wenigen unerheblichen Variationen. Ich vermute, daß Clare an ihren Mann denken wird, auch an ihren Sohn, zweifellos an ihren Vater, mit dem sie eine intensive und ambivalente Beziehung verbindet, soviel ich weiß: Ressentiment und Bedingungslosigkeit, Hoffnung und Empörung, etwas in dieser Art. Ich vermute, daß es für sie nur Männer gibt, so wie für mich. Sie hat ihre Kindheit in der Gesellschaft von Frauen in Ägypten und Indien verbracht, wenn ihr auch die Mutter fehlte, die wichtigste. Sie spricht nie über ihre Mutter, zumindest hat sie nie über sie gesprochen; ich stelle mir vor, daß die Mutter starb, als Clare noch ein kleines Mädchen war, ich frage mich, ob vielleicht bei der Geburt, ich weiß es nicht, sie hat sie nie vor mir erwähnt. Den Vater, einen Diplomaten, hat sie sehr wenig gesehen. Nach dem, was sie erzählt, gab es in ihrer Kindheit immer eine braunhäutige Kinderfrau in einem langen Gewand an ihrer Seite: Ihr Blick wird sanft, wenn sie auf der Straße irgendeine Immigrantin sieht, die die auffällige Kleidung der verlassenen Heimat noch nicht abgelegt hat. Ihr Leben ist merkwürdig gewesen, wie das so vieler Engländer, für die ihr Land nur ein Name war, bis sie als Erwachsene zurückkehrten oder es zum erstenmal betraten. Jetzt gibt es sie kaum noch, diese Spezies ist im Aussterben begriffen. Sie kam zum Studium hierher, und jetzt unterrichtet sie hier. Das ist ungewöhnlich. Den meisten unserer Studenten gelingt es, eine Stelle zu finden, dort, wo das wirkliche Geld ist, in der Finanzwelt oder in der Verwaltung, auch wenn sie vor allem über Góngora oder Cervantes Bescheid wissen. Es geht um das Privileg, hier zu studieren, man nimmt an, nachdem sie unsere Methoden und unsere immer halbherzigere Gängelung ertragen haben, dann sind sie für jede Aufgabe geeignet, auch wenn sie sich darauf beschränkt haben, Sonette zu skandieren und während der mündlichen Prüfungen unzusammenhängendes Zeug über Calderón oder Montaigne zu stammeln. Nur Leute, die nicht mit dem Leben in der Welt zurechtkommen, wie ich, kehren am Ende mit dem Talar auf den Schultern zurück.« Cromer-Blake legte endlich den seinen ab, während er dies sagte, und ich nutzte die Gelegenheit, um mich auch des meinen zu entledigen, an den ich mich im Privatleben nie gewöhnen konnte und in dem ich – wenn ich ihn trug – bisweilen eine verdächtige und unangenehme Ähnlichkeit mit der lächerlichen und zum Glück abgeschafften typischen *capa* meines Landes sah. Cromer-Blake hängte die schwarzen Stoffe sorgfältig hinter die Tür und setzte sich wieder hin. Er trank weiter Portwein und ließ auf seine erste Zigarette eine zweite folgen, die er beinahe in der Mitte angezündet hätte. Er füllte die Luft mit Rauch, den die Lungen nicht gefiltert hatten und der sehr viel spektakulärer und dichter war als der, den ich ab und zu (gefiltert) ausstieß. Cromer-Blake war betrunken, wahrscheinlich sehr viel mehr als ich, aber er sprach noch immer genauso entschieden und flüssig wie in den Augenblicken, da er irgendeinen Kollegen einer anderen Universität vernichten wollte, der zu den Seminaren eingeladen worden war, die wöchentlich in der Bibliothek der Tayloriana stattfanden (er verfuhr sehr grausam mit den Hagiographen von García Lorca, den er als Gimpel, als Hochstapler betrachtete: er liebte es, alte Argotwörter in meiner Sprache zu gebrauchen). »Der Fall von Clare liegt anders, sie kommt gut in der Welt zurecht und hätte ohne weiteres eine diplomatische Karriere machen können, wie ihr Vater, der ihr dabei geholfen hätte. Ich weiß nicht, warum sie hier gelandet ist, vielleicht wegen Ted, ich glaube nicht, daß das Lehramt so etwas wie eine Leidenschaft für sie ist. Trotz unserer jahrelangen Freundschaft und obwohl wir uns großartig verstehen und viel miteinander teilen, glaube ich, daß ich sie nicht sehr gut kenne. Sie hat etwas Seltsames, etwas Undurchsichtiges oder Trübes, so als verhinderte ihre ausländische Vergangenheit, daß man sie deutlich sehen kann, und machte sie letztlich unbegreiflich. Von den meisten Menschen weiß man oder ahnt man ab einem gewissen Alter, was sie wollen oder wonach sie streben, was sie wirklich interessiert oder zumindest womit sie gern ihre Zeit verbringen. Von ihr weiß ich das nicht genau, nicht mit Gewißheit. Ich gebe zu, daß ich nur an meine jungen Männer denke, an die vergangenen, gegenwärtigen und zukünftigen. Im Grunde nur daran, obwohl es von meinen Tätigkeiten und meinem Beruf her so aussieht, als interessierte mich auch die spanische Literatur (die mich überhaupt nicht interessiert oder nicht mehr als die irgendeines anderen Landes, tatsächlich eher weniger als die einiger anderer Länder), und die akademische Laufbahn (die mich nur bis zu einem gewissen Grad interessiert, nicht aus Ehrgeiz, sondern weil ich mir Risiken ersparen und meiner Arbeit bequemer nachgehen kann), und die Intrigen, die in dieser Stadt die ganze Zeit angezettelt werden. Diese interessieren mich ein bißchen mehr, das gebe ich zu, aber ich widme mich ihnen nicht mit Leib und Seele, wie so viele andere. Letztendlich ist das oberste Ziel dieser ganzen Intrigen finanzieller Natur, es geht nur ums Geld, aber die großen Summen, die die *colleges* bewegen, sind immer an die Institution gebunden, niemand kann sie sich aneignen oder Nutzen aus ihnen ziehen: Ich selbst verfüge bereits über viel Geld, ich verwalte sehr viel Geld in Form von Studien-, Forschungs- und Reisestipendien, aber ich bin nur ein Nutznießer, genauso wie der Schatzmeister und der *warden*. Es hat Schatzmeister gegeben, durch deren Hände und Entscheidungen Millionen Pfund gegangen sind, und obendrein waren sie noch so freundlich, sie während ihrer Amtszeit zu vermehren; später mußte man dann Geldsammlungen veranstalten, um ihre Begräbnisse bezahlen zu können. Sobald man pensioniert wird oder stirbt, verschwindet das Geld, das man verwaltet und aufteilt und verteilt und bestimmten Zwecken zuführt und sieht und berührt und vermehrt, spurlos und ohne persönlichen Gewinn, es geht auf einen neuen Nutznießer über. Hier zählen nur die Institutionen, und als Mitglied oder Vertreter einer Institution kann man sehr mächtig werden, aber ohne sie oder außerhalb ihrer kann man es zu nichts bringen. Daher empfiehlt es sich, immer in gutem Einvernehmen mit dem *warden* zu stehen, vom Schatzmeister ganz zu schweigen. Alles, was wir haben, alles, was uns nützt, einschließlich des politischen und finanziellen Einflusses in London, dauert nur so lange wie unser Amt, unsere Tätigkeit oder unser Leben, nicht länger. Eines der Dinge, die Toby am meisten vermißt, ist, daß man ihn kaum noch aus London konsultiert. Absetzung ist möglich, aber Erbe nicht. Das ist einer der Gründe, glaube ich, warum es so viele Junggesellen hier gibt. Es ermutigt einen nicht, eine Familie zu gründen, wenn man weiß, daß man dieser Familie nach einem Leben voll Disziplin und Hingabe, aber auch voll Achtung und Reichtum, nicht mehr als die armselige Pension eines obskuren Universitätsprofessors hinterlassen kann. Trotzdem habe ich den Ehrgeiz, eines Tages Schatzmeister dieses *college* zu werden. Ich weiß, daß ich den Verzicht auf das Geld nicht allzusehr beklagen werde, wenn es soweit ist. Vor allem weiß ich, daß es keinen schlecht erzogenen oder verwöhnten Nachkommen geben wird, der mir das vorwirft, ich meine, die extreme Armut, die uns nach den fetten Jahren erwarten würde. Es besteht keine Gefahr, daß ich eine Familie gründen werde.«

Bursar, so lautete das sehr oxfordische Wort, das Cromer-Blake zur Bezeichnung dessen benutzte, was er werden wollte. »Cromer-Blake will mir nichts über Clare Bayes sagen oder erzählen«, dachte ich. »Er ist fähig, sich stundenlang über irgendein Thema auszulassen und so zu tun, *als ob* er mir etwas über Clare Bayes erzählte, aber bislang hat er mir noch nichts von dem gesagt, was ich wissen muß. Er ist fähig, mir seine intimsten Wünsche und seine eigentlichsten Ambitionen zu offenbaren, mir alle möglichen Geständnisse zu machen, um die ich ihn nicht gebeten habe, nur um mir nichts Entscheidendes über seine Freundin Clare mitteilen zu müssen. Wenn er mich ablenken, mich abbringen und sie vor jedem Verführungsversuch meinerseits schützen will, dann irrt er sich in der Methode. Je mehr er ausweicht oder mit den Dingen hinter dem Berg hält, die mich interessieren, um so größer, dringender, ausschließlicher und umfassender wird dieses Interesse werden. Ich vergesse sogar schon das Mädchen im Zug, das zu potentiell, zu jung, zu unabhängig, ihrer eigenen Präsenz zuwenig bewußt ist. Clare Bayes ist nicht so. Clare Bayes weiß mehr über sich selbst, und diese Kenntnis macht die Menschen attraktiv, gibt ihnen einen Wert: daß sie sich steuern können, daß sie ihre Handlungen vorbereiten und lenken können. Uns bewegt das Tun, das im Wissen um das Gewicht und die Bedeutung des Tuns oder Lassens geschieht. Der Zufall hat nichts Bewegendes, und die Unschuld birgt keine andere Verheißung als die Form, in der sie zu existieren aufhören wird. Clare Bayes muß Liebhaber haben, obwohl Cromer-Blake es mir nicht sagen will, sicher eher aus Freundschaft und Achtung ihrem Mann gegenüber als aus Diskretion (nach dem, was Cromer-Blake erzählt hat, nach dem, was er braucht und schätzt, muß er von der Indiskretion abhängen). Was bedeutet mir ihr Mann, den ich nicht kenne und – wenn ich es vermeiden kann – nie kennenlernen will? Was bedeuten mir die bestehenden Bande in dieser Stadt, zu der ich nicht gehöre und in der ich nicht bleiben werde? Welchen Einfluß oder welches Gewicht besitzt das, was vor meiner Ankunft, vor mir geschehen ist? Hier trage ich nicht die Verantwortung, dabeigewesen zu sein, ich bin bei nichts dabeigewesen. Dieser erstarrte Ort begann sich an dem Tag zu bewegen, da ich seinen Boden zum erstenmal betrat, nur daß ich dies bis zu diesem Abend der Verstörung nicht gewußt habe. Und welche Bedeutung wird nach meinem Fortgang das jetzige Geschehen haben? Ich werde keine Spur hinterlassen. Für mich ist dieser Ort ein vorübergehender Aufenthaltsort, aber es handelt sich um einen Aufenthalt, der lange genug währt, daß er mir eine sogenannte *Liebesgeschichte* verschaffen muß, solange ich hier bin. Ich kann es mir nicht erlauben, über meine ganze Zeit zu verfügen und *niemanden* zu haben, an den ich denken kann, denn wenn ich das tue, wenn ich nicht an jemanden, sondern nur an *die Dinge* denke, wenn ich meinen Aufenthalt und mein Leben nicht im Konflikt mit jemandem oder in Voraussicht oder Vorwegnahme dieses Konflikts lebe, dann werde ich am Ende an gar nichts denken und das Interesse an dem verlieren, was mich umgibt, und auch an dem, was von mir kommen kann. Vielleicht hat Cromer-Blake recht, zumindest teilweise: Vielleicht ist es schädlich und außerdem unmöglich, nicht an Frauen zu denken oder in seinem Fall an Männer, an eine Frau, als gäbe es einen Teil unseres Gehirns, der sich nur mit dieser Art von Gedanken beschäftigen könnte, vor denen die anderen Teile fliehen und die sie vielleicht verachten, aber ohne die auch sie nicht erfolgreich und angemessen funktionieren können. Als verhinderte die Tatsache, daß man nicht an jemanden denkt (obwohl dieser Jemand viele sein können), daß man an etwas denkt. Zumindest verhält es sich so bei den Personen, die nicht ernsthaft sind. Ich bin nicht ernsthaft, eigentlich kann man mich nicht ernst nehmen, mein Denken ist erratisch, mein Charakter schwach, aber das wissen wenige, und vor allem weiß es hier niemand, sicher hat niemand sich diese Frage gestellt. Ich werde Cromer-Blake also direkt fragen, ich werde ausnutzen, daß wir betrunken sind und daß die Fragen der Betrunkenen immer eine Antwort erhalten, ich werde ihn sofort fragen, ob Clare Bayes Liebhaber hat oder gehabt hat, ob sie in ihren Mann verliebt ist, ob er glaubt, daß ich Erfolgsaussichten habe, wenn ich versuche, sie in die Person zu verwandeln, an die ich die beiden Jahre (schon nicht mehr ganz, nicht mehr ganz) meines Aufenthalts hier denken werde. Diese beiden Jahre, die eine Verstörung sein werden. Da er dazu bestimmt ist, die väterliche Gestalt und die mütterliche Gestalt zu sein, werde ich Cromer-Blake um Rat bitten und ihn fragen, ob ich während dieser Zeit der Nutznießer von Clare Bayes sein kann, nur der Nutznießer, spurlos und ohne persönlichen Gewinn. Ich werde ihn auf der Stelle fragen, ohne zuvor der Unterhaltung eine bestimmte Richtung zu geben, offen heraus, so wie man niemals etwas in England fragt, wohl aber in Madrid, obwohl Cromer-Blake gerade mehrmals das Wort *bursar* gesagt hat und anderswo und meilenweit entfernt von dem zu sein scheint, was ich wissen will. Ich werde es ihn ohne Umschweife fragen, und ihm wird nichts anderes übrigbleiben, als mir mit Ja oder Nein zu antworten. Er muß es wissen, obwohl er auch antworten kann: ich weiß nicht.«

»Hat Clare Bayes Liebhaber?« fragte ich, und als ich es sagte, hatte ich mich in Wirklichkeit noch nicht genügend darauf vorbereitet, es entfuhr mir ungewollt.

»Was?« sagte Cromer-Blake. »Ja. Nein. Ich weiß nicht.«

Wenn man allein ist, wenn man allein lebt und noch dazu im Ausland, dann achtet man übermäßig auf den Abfalleimer, denn er kann das einzige sein, mit dem man eine konstante Beziehung oder, mehr noch, eine kontinuierliche Beziehung unterhält. Jede neue, glänzende, glatte, frisch eingeweihte schwarze Plastiktüte erzeugt das Gefühl absoluter Sauberkeit und unendlicher Möglichkeiten. Wenn man sie am Abend richtet, dann ist sie bereits die Einweihung oder Verheißung des neuen Tages: Alles Geschehen steht noch aus. Diese Tüte, dieser Eimer sind zuweilen die einzigen Zeugen dessen, was während des Tages eines allein lebenden Menschen geschieht, und dort werden nach und nach die Reste, die Spuren dieses Menschen im Verlauf des Tages abgelagert, seine abgeworfene Hälfte, das, von dem er beschlossen hat, daß es nicht für ihn ist oder daß er es nicht haben will, das Negativ dessen, was er gegessen, getrunken, geraucht, benutzt, gekauft, produziert und erhalten hat. Am Ende dieses Tages ist die Tüte, der Eimer voll und unordentlich, aber er hat gesehen, wie sie sich füllten, sich verwandelten und eine wahllose Mischung bildeten, und dieser Mensch kennt nicht nur deren Erklärung und Ordnung, sondern die wahllose Mischung selbst ist die Ordnung und Erklärung dieses Menschen. Die Tüte und der Eimer sind der Beweis, daß dieser Tag existiert und sich akkumuliert hat und ein wenig anders gewesen ist als der vorherige und der folgende Tag, obwohl er ebenso einförmig und das sichtbare Glied zwischen beiden ist. Sie sind der einzige Nachweis, das einzige Protokoll oder Zeugnis dafür, daß dieser Mensch durch die Zeit hindurchgegangen ist, das einzige *Werk*, das dieser Mensch wirklich vollendet hat. Sie sind der Lebensfaden, auch die Uhr des Lebens. Jedesmal, wenn er zum Abfalleimer geht und etwas hineinwirft, sieht er sie wieder, kommt er wieder in Berührung mit den Dingen, die er in den Stunden zuvor weggeworfen hat, und das gibt ihm ein Gefühl von Kontinuität: Sein Tag ist markiert durch seine Gänge zum Abfalleimer, und dort sieht er den Becher Fruchtjoghurt, den er zum Frühstück gegessen hat, und die Zigarettenschachtel, in der zu Beginn des Vormittags nur noch zwei Zigaretten übrig gewesen waren, die jetzt leeren und zerrissenen Umschläge, die mit der Post gekommen sind, die Coca-Cola-Dosen und die Späne eines Bleistifts, den er vor Beginn der Arbeit angespitzt hat (auch wenn er mit dem Füllfederhalter schreiben würde), die zerknitterten Seiten, die er für nicht gelungen oder falsch hielt, die Cellophanverpackung, die drei Sandwichs enthielt, die viele Male aus dem Aschenbecher hineingeleerten Kippen, die mit Kölnischwasser getränkten Wattebäusche, mit denen er sich die Stirn erfrischt hat, das Fett des kalten Aufschnitts, den er achtlos gegessen hat, um seine Arbeit nicht zu unterbrechen, die unnötigen Papiere, die er aus der Universität mitgebracht hat, ein Stengel Petersilie, ein Stengel Basilikum, Stanniolpapier, die Schnipsel, die Nägel, die er sich geschnitten hat, die gedunkelte Haut einer Birne, die Milchtüte, das leere Medizinfläschchen, die englischen Tüten aus grobem, rauhem Papier, in das die Antiquare ihre Bücher einwickeln. Alles verdichtet und konzentriert sich, verbirgt und verbindet sich und verwandelt sich so in die sichtbare – materielle und konkrete – Spur des Musters der Tage im Leben eines Menschen. Die Tüte zumachen und verknoten und sie hinaustragen heißt den Tag komprimieren und abschließen, der vielleicht nur durch diese Vorgänge interpunktiert wurde: den Vorgang, Abfälle und Überbleibsel wegzuwerfen, den Vorgang, zu verzichten, den Vorgang, auszuwählen, den Vorgang, das Unnötige auszusondern. Das Ergebnis dieser Aussonderung ist dieses *Werk*, das seinen eigenen Abschluß erzwingt: Wenn der Eimer überquillt, ist es beendet, und dann, aber erst dann besteht sein Inhalt aus Abfällen.

Ungefähr ein Jahr nach dem Abend, den ich mir gerade ins Gedächtnis zurückgerufen habe, begann ich, täglich auf den Abfalleimer und auf den Prozeß seiner Metamorphose zu achten, zu einer Zeit, da ich Clare Bayes aus verschiedenen Gründen, von denen ich an anderer Stelle sprechen werde, weniger sah, als ich es wünschte (und sie nicht ersetzt hatte), und meine Arbeit in der Stadt Oxford sich noch mehr verschlankt hatte, falls dies überhaupt möglich war (oder vielleicht erledigte ich sie auch immer mechanischer). Ich war mehr allein und hatte mehr Muße, und die Phase der Entdeckung war schon seit einiger Zeit beendet. Aber bereits vorher und von Anfang an hatte ich während der Wochenenden besonders auf den Abfalleimer geachtet, denn tatsächlich sind die Sonntage in England nicht einfach trostlose Sonntage, die man, wie überall, auf Zehenspitzen hinter sich bringen muß, ohne ihre Aufmerksamkeit zu erregen noch ihnen die geringste Beachtung zu schenken, sondern aus der Unendlichkeit verbannte Sonntage, wie Baudelaire, glaube ich, gesagt hat. Während der übrigen Woche fand ich trotz meiner wenigen Verpflichtungen mehr Zerstreuungen, und eine, die in dieser Stadt niemals fehlt (sie kann sich für den, der ihr verfällt, in die wichtigste verwandeln), ist die Suche nach vergriffenen, alten, seltenen, von krankhaften oder verschrobenen Sammlern begehrten Büchern. Die Antiquariate sind, so man eine Vorliebe dafür besitzt, Englands staubiges und verborgenes Paradies, das zudem regelmäßig von den vornehmsten Herren des Königreichs aufgesucht wird. Ihre Vielfalt und große Zahl, der grenzenlose Reichtum ihrer Bestände, die Geschwindigkeit, mit der sie ihre Vorräte erneuern, die Unmöglichkeit, sie jemals gewissenhaft zu erkunden, der kleine, aber dynamische und aktive Markt, den sie darstellen, machen sie zu einem stets lohnenden Territorium voller Überraschungen. Während meiner zwei Jahre andauernden Stöberjagd fand ich mit meinen behandschuhten Händen unauffindbare Herrlichkeiten zu lächerlichen Preisen, wie zum Beispiel die siebzehn Bände der ersten und einzigen vollständigen Ausgabe der *Geschichten aus tausendundeiner Nacht* in der Übersetzung von Sir Richard Francis Burton (bei den Buchhändlern eher als Captain Burton bekannt), die vor mehr als einem Jahrhundert in einer begrenzten Auflage von tausend numerierten Exemplaren nur für die Subskribenten des Burton Club und mit der (erfüllten) Verpflichtung veröffentlicht wurde, sie niemals zu erweitern noch zu wiederholen: In der Tat wurde die Gesamtheit dieses üppigen viktorianischen Textes nie wieder neu gedruckt, sondern lediglich Auswahlbände oder verfälschte Ausgaben, die den Anspruch auf Vollständigkeit erhoben, in Wirklichkeit jedoch von allem gesäubert worden waren, was man (beziehungsweise Burtons Frau) seinerzeit als obszön betrachtete. Der Büchernarr ist dazu verurteilt, sich hinsichtlich seiner wichtigsten, besonders eifrig verfolgten Beute zu spezialisieren, zugleich wird er jedoch unweigerlich immer großzügiger und anpassungsfähiger in seinen Interessen, je mehr ihn der unwiderstehliche Virus des Sammelns befällt. So war es in meinem Fall, und während meine Neugier sich einerseits erweiterte und verzweigte, gab es andererseits fünf oder sechs Autoren, die ich in das systematische und vorrangige Ziel meiner Suche zu verwandeln beschloß, ohne daß bei ihrer Auswahl der Wunsch, ihre Bücher zu lesen und zu besitzen, ausschlaggebender gewesen wäre als die bloße Schwierigkeit, sie zu finden. Zweitrangige, merkwürdige, erfolglose, vergessene oder niemals geschätzte Autoren, die kaum bekannt sind und gewöhnlich nicht einmal in ihrem Ursprungsland neu aufgelegt werden, unter denen der bekannteste und am wenigsten zweitrangige der (in meinem Land jedoch ungleich bekanntere) Waliser Arthur Machen war, jener seltsame Schriftsteller von raffiniertem Stil und subtilem Horror, der bei einer Umfrage, die zur Zeit unseres Bürgerkrieges bei fünfzig britischen Literaten veranstaltet wurde, der einzige war – vielleicht, um seinen Hang zum Schrecken in reinster Form nicht Lügen zu strafen –, der öffentlich seine Präferenzen für das Lager Francos bekundete. Trotz seiner Fama sind seine Bücher nicht leicht in ihren englischen Originalfassungen aufzufinden und noch weniger in alten, von Sammlern hochgeschätzten Ausgaben, so daß ich angesichts der Mühe, die es mich kostete, viele der mir noch fehlenden Titel aufzutreiben, einige Buchhändler bat, sie für mich zu reservieren, falls sie ihnen in die Hände fielen, und sogar sie für mich zu beschaffen.

Die englischen Antiquare reisen noch immer über Land,

besuchen altertümliche Buchhandlungen in entfernten Städten und verlorenen Ortschaften, begeben sich in die Landhäuser, in denen es einen gelehrten Toten mit ungebildeter Nachkommenschaft gegeben hat, bieten erfolgreich bei armseligen örtlichen Versteigerungen und verpassen keinen improvisierten oder spontanen Buchmarkt in der Provinz (die oft an Orten stattfinden wie dem Feuerwehrpark, der Eingangshalle eines Hotels ohne Gäste oder dem Kreuzgang einer Kirche). Sie reisen, forschen, halten unaufhörlich ihre Nase in den Wind, und deshalb hat es Sinn, ihnen zu sagen, was man haben möchte, denn es ist sehr wahrscheinlich, daß sie es auftreiben. Unter den Buchhändlern, die ich oft aufsuchte, befand sich ein Ehepaar namens Alabaster, das in bemerkenswerter Weise zu den Extravaganzen meiner Bibliothek beitrug. Ihr Laden war klein, bequem und düster, schlicht und ungesund, ein halb gemütlicher, halb schrecklicher Ort mit schönen Regalen aus Edelholz, die völlig verbogen und kaum sichtbar waren unter dem Gewicht und der unvorstellbaren Unordnung der Tausende von Büchern, die sie weniger ausfüllten als niederdrückten und unter sich begruben. Sie mußten ziemlich viel Geld verdienen, denn in der altmodischen, staubigen und dunklen Örtlichkeit, die auch an den lichtesten Stunden des Vormittags durch zwei Lampen mit Glasschirm erhellt wurde, leuchtete mit seinem eigenen Licht ein Fernsehschirm, der ihnen erlaubte, im kurzgeschlossenen Stromkreis das Untergeschoß des Ladens zu beobachten und was dort unter der einzigen flackernden Glühbirne vor sich ging, ohne jedesmal, wenn ein möglicher Käufer sich an seine Erkundung wagte, die Treppen hinab- und wieder hinaufsteigen zu müssen. Dieses Ehepaar schien – als wollte es an der

Modernität teilhaben, mit der ihre Ware so verfeindet war – den ganzen Tag im Fernsehen (schwarzweiß) anzuschauen, was sich wenige Meter von ihnen entfernt unter ihren Füßen (in Farbe) abspielte. Frau Alabaster gab sich lächelnd und autoritär, mit jenem spezifisch englischen Lächeln, wie es die berühmten Würger dieser Nationalität auf der Leinwand verschwenden, wenn sie ein neues Opfer auswählen. Von mittlerem Alter, mit grauem Haar, durchdringendem Blick und eingekapselten Zähnen, trug sie stets einen Schal aus rosafarbener Wolle und schrieb, an einem Tisch sitzend, unaufhörlich in ein gewaltiges Geschäftsbuch. Nach ihrer ständigen Aktivität zu urteilen, die sie lediglich (oft) unterbrach, um aufmerksam und interessiert auf ihrem Monitor das (fast immer leere, immer ereignislose) Untergeschoß zu betrachten, mußten die Geldposten, mit denen das Ehepaar Alabaster umging, enorm und ihre Registrierung kompliziert sein. Herr Alabaster, der Ehemann und ursprüngliche Inhaber des Namens, gab sich ebenfalls lächelnd, aber sein Lächeln entsprach eher dem des anonymen Opfers des Würgers, kurz bevor es von seinem Schicksal erfährt. Er war ein stattlicher, gut (sportlich) gekleideter Mann mit wohlerhaltenem und sorgfältig gekämmtem grauen Haar, der etwas von einem alten, theoretischen Eroberer besaß (einer von denen, die aufgrund ihrer sozialen Herkunft oder einer frühen, eisernen Ehe keine Gelegenheit fanden, ihren Charme zu erproben), den weder die Koketterie noch der Kölnischwasser-Duft seiner weniger hypothetischen Jahre verlassen hatten. Aber obwohl auch er ständig anwesend war, kann ich mich nicht erinnern, daß er ein einziges Mal auf meine Fragen oder Erkundigungen geantwortet hätte. Er lächelte und grüßte wie ein energischer, geistig reger Mensch (seine ganze Haltung strahlte Unerschrockenheit aus), aber er delegierte jede noch so nichtige Angelegenheit oder Antwort an das größere Wissen und die größere Autorität seiner Frau. Er wandte sich an sie und wiederholte lebhaft und mit dem gleichen Wortlaut die an ihn gestellte Frage – er machte sie sich zu eigen, als wäre er der Wissensdurstige – (»Haben wir etwas von Vernon Lee bekommen, Liebling?«), wobei er sich darauf beschränkte, am Ende des Satzes das Wort *darling* hinzuzufügen. Während sie in den Genuß des Tisches und eines bequemen Sessels kam, mußte er sich damit begnügen, auf einer der Stufen der Handleiter zu sitzen, von der ich ihn oftmals mit einem leichten Schuldgefühl vertrieb, um in den vergessensten und unerreichbarsten Regalen herumzustöbern. Er blieb stehen, bis ich in der Höhe fertig war, und dann, nachdem er mit einem Taschentuch nur über die Stufe gewischt hatte, die ihm als Sitz diente, nahm er ihn ohne Ungeduld wieder ein. Jedesmal, wenn ich eintrat, fand ich sie so vor, in der gleichen unveränderlichen Haltung und Anordnung: Sie trug Zahlen in ihr großes Buch ein oder überwachte den Bildschirm mit ihren durchdringenden Augen, er stützte sich schlecht und recht auf die Handleiter, mit verschränkten Armen (nie habe ich gesehen, daß er in einem seiner Bücher las oder in einer Zeitung blätterte, und schon gar nicht, daß er sich mit Frau Alabaster unterhielt) und in abwartender Haltung, während er, höchster Ausdruck seiner Aktivität, ebenfalls (indirekt) das Untergeschoß beobachtete. Die fröhliche Weltgewandtheit, mit der Herr Alabaster jeden eintretenden Kunden begrüßte, deutete darauf hin, daß das bloße Erscheinen eines Kunden in der Ladentür innerhalb seiner subalternen Untätigkeit das Ereignis des Tages sein mußte und sein überschwenglicher Gruß an die Adresse dieser Person der glorreichste und geselligste Moment seines ganzen Arbeitstages. Denn später, wie ich schon gesagt habe, war er unfähig, auf eine einfache Frage zu antworten oder mit dem Finger auf das entsprechende Regal zu deuten (»Haben wir eine Abteilung Reisebücher, Liebling?«), nach dem der Käufer suchte. Angesichts ihrer Versunkenheit in die Fernbeobachtung ihres Untergeschosses fragte ich mich sogar, ob das Ehepaar Alabaster vielleicht die Fähigkeit besaß, etwas zu sehen, was für die übrigen Menschen unsichtbar war. Während ich das Untergeschoß inspizierte, erkundete ich des öfteren mehr die Ecken und den Fußboden als die Bücher, in der Erwartung, irgendein winziges Tier zu entdecken, das sie dort hielten, oder den zarten Atem eines Gespenstes zu hören. Niemals habe ich etwas gesehen oder gehört, und wenn ich in jenes Geschoß voller Spinnweben hinabstieg, um in der Dunkelheit herumzustöbern, stellte ich mir daher vor, daß das Ehepaar Alabaster erregt und mit angehaltenem Atem das Erscheinen meiner eigenen Gestalt – die beide gerade oben gesehen hatten – auf seinem langweiligen Bildschirm verfolgte, und bei mehr als einer Gelegenheit war ich versucht, Unsinn zu treiben oder irgendein Buch zu stehlen, um ihnen ein bißchen Abwechslung und Aufregung zu bieten. So weit ging ich zwar nicht, aber ich versuchte doch, lange dort zu verweilen und meine Bewegungen anmutig zu gestalten, mich rasch und unlogisch durch das Untergeschoß zu bewegen, mir wiederholt die Handschuhe aus- und wieder anzuziehen, meinen Mantel auf- und zuzuknöpfen, mir die Haare glattzustreichen, geräuschvoll den Staub von den Bänden zu klopfen, ostentativ oder langsam in ihnen zu blättern, Eintragungen in mein Notizbuch zu machen, mit den Absätzen zu stampfen, um Ungeduld oder Zweifel vorzuspiegeln, zu husten, zu seufzen, zu murmeln, Ausrufe auf spanisch auszustoßen und ihnen die größtmögliche Vielfalt bei dem kurzen Schauspiel zu bieten, in das ich mich zweifellos für diese vier Augen verwandelte (zwei naive und zwei krankhafte), die mich forschend beobachteten, während ich mich auf der Jagd nach Büchern befand.

Kurz nachdem ich ihnen gegenüber mein Interesse an jedem Titel von Machen bekundet hatte, der ihnen in die Hände fallen sollte (obwohl sie sich eigentlich nicht eine Meile von der Stadt Oxford zu entfernen schienen), bemerkte ich bei meinen Streifzügen durch die Buchhandlungen mehrere Tage lang einen Mann, der mit leichtem zeitlichen Abstand die nämlichen Wege zu gehen schien wie ich. Ich sah, wie er in der riesigen Buchhandlung des Antiquars Waterfield stöberte, im mysteriösen Obergeschoß des Kupferstichgeschäftes Sanders, bei Swift und bei Titles in der Turl Street, in der antiquarischen Abteilung der monumentalen und sehr vollständigen Buchhandlung Blackwell's, in den drei Stockwerken bei Thornton's, in der abgelegenen Artemis-Buchhandlung und sogar im winzigen Classic Bookshop, der auf griechische und lateinische Texte spezialisiert war. Ich halte mich für keinen schlechten Beobachter, aber diesen Mann wiederzuerkennen war überhaupt keine Kunst: Er selbst war schon recht sonderbar, aber das Auffälligste war der Hund, der ihn stets begleitete und draußen vor der Tür der Buchhandlungen auf ihn wartete. Er war ein hübscher mahagonifarbener Terrier mit wachem Gesicht, dem eine Pfote fehlte – die linke Hinterpfote –, die glatt amputiert worden war. Aus diesem Grund wartete er immer im Liegen, aber er stand sofort auf, wenn er jemanden aus dem Geschäft herauskommen hörte, an dessen Tür er festgebunden war, im Vertrauen darauf, nehme ich an, es handle sich um seinen büchernärrischen Herrn. Da ich gewöhnlich vor diesem in den Buchhandlungen eintraf, verließ ich sie auch gewöhnlich früher, und jedesmal fand ich den Hund, der aufstand und seinen kleinen glatten Stumpf wie eine verkümmerte Flosse sehen ließ. Ich streichelte seinen Kopf, und der Hund setzte sich wieder hin. Nie habe ich ihn bellen oder knurren gehört, mochte es auch regnen oder windig sein, nie habe ich ihn verdrossen gesehen. Dem Mann, der ihn mit sich führte und der mehr oder minder in meinem Alter war, fehlte seinerseits kein Bein, aber er erfüllte das Gebot, daß die Besitzer eine gewisse Ähnlichkeit mit ihren Tieren aufweisen müssen, durch ein starkes Hinken, ebenfalls mit dem linken Bein. Obwohl ich sie in jenen zwei oder drei Tagen niemals zusammen sehen konnte (der Mann immer drinnen und der Hund draußen), ließ sich die Gedankenverbindung leicht herstellen, und die wiederholte Anwesenheit der beiden machte sie eindeutig. Der Mann hatte gute, wenn auch etwas abgetragene Sachen an, er trug seinen Hut ganz unbefangen, und die Farbe seiner Haut und die seines Haars besaßen etwas Irisches. Er war mir – nicht sehr, aber zwangsläufig – im Innern der Buchhandlungen aufgefallen, denn selbst in den großräumigsten und verwinkeltsten war ich in irgendeinem Augenblick mit ihm vor denselben Regalen zusammengetroffen. Wir hatten nur flüchtige, neutrale, das heißt verschleierte Blicke getauscht. Zu keiner Zeit kam ich auf den Gedanken, daß dieser Mensch mit meinen unvorhersehbaren Schritten zu tun haben könnte, und schon gar nicht, daß er ihnen folgte, obwohl es merkwürdig war, daß ich ihn bei seiner Unverkennbarkeit niemals vor jenen Tagen gesehen hatte, nicht einmal bei meinen Spaziergängen durch die Stadt, und ihm jetzt oft genug begegnete, um beim Anblick der beiden beschädigten, wenn auch kaum beachteten Gestalten von Herr und Hund vorübergehend eine leichte Unruhe zu empfinden. Vielleicht waren es Fremde auf der Durchreise, ein Buchhändler aus London, der einen Streifzug durch Oxford unternahm.

An einem jener aus der Unendlichkeit verbannten Sonntage arbeitete ich am Vormittag in meiner pyramidenförmigen, nicht sehr gemütlichen Wohnung und hob ab und zu den Blick von meinen Papieren, um, wie immer an diesem Wochentag, durch das Fenster eine freundliche junge Blumenverkäuferin zu betrachten, eine Zigeunerin, die, mit hohen Stiefeln, Jeans und Lederjacke bekleidet, selbst bei strömendem Regen oder Schneefall an Feiertagen auf dem gegenüberliegenden Bürgersteig Stellung zu beziehen pflegte und der ich bisweilen einen Strauß abkaufte, um inmitten meiner Verbannung einige wenige Worte mit ihr wechseln zu können. Als ich in einer kurzen Pause zum x-ten Mal meinen Blick hob, sah ich von der Straße her, die St. Giles' genannt wird, den hinkenden Mann und den hinkenden Hund kommen: Der erste zeigte deutlich sein Gebrechen, der zweite augenfällig seinen Mangel. Sie gingen auf dem anderen Bürgersteig, und ich konnte eine ganze Weile sehen, wie sie sich hinkend dem Stand der Blumenverkäuferin näherten, vor dem sie stehenblieben. »Der Mann geht sonntags aus«, dachte ich, »wenn alle Buchhandlungen geschlossen sind.« Ich sah, wie er seinen Hut abnahm, um dem Mädchen etwas abzukaufen oder sich mit ihr zu unterhalten, und heftete meine

Augen wieder auf meine langweilige akademische Arbeit. Einige Sekunden darauf ertönte die Klingel meiner Wohnung, und ich dachte, es sei vielleicht die Blumenverkäuferin, die mich um ein Glas Wasser bat, wie sie es zuweilen tat, um statt dessen eine Coca-Cola oder ein Bier zu erhalten, aber als ich den Blick hob, bevor ich hinunterging, stellte ich fest, daß sie nach wie vor auf ihrer Straßenseite stand. Ich ging hinunter und öffnete die Tür, und der Mann mit dem Hund ohne linke Hinterpfote lächelte mich schüchtern vom Fuß der Eingangstreppe her an, den braunen Hut mit der Hand an die Brust gedrückt.

»Guten Tag«, sagte er. »Mein Name ist Alan Marriott. Ich hätte anrufen sollen. Aber ich habe Ihre Nummer nicht. Nur Ihre Adresse. Ich besitze auch kein Telephon. Ich würde gern einen Augenblick mit Ihnen sprechen. Wenn Sie nicht zu sehr beschäftigt sind. Ich habe den Sonntag abgewartet. An diesem Tag sind die Leute weniger beschäftigt. Normalerweise. Dürfen wir hereinkommen?« Er betonte beim Sprechen jeden Satz und gebrauchte kaum Konjunktionen, so als würde auch seine Sprechweise hinken. Er trug keine Krawatte, aber er schien sie zu tragen, vielleicht aufgrund des Hutes, vielleicht weil sein Hemd dunkelblau und bis zum Hals zugeknöpft war. Er wirkte nicht im mindesten wie ein Akademiker, aber auch nicht arm oder arbeitslos. Er trug zwei Ringe – er hatte einen schlechten Geschmack – an der Hand, die den Hut hielt. Etwas Elendes und Unfertiges ging von ihm aus, womöglich nur infolge des Hinkens.

»Würde es Ihnen etwas ausmachen, mir zu sagen, worum es sich handelt? Wenn es etwas Religiöses ist, habe ich keine Zeit.«

»O nein. Es geht überhaupt nicht um Religion. Es sei

denn, man betrachtet die Literatur als solche. Das glaube ich nicht. Es geht um Literatur.«

»Was ist mit dem Hund passiert?«

»Es war eine Prügelei.«

»Aha. Kommen Sie herauf, und erzählen Sie es mir.«

Ich ließ sie eintreten und führte sie zur Wendeltreppe, aber bevor er hinaufzusteigen begann, tat der hinkende Mann, so als kennte er die Wohnung oder stellte sie sich vor, einen Schritt auf die Küche zu und fragte mich höflich: »Soll ich den Hund in der Küche lassen?«

Ich betrachtete den armen Dreifüßler, der so gehorsam und friedlich war.

»Nein, nehmen Sie ihn mit nach oben, er verdient Beachtung. Er wird es besser bei uns haben.«

Im oberen Stock, dem zweiten, wo sich der Raum befand, der mir als Wohn- und Arbeitszimmer diente, heftete der Mann seinen Blick unwillkürlich sofort auf die wenigen Bücher, die ich in Oxford in meinem Besitz zu haben pflegte (in gewissen Zeitabständen schickte ich umfangreiche Pakete mit dem bereits Erworbenen nach Madrid) und die gerade nur zwei Regalbretter einnahmen. Ich fragte ihn mit lateinischer Gastfreundschaft, von der ich mich nie habe freimachen können, ob er etwas trinken wolle, was er verneinte, eher aufgrund des überraschenden Angebots als weil er nicht wollte. Es war offensichtlich, daß er sich wie ein Eindringling fühlte. Ich setzte mich auf den Stuhl, auf dem ich arbeitete, und überließ ihm das Sofa. Er behielt seinen Mantel an, als er sich hinsetzte, er war bereits zerknittert. Der Hund legte sich zu seinen Füßen nieder.

»Was ist mit ihm passiert?«

»Ein paar Rowdys auf dem Bahnhof in Didcot. Sie haben sich mit mir angelegt. Der Hund hat mich verteidigt. Er hat einen von ihnen gebissen. Ein böser Biß, er hat ihn verletzt. Zusammen haben sie ihn gepackt und auf das Gleis gelegt, auf dem unser Zug kommen würde. Jenseits des Bahnsteigs. Mich haben sie auch festgehalten. Sie haben mir den Mund zugehalten. Es war schon spät am Abend. Sie wollten, daß der Zug ihn in zwei Hälften teilte. Der Länge nach. Aber als der Zug kam, trauten sie sich nicht, die Hände bis zum Schluß so nahe am Gleis zu halten. Es sah aus, als würde dieser Zug seine Geschwindigkeit nicht verringern. Er hielt nicht an. Es war nicht der unsere. Er hat sich fortgerollt und nur die Pfote verloren. Sie können sich nicht vorstellen, wie er geblutet hat. Sie sind entsetzt davongelaufen, über das freie Gelände. Ich hab' nur ein paar Prügel abbekommen. Das mit meinem Bein ist Kinderlähmung. Ich hab' sie als Kind gehabt.«

»Ich wußte nicht, daß der Bahnhof von Didcot so gefährlich ist.«

»Nur an den Tagen, wenn es ein Match gibt. Na ja, es war, als der Oxford United in die erste Liga aufgestiegen ist. Das wird nicht oft vorkommen.«

Ich konnte nicht umhin, dem Hund auf den Rücken zu klopfen, was er mit völligem Gleichmut hinnahm.

»War er ein Jagdhund?«

»Ja. Jetzt jagt er nicht mehr.«

»Vielleicht Bücher«, sagte ich, wobei ich mir nicht sicher war, ob ich es hätte sagen dürfen.

Der Mann lächelte matt. Er hatte ein freundliches Gesicht, mit großen, sehr hellen und leicht schielenden blauen Augen. Es war schwierig, ihm in die Augen zu sehen und dabei zu wissen, wohin sie schauten, eher der durchsichtigen Iris wegen als aufgrund des Schielens.

»Ja. Entschuldigen Sie, Frau Alabaster hat mir von Ihnen erzählt. Sie hat mir Ihre Adresse gegeben.«

»Frau Alabaster? Ach ja, ich habe sie ihr gegeben, damit sie mich benachrichtigt, falls sie einige Bücher findet. Ich weiß nicht, ob sie sie Ihnen hätte geben dürfen.«

»Ja. Ich weiß. Seien Sie nicht böse. Sie müssen sie entschuldigen. Sie kennt mich gut. Sie hat mir von Ihnen erzählt, und ich hatte Interesse daran, Sie kennenzulernen. Ich habe sie sehr gedrängt. In diesen Tagen bin ich Ihnen durch die Buchhandlungen gefolgt. Ich wollte Sie nicht auf der Straße ansprechen. Sie werden es bemerkt haben.«

»Mir gefolgt? Warum?«

»Um zu sehen, was Sie kaufen und wie Sie kaufen. Wieviel Zeit Sie darauf verwenden, die Regale zu inspizieren, und wieviel Sie ausgeben. Für was Sie es ausgeben. Sie sind Spanier, nicht wahr?«

»Ja, aus Madrid.«

»Ist Arthur Machen dort bekannt?«

»Es ist einiges übersetzt. Borges hat über ihn geschrieben und ihn sehr gelobt.«

»Ich weiß nicht, wer Borges ist. Sie müssen mir die Quelle angeben. Es ist wegen Machen. Deshalb bin ich zu Ihnen gekommen. Frau Alabaster hat mir gesagt, daß Sie Bücher von ihm suchen.«

»Das stimmt. Können Sie mir etwas besorgen? Ich habe nicht viel gefunden bisher. Sie sind Buchhändler?«

»Nein. Aber ich bin es einige Jahre gewesen. Es ist nicht leicht, heutzutage Sachen von Machen zu finden. Ich habe fast alles. Nicht alles. Aber wenn Sie einen Titel finden, der Sie nicht interessiert oder den Sie schon haben, dann kaufen Sie ihn auf jeden Fall für mich. Wenn er nicht zu teuer ist. Ich finde immer Interessenten dafür. Ich habe auch nie

Bridles and Spurs gesehen. Es sind Essays. Sie wurden in Amerika veröffentlicht.« Alan Marriott verstummte, und da ich nichts sagte, schien er plötzlich in Verwirrung zu geraten. Er begann, mit beiden Händen seinen braunen Hut zu drehen. Er schaute auf den Boden, dann zum Fenster. Ich fragte mich, ob er die Blumenverkäuferin von seinem Platz aus sehen konnte. Aber er konnte sie nicht sehen. Der Mantel blähte sich. Der Hund gähnte. Schließlich sagte Marriott: »Haben Sie von der Machen-Company gehört?«

»Nein, was ist das?«

»Das kann ich Ihnen noch nicht sagen. Ich wollte wissen, ob Sie von ihr gehört haben. Um Ihnen von ihr zu erzählen, müßte ich erst wissen, ob es Sie interessieren könnte, ihr anzugehören. Wir haben niemanden in Spanien. Auch nicht in Südamerika. Sie werden nach Spanien zurückkehren, nicht wahr?«

»Ja, in etwas mehr als einem Jahr, nicht am Ende dieses Studienjahres, sondern des nächsten.«

»Es hat keine Eile.«

»Ich fahre auch jetzt ab und zu hin, in den Ferien. Ich unterrichte hier an der Universität. Hören Sie, es ist ein bißchen schwierig zu wissen, ob ich einer Sache angehören will, von der ich nicht weiß, worin sie besteht.«

»Ja, das verstehe ich. Aber es ist so. Was zählt, ist der Name. Die Reaktion auf den Namen. Man reagiert immer auf die Namen. Sie besagen viel.«

»Können Sie mir wenigstens sagen, was ich tun müßte?«

»Oh, am Anfang nur einen bescheidenen Beitrag zahlen, zehn Pfund pro Quartal. Dann stünden Sie schon auf der Liste. Wir sind fast fünfhundert in England. Mehr in Wales. Darunter herausragende Persönlichkeiten.«

»Fünfhundert Machen-Anhänger? Und welchen Nutzen ziehen sie daraus?«

»Kommt darauf an. Je nach den Jahren. Vorerst würden Sie Informationen erhalten. Auch Publikationen. Nicht regelmäßig. Einige müssen extra bezahlt werden. Aber sie kosten wenig, es gibt Rabatt, und man kann sie kaufen oder nicht. Ich bin schon seit zwölf Jahren Mitglied.«

»Meinen Glückwunsch. Und seitdem ist Ihnen nichts passiert, abgesehen von der Sache mit dem Hund in Didcot. Nur ein paar Prügel, hm?«

»Was wollen Sie damit sagen?«

»Nichts Schlimmes, meine ich.«

»Oh, nein, überhaupt nicht. Sie würden kein Risiko eingehen, wenn es das ist, worauf Sie anspielen. Auf das Leben hat das keinen Einfluß. Es sind herausragende Persönlichkeiten darunter.«

»Kein Horror? Kein Schrecken? Die Machen-Company?«

Marriott brach in Lachen aus.

»Jetzt würde ich gern ein Bier trinken, wenn es nicht zuviel verlangt ist.« Seine Zähne standen weit auseinander; sein Mund schrie rückwirkend nach einer kindlichen Zahnspange. Er holte ein Papiertaschentuch aus seiner Jackentasche und wischte sich ein paar Tränen ab, die seltsamerweise durch das bloße Lachen aus seinen Augen gequollen waren. Ich brachte ihm das Bier herauf, das er fast in einem Zug austrank, noch ganz Schaum. Dann sprach er flüssiger: »Der Horror von Machen ist sehr subtil. Er hängt weitgehend von der Gedankenverbindung ab. Von der Gedankenverknüpfung. Von der Fähigkeit, sie zusammenzubringen. Es kann sein, daß Sie zwei Gedanken niemals in einer Weise verbinden, daß sie Ihnen ihr Grauen offenbaren, das Grauen eines jeden der beiden, und es daher in Ihrem ganzen Leben nicht kennenlernen. Es kann aber auch sein, daß Sie in ständigem Grauen leben, wenn Sie das Pech haben, fortwährend die richtigen Gedanken zu verbinden. Zum Beispiel das Mädchen, das gegenüber Ihrem Haus Blumen verkauft. Es ist nichts Schreckliches an ihr, für sich allein vermag sie kein Grauen einzuflößen. Im Gegenteil. Sie wirkt sehr attraktiv. Sie ist sympathisch und liebenswürdig. Sie hat den Hund gestreichelt. Ich habe ihr diese Nelken abgekauft.« Und bei diesen Worten holte er zwei Nelken aus der Manteltasche, zusammengeknickt und schon halb zerdrückt, als hätte er sie nur gekauft, um mit der Blumenverkäuferin sprechen zu können. »Aber dieses Mädchen vermag Grauen einzuflößen. Der Gedanke dieses Mädchens in Verbindung mit einem anderen Gedanken vermag Grauen einzuflößen. Glauben Sie nicht? Wir wissen noch nicht, welches der fehlende Gedanke, der geeignete Gedanke ist, der uns Grauen einflößt. Ihre schaurige Ergänzung. Aber sie existiert mit Sicherheit. Sie wird existieren. Sie muß nur zutage treten. Es kann auch sein, daß sie niemals zutage tritt. Es könnte, wer weiß, vielleicht mein Hund sein. Das Mädchen und mein Hund. Das Mädchen mit seiner langen kastanienbraunen Mähne und seinen hohen Stiefeln und seinen langen, festen Beinen und mein Hund ohne seine linke Pfote.« Alan Marriott blickte auf seinen Hund, der vor sich hin döste; er blickte auf den Stumpf des Hundes. Er berührte ihn kurz. »Daß der Hund mich begleitet, ist normal. Es ist notwendig. Es ist seltsam, wenn man will. Ich meine, wir beide zusammen. Aber es liegt kein Grauen darin. Wenn der Hund zu ihr gehörte, wäre das weniger eindeutig. Es wäre vielleicht grauenvoll. Der Hund *ist* ohne Pfote. Wäre er ihr Begleiter, dann hätte er sie bestimmt nicht bei einer dummen Schlägerei nach einem Fußballspiel verloren. Ein Unfall. Berufsrisiko eines Hundes, der einem hinkenden Mann gehört. Aber mit ihr hätte er sie vielleicht aus einem anderen Grund verloren. Der Hund *ist ohne Pfote.* Aus einem wichtigeren Grund. Einem schwerwiegenderen. Nicht aufgrund eines Unfalls. Man kann sich dieses Mädchen schwer bei einer Prügelei vorstellen. Vielleicht hätte er sie durch *ihre* Schuld verloren. Damit dieser Hund seine Pfote als Hund dieses Mädchens verliert, hätte dieses Mädchen sie ihm vielleicht amputieren müssen. Wie könnte ein Hund, der von einer so attraktiven und sympathischen Blumenverkäuferin beschützt, umhegt und geliebt wird, sonst die Pfote verlieren? Dieser Gedanke ist grauenvoll. Das Bild dieses Mädchens, das mit seinen eigenen Händen die Pfote meines Hundes abtrennt, das es mit eigenen Augen ansieht, das dabei ist, ist grauenvoll.« Die letzten Sätze von Alan Marriott klangen leicht empört; empört über die Blumenverkäuferin. Er unterbrach sich. Er schien vor sich selbst erschrocken zu sein. »Lassen wir das.«

»Nein, fahren Sie fort, Sie sind dabei, eine Geschichte zu erfinden.«

»Nein, lassen wir das. Es ist kein gutes Beispiel.«

»Wie Sie wollen.«

Alan Marriott steckte die Hände in die Manteltaschen, als wollte er ankündigen, daß er sich auf sie stützen würde, um aufzustehen.

»Und?«

»Und – was?«

»Könnte es Sie interessieren, Mitglied zu werden?«

Ich strich mir mit einem Finger zwischen Nase und

Lippe entlang, wie ich es immer tue, wenn ich Zweifel hege. Ich sagte: »Es könnte mich interessieren. Sehen Sie, machen wir folgendes, wenn es Ihnen recht ist. Ich gebe Ihnen jetzt die zehn Pfund für das erste Quartal und stehe auf der Liste, mit den herausragenden Persönlichkeiten. Später sage ich Ihnen dann, ob es mich interessiert.«

»Wann? Glauben Sie nicht, daß es nur herausragende Persönlichkeiten sind.«

»Bald. Sagen wir, im Verlauf der drei Monate, die ich mit meinem jetzigen Beitrag abgedeckt habe.«

Alan Marriott starrte auf die beiden Fünfpfundnoten, die ich bei diesen Worten aus einer Schublade geholt und auf den niedrigen Tisch gelegt hatte. Ich glaube, er starrte sie an, seine glasartigen Augen täuschten sehr.

»Das entspricht nicht der Regel. Aber Sie sind Ausländer. Wir haben niemanden in Spanien. Auch nicht in Südamerika. Ich werde Ihnen meine Adresse geben. Falls Sie etwas von Machen doppelt finden. Oder *Bridles and Spurs*. Oder auch seine Einleitung zu *Above the River* von John Gawsworth. Alles von Gawsworth ist sehr schwer zu finden. Ich schreibe Ihnen alles auf. Ich werde sie Ihnen bezahlen. Wenn sie nicht zu teuer sind. Bis fünfundzwanzig Pfund. Erstausgaben. Ich wohne nicht weit.« Er schrieb rasch auf ein zerknittertes Papier, reichte es mir, nahm die Geldscheine und verwahrte sie in den Manteltaschen. Er nutzte es, daß er wieder die Hände in die Taschen gesteckt hatte, um sich vollends auf sie zu stützen und aufzustehen. »Wünschen Sie eine Quittung für die Aufnahme?«

»Nein, ich glaube, das ist nicht nötig. Ich stehe auf der Liste, oder?«

»Sie stehen auf der Liste. Danke. Ich hoffe, Sie werden

darauf bleiben. Ich werde Sie nicht länger aufhalten. Und entschuldigen Sie, daß ich Sie nicht angerufen habe. Ich habe Ihre Nummer nicht. Und auch kein Telephon zu Hause. Ich glaube, ich werde es beantragen. Bald. Gehen wir«, sagte er zu seinem Hund, der sich wieder auf seine drei Pfoten erhob und den Schlaf abschüttelte. Marriott griff nach dem Hut.

Ich gab ihm meine Nummer nicht. Beide gingen hinunter, und ich begleitete sie bis zur Tür. Ich, der ich in Madrid niemals Mitglied von irgend etwas gewesen bin, war in wenigen Monaten aufgrund meiner Tätigkeit Mitglied der Oxford-Kongregation geworden, Mitglied des St. Antony's College, in das man mich aufgrund meines Ausländerstatus seitens der Tayloriana eingeschrieben hatte, Mitglied des Wadham College, in das mich Aidan Kavanagh, der Leiter meiner Abteilung, aus einer Laune heraus eingeschrieben hatte, und Mitglied der Machen-Company, in die ich mich selbst eingeschrieben hatte, ohne zu wissen wozu und in völliger Unkenntnis über sie. Ich sah, wie sie sich auf meinem Bürgersteig entfernten, wieder in Richtung von St. Giles', und Betrunkenen gleich durch diese monumentale, breite und ebenfalls aus der Unendlichkeit verbannte Straße wankten. Es war bald Mittagessenszeit. Bevor ich die Tür schloß, grüßte ich mit der Hand die blumenverkaufende Zigeunerin, die bereits ein Sandwich vertilgte. Sie war nicht so attraktiv, wie Marriott gesagt hatte. Sie besaß große Zähne, ihr Lächeln war gewaltig, man sah es auf die Entfernung mit dem Salatblatt vermischt. Mit ihrer schwarzen Lederjacke und ihrer krausen Mähne konnte ich sie mir sehr wohl bei einer Handgreiflichkeit auf dem Bahnhof von Didcot oder an irgendeinem anderen Ort vorstellen, konnte mir vorstellen, daß sie mit ihren hohen Stiefeln Fußtritte austeilte und – wie der Hund – mit ihren großen Zähnen zubiß. Sie hieß Jane, war dumm und charmant, und ich wußte, daß sie, die Neunzehnjährige, mit dem mir unsichtbaren Mann verheiratet war – nie stieg er aus, um ihr zu helfen –, der sie jeden Sonn- und Feiertag am Steuer eines sauberen modernen Lieferwagens mit ihrer Ware gegenüber meinem Haus absetzte und dann wieder abholte. Der Ehemann hätte dem Hund die Pfote abtrennen können.

Als ich ins obere Stockwerk zurückgekehrt war, sammelte ich auf dem Sofa, auf dem Marriott gesessen hatte, die Bierdose, das tränenfeuchte Papiertaschentuch und die beiden zerdrückten Nelken ein, die noch in ihrem Stanniolpapier steckten und die er hervorgeholt hatte, um sie zu vergessen. Ich achtete auf die drei Dinge, während sie an jenem Märzsonntag meines ersten Studienjahres in Oxford in den Abfalleimer fielen.

Jetzt achte ich nicht mehr so sehr darauf, ich benutze den Abfalleimer ganze Wochen und sogar Monate lang, ohne ihm Aufmerksamkeit zu schenken, es kann sein, daß ich überhaupt nicht darauf achte und höchstens dann und wann, eine Sekunde lang, wie wenn man sich an etwas erinnert, das so verhaßt oder ausgelöscht ist, daß man es sogleich flieht, damit erst gar nicht die Möglichkeit besteht, daß es abermals existiert, und damit es sich dem angleicht, was nicht existiert hat. Was nicht stattgefunden hat. In der kurzen Zeit, die seit meinem Weggang aus der Stadt Oxford vergangen ist, haben sich zu viele Dinge geändert oder begonnen oder aufgehört zu sein.

Jetzt lebe ich nicht mehr allein und auch nicht mehr im Ausland, sondern habe geheiratet und lebe wieder in Madrid. Ich habe einen Sohn. Dieser Sohn ist noch sehr klein, weder spricht noch läuft er und hat natürlich auch keine Erinnerung, ich begreife es noch nicht, ich weiß nicht, wie es geschehen konnte, mir scheint, es paßt nicht zu mir, ist seltsam und fremd, obwohl er Tag und Nacht mit uns lebt, er hat sich keine Minute entfernt, seitdem er auf die Welt kam, und für ihn wird es kein Verfallsdatum geben wie möglicherweise für seine Mutter oder für mich selbst, so wie es eines für Clare Bayes gab oder (vielleicht) für mich selbst vor nunmehr zweieinhalb Jahren, am Ende meines Aufenthalts in Oxford. Für ihn hingegen gibt es keine Frist. Vor kurzem *war er nicht*. Jetzt ist er ein ewiges Kind.

Bisweilen betrachte ich dieses wenige Monate alte Kind und denke an die Worte von Alan Marriott, ich frage mich, was diesem Kind fehlt, um Grauen einzuflößen, oder wem es sich wohl beigesellen muß, damit dieser *Jemand* es verursacht, mir macht die Vorstellung zu schaffen, daß ich selbst – sein Vater – der genaue Gedanke, der richtige Gedanke sein kann, damit wir Grauen einflößen. Er der richtige Gedanke, damit ich es einflöße. Ich betrachte ihn in seinem Schlaf. Er ist ein völlig normales Kind bisher. Für sich allein vermag er kein Grauen einzuflößen, im Gegenteil, sowohl seine Mutter als auch ich und sämtliche Personen, die uns hier in Madrid umgeben und besuchen, verspüren den Drang, ihn zu beschützen, wie ihn sehr kleine Kinder gewöhnlich hervorrufen. Sie wirken zerbrechlich. Und das Grauenerregende beschützt man nicht, obwohl ich mich auch frage, ob das Grauenhafte nicht vielleicht von dem beschützt wird, was Alan Marriott seine schaurige Ergänzung genannt hat, von der Person oder der Sache, die durch ihre Verbindung, ihre Verknüpfung das Grauen bloßlegt oder auslöst. So wie in dem von Alan Marriott genannten Beispiel der Hund die Blumenverkäuferin und die Blumenverkäuferin den Hund beschützt hätte. Dieser Sohn wird von seiner Mutter und von mir sehr geliebt, glaube ich (für seine Mutter wird er zeitweilig eine Gottheit sein, dazu verurteilt, es nicht mehr zu sein), aber er wird auch zur Obsession, wie alle in ihren ersten Monaten, nehme ich an, und es gibt Momente, in denen ich nicht sein Verschwinden wünsche – das in keinem Fall, es wäre das Letzte, wir würden den Verstand verlieren –, wohl aber die Rückkehr zur *kinderlosen* Situation, zum Dasein eines Mannes ohne Fortsetzung, das erlaubt, immer und unvermischt die kindliche oder brüderliche Gestalt zu verkörpern, die wahren, die einzigen, an die wir gewöhnt sind, die einzigen, in denen wir von Anfang an natürlich eingerichtet sind oder sein können. Die Verkörperung der väterlichen oder mütterlichen Gestalt ist eine Zuweisung der Zeit, zweifellos eine Pflicht der Zeit. Sie erfordert Anpassung, Konzentration, ist etwas, das *kommt*. Noch begreife ich nicht, daß dieses Kind da ist und daß es ständig da ist und mit seiner unglaublichen Dauer verkündet, daß es uns überleben wird, und auch nicht, daß ich sein Vater bin. Heute bin ich wegen einiger Verhandlungen und Angelegenheiten allein ausgegangen (bedeutende Geldangelegenheiten: auch das hat sich verändert, jetzt verdiene ich viel Geld, gehe mit viel Geld um, wenn auch nicht als *bursar*), und mitten in einem dieser Gespräche vergaß ich völlig die Existenz des Kindes. Ich meine, ich vergaß, daß es geboren war, vergaß seinen Namen, sein Gesicht, seine kurze Vergangenheit, für die ich die Verantwortung trage, dabeigewesen zu sein, ich wandte nicht nur einen Moment meine Aufmerksamkeit von ihm ab, was nicht nur normal, sondern wohltuend für beide ist. Es war tatsächlich so, daß das Kind nicht zählte. Dagegen vergaß ich nicht meine Frau, für die es ebenfalls nie ein im voraus bestimmtes Verfallsdatum gegeben hat noch gibt, wie es sehr wohl für Clare Bayes seit dem ersten Augenblick existiert hat, als ich meine Augen (mit sexueller Bewunderung, die ich auch für Luisa empfinde) auf ihr schönes, wie in Holz geschnitztes eckiges Gesicht und ihr so geschmackvolles nächtliches Dekolleté richtete. (Und doch kenne ich meine Frau noch nicht sehr lange, ich hätte sie vergessen können, aber ich tat es nicht.) Und heute vormittag, während ich mit einem Finanzier namens Estévez sprach, ein extrovertierter Mann in den Fünfzigern (es gefiel ihm, sich selbst drei-

oder viermal als *treibende Kraft* zu bezeichnen), glich das Kind mehr dem, was nicht existiert hat, als dem, was aufgehört hat zu sein. Nicht weniger als fünfundvierzig Minuten lang, während die treibende Kraft Estévez mir Gehör schenkte und großartige Vorschläge unterbreitete, glaubte ich, keinen Sohn zu haben, und machte im Geist Pläne mit meiner Frau (vor allem Reisen), als würde dieses Kind, das noch nicht laufen und sprechen kann, überhaupt nicht existieren. Sein Leben war nicht weniger als fünfundvierzig Minuten lang in meinem Kopf buchstäblich ausgelöscht. Es verschwand, war null und nichtig. Später erinnerte ich mich seiner, ohne daß irgend etwas Besonderes oder Konkretes es mir ins Gedächtnis zurückgebracht hätte. »Das Kind«, dachte ich. Es machte mir nichts aus, mich an meinen Sohn zu erinnern – ich freute mich – und augenblicklich die Pläne zu verwerfen, die ich in aller Eile geschmiedet hatte, während ich mich mit der treibenden Kraft Estévez unterhielt, einem sehr ermutigenden und enthusiastischen Menschen. Es störte mich nicht im geringsten. Aber es bereitete mir Sorgen und Schuldgefühl, daß ich ihn vergessen hatte, und das hat mich heute wieder auf den Gedanken gebracht, wie andere Male, wenn ich ihn in seinem Schlaf betrachte, ob ich nicht vielleicht seine schaurige Ergänzung bin, ob dies meine Bestimmung ist, da ich imstande bin, seine Existenz wenige Monate nach seiner Geburt völlig zu vergessen. Das muß kein Indiz sein, das kann jedem passieren, aber das Vergessen erzeugt Ressentiment und Ressentiment Schrecken. Er wird mich vergessen, weil er mich weder in meiner Kindheit noch in meiner Jugend gekannt hat. Vor einem Augenblick habe ich meine Frau gefragt, die ihre Mutterrolle recht sachlich und gelassen trägt, ob sie glaube, daß dieses Kind, solange es ein Kind oder sehr jung wäre, immer mit uns leben würde. Sie zog sich gerade aus, um ins Bett zu gehen, sie hatte eben den Oberkörper mit den von der Mutterschaft vergrößerten Brüsten entblößt.

»Natürlich, was für eine dumme Frage«, antwortete sie mir, »mit wem denn sonst?« Und ohne innezuhalten setzte sie hinzu, während sie sich die dunklen Strümpfe auszog: »Wenn uns nichts passiert.«

»Was meinst du damit?«

Sie war fast nackt. In der einen Hand hielt sie noch die Strümpfe, in der anderen das Nachthemd. Sie war fast nackt.

»Nichts Schlimmes, meine ich.«

Der Sohn von Clare Bayes lebte nicht mit ihr und ihrem Mann. Oder, besser gesagt, er hielt sich gewöhnlich nur in den Ferien bei ihnen in Oxford auf, wenn er von seiner Schule in Bristol zurückkehrte. Er ging dort zum Unterricht, weil er mit dreizehn Jahren die berühmte und äußerst teure Clifton-Schule am Ufer des Avon, außerhalb von Bristol, besuchen sollte, wo sein Vater Schüler gewesen war, und damit er sich von klein auf an den Ort und an die Entfernung vom Elternhaus gewöhnte. Seine Ferien, die sehr viel kürzer waren als meine und die seiner Eltern (in Oxford finden die Vorlesungen während drei Zeitspannen von jeweils genau acht Wochen statt – Michaelmas, Hilary, Trinity –, und die übrige Zeit bedeutet Müßiggang für alle, die, wie ich, darüber hinaus keine Verwaltungsaufgaben innehaben und auch kaum Prüfungen abnehmen müssen), fielen gewöhnlich mit einer Zeit zusammen, in der ich mich außerhalb von Oxford befand, zu Besuch in Madrid oder auf Reisen durch Frankreich, Wales, Schottland, Irland oder England selbst. Niemals bin ich in Oxford geblieben, wenn ich nicht dazu verpflichtet war. Das heißt einmal nur, am Ende von allem. Mit dem Sohn von Clare Bayes traf ich daher nie zusammen, und das war das Bequemste für mich und, wie ich annehme, für unseren Ehebruch das Angemessenste. Die Kinder darf man nicht mit hineinziehen. Sie sind zu inquisitorisch und überempfindlich. Sie sind dramatisch und mißtrauisch. Sie ertragen keine Konkurrenz und keine Zweideutigkeit. Überall sehen sie Gefahren, selbst dort, wo keine sind, weshalb ihnen niemals eine Situation entgeht, in der es sie tatsächlich gibt, nicht einmal eine bloß unklare oder ungewöhnliche. Schon seit mehr als einem Jahrhundert erzieht man sie nicht mehr, damit sie sich in Erwachsene verwandeln. Ganz im Gegenteil, und das Ergebnis ist, daß die Erwachsenen – wir Erwachsene – der heutigen Zeit erzogen worden sind, um weiter Kinder zu bleiben. Um uns über Sport aufzuregen und auf alles und jedes eifersüchtig zu sein. Um in ständiger Unruhe zu leben und alles haben zu wollen. Um Furcht und Wut zu empfinden. Um zu verzagen. Um uns zu beobachten. Unter unseren Ländern war es England, das dieser modernen Tendenz am wenigsten gefolgt ist; bis vor kurzem noch prügelte es seine zartesten Sprößlinge mit Genuß und Strenge, was bei seinen sensibelsten Bürgern zu den entsprechenden, allseits bekannten (sexuellen) Abweichungen geführt hat. Nach dem, was mir Clare Bayes erzählte, wurde jedoch in der Schule von Bristol die Rute nicht mehr verwendet, und ich vermutete, daß ihr Sohn Eric in seinem schulischen Leben nicht nur kaum litt, wie seine realen und fiktiven Vorgänger, sondern daß er wie alle Kinder, die den größten Teil des Jahres im Internat leben, zu Hause unerhörte Vorrechte genoß. Trotz ihrer mangelnden Rücksicht und ihres expansiven

Charakters war Clare Bayes so taktvoll, nicht allzuviel über ihn zu sprechen, zumindest mir gegenüber, der ich ihn, den Unbekannten, nur als Spur oder lebendiges Zeugnis ihrer vergangenen Liebe sehen konnte. Vergangene Liebe ist für neue Liebhaber immer verletzend, so tot diese Liebe auch sein mag. Sehr viel mehr als ein Liebesverlust, mag dieser auch sehr gegenwärtig und lebendig sein und ein Hemmnis im praktischen Leben darstellen. Aber mit mir zumindest sprach Clare Bayes nur über ihren Sohn, wenn ich sie nach ihm fragte.

Während meines zweiten und letzten Studienjahres in Oxford, zu Beginn des falschen Trimesters namens Trinity, das sich mit seinen genau acht Wochen auf April, Mai und Juni verteilt, wurde der Sohn von Clare Bayes in seiner Schule in Bristol krank, und Clare und Edward Bayes mußten ihn abholen. Er blieb zur Erholung vier Wochen lang in Oxford, und während dieser Zeit der Genesung und Wiederherstellung sah ich Clare Bayes so gut wie überhaupt nicht mehr. Wie ich bereits an anderer Stelle gesagt habe, sahen wir uns niemals mit großer Regelmäßigkeit oder übermäßiger Kontinuität; gleichwohl waren – mit Ausnahme der Ferien – seit unserer Bekanntschaft niemals mehr als sieben Tage vergangen, ohne daß wir uns zumindest einmal getroffen hätten, und sei es auch nur für eine stürmische und flüchtige halbe Stunde zwischen zwei Unterrichtsstunden. Diese vier Wochen (und vielleicht waren die folgenden nicht besser) waren die schlimmste Zeit meines ganzen Aufenthalts in Oxford. Ich war nicht nur einsamer und müßiger (während des letzten Trimesters werden viele Unterrichtsstunden vernachlässigt oder schließlich eingestellt, damit die Studenten sich der Vorbereitung der Prüfungen und die *dons* der Vorbereitung der kriminellsten Fragen widmen können), sondern ich entdeckte auch mit großem Mißfallen, daß meine schwache und gelegentliche Eifersucht auf Edward Bayes (oder auf die vergangene, nicht mit mir oder zu mir zurückgekehrte Liebe) sich wegen ihres Sohnes Eric und der Aufmerksamkeiten, die seine Mutter ihm jetzt zu meinem Nachteil zukommen ließ, verstärkte. Es war ihre Entscheidung, mich nicht zu sehen, solange das Kind Eric in der Stadt weilte, und obwohl sein Leiden nicht schwer, sondern nur langwierig war (ab der zweiten Woche konnte er schon vorsichtig das Haus verlassen), beschloß Clare Bayes, ihn für die vielen Monate zu entschädigen, die er im Jahr fern von ihr verbrachte. Unter Ausnutzung seiner Krankheit wollte sie ihn ein wenig erziehen und mehr zum Kind machen. Seine Netzhaut versorgen, Bilder anhäufen. Das war jedenfalls meine Schlußfolgerung.

Ich rief sie jeden zweiten oder dritten Tag in ihrem Arbeitszimmer an (das einzige, was sie mir erlaubte), unter dem Vorwand, mich nach der Entwicklung des Kindes zu erkundigen, und mit der Absicht, ihr eine schnelle Verabredung – eine stürmische Begegnung – zu einem von ihr bestimmten Zeitpunkt zu entlocken. Nie war ich so verfügbar und gefügig, nie baute ich ihr so viele Brücken, die allesamt – eine nach der anderen, von Tag zu Tag – zurückgewiesen wurden. Ich war auch nie feuriger (wenngleich nur verbal). Clare Bayes wollte keine Ablenkungen oder Einmischungen von Erwachsenen, solange das Kind Eric sich bei ihr zu Hause befand. Sie war bereit, meine Anrufe entgegenzunehmen, sogar, mich anzurufen, um mir Bericht zu erstatten, im Glauben oder im fingierten Glauben, ich befände mich in wirklicher Sorge um jenen Infektionsprozeß oder Knochenbruch (ich erinnere mich nicht einmal, weshalb das Kind zurückgekommen war, so wenig achtete ich auf ihre Erklärungen), die im Körper dessen, der für mich nur ein unbekannter Eindringling war, bekämpft oder geheilt werden mußten. Aber sie war nicht bereit, mich zu sehen, und wenn wir uns auf der Straße oder in den hallenden Gängen der Tayloriana begegneten, grüßte sie mich noch zurückhaltender und lauer, als sie es – aus Vorsicht, wenn auch unüberlegt – sonst in der Öffentlichkeit zu tun pflegte. Und ging weiter. In einer allzu meridionalen Gebärde wandte ich mich um und betrachtete ihre leicht muskulösen, kräftigen Beine auf ihren hohen Absätzen. Ich sah sie nie mehr schlank und fast kindlich in ihren Bewegungen: ich sah sie nicht barfuß. Ich konnte sie nicht am Arm packen und zwingen, stehenzubleiben, und sie mit Vorwürfen überschütten, wie ich es im Kino bei verzweifelten Liebhabern gesehen habe, denn in den Straßen von Oxford (von den hallenden Gängen der Tayloriana ganz zu schweigen) gibt es zu jeder Zeit zahlreiche *dons* und Kollegen (sie beherrschen die Stadt, sie gehört ihnen), die unter dem Vorwand, sich von einem *college* zum anderen oder von einer Sitzung in einem Gebäude zu einer anderen in einem anderen zu begeben, vor den Auslagen der Geschäfte oder den Plakaten der (wenigen, aber ausreichenden) Theater oder Kinos herumtrödeln oder den einen oder anderen nicht eben kurzen Austausch von Grüßen und (universitären) Eindrücken veranstalten. (Vielleicht spionieren sie.) Und in der Tayloriana hört man stets, gleich einem metallischen Gemurmel in der Ferne, die nicht abreißende, exaltierte und fast zornige Stimme von Professor Jolyon, der seine meisterhaften Vorlesungen in der (barmherzigen) Verbannung des letzten Stockwerks hält. Andererseits war ich nicht eigentlich verzweifelt. Clare Bayes hatte mir verboten, in ihrem Arbeitszimmer in der Catte Street zu erscheinen, solange diese Situation anhielt, und natürlich hatte sie mir verboten, sie zu Hause anzurufen, auch in den Stunden, in denen Edward mit Sicherheit abwesend war. Jetzt ging es nicht mehr darum, ob ihr Mann da war oder nicht, denn mit Sicherheit war das Kind Eric ständig da. Die Abneigung, die ich (von vornherein) dem Kind Eric entgegenbrachte, das mich plötzlich der einzigen – hinfälligen, prekären, zukunftslosen, aber einzig manifesten – Zuneigung beraubte, in deren Genuß ich in dieser statischen und in Sirup konservierten Stadt gekommen war, konnte nicht größer sein. Aber so weit, daß ich (eigentlich) verzweifelt gewesen wäre, kam es nicht.

Während dieser vier endlosen Frühlingswochen intensivierte ich meine Streifzüge durch die Stadt auf der Suche nach seltenen Büchern, und diese unfreiwillige, künstliche und letztlich krankhafte Intensivierung führte dazu, daß meine Verstörung und meine verschwommene Identität einen Höhepunkt erreichten.

Die Stadt Oxford ist, besonders wenn das beginnt, was man dort wohl oder übel als schönes Wetter betrachtet, das heißt zur Zeit von Trinity, mit Bettlern bevölkert, ja geradezu überfüllt. Während des ganzen Frühjahrs und eines Teils des Sommers erlebt die Stadt, die in den übrigen Jahreszeiten schon nicht wenige Einwohner zählt, ein aberwitziges, maßloses Anwachsen ihrer Bettlerbevölkerung. Man hat den Eindruck, als gebe es fast ebenso viele Bettler wie Studenten. Diese sind auch die hauptsächliche Ursache für die Vermehrung jener, die eine wahre (undisziplinierte) Besatzungsarmee bilden. Wenn die englischen, walisischen, schottischen und sogar irischen Bettler ihre jeweiligen Zufluchtsorte oder Winterquartiere verlassen und alle wie ein Mann die Wallfahrt nach oder den Marsch auf die Stadt Oxford antreten, sobald der Frühling beginnt (tatsächlich kündigt sich, wenn sie schubweise eintreffen, dessen Beginn an), dann hat dies seinen Grund darin, daß Oxford eine begüterte – sehr reiche – Stadt ist, daß dort einige Wohlfahrtseinrichtungen oder Asyle existieren, in denen man ihnen täglich ein Essen ausgibt und den weniger aktiven Nachtschwärmern bisweilen ein Bett zur Verfügung stellt, und vor allem darin, daß die meisten ihrer Einwohner junge und unerfahrene Herzen besitzen. Diese britischen Bettler, welche die wohlhabenderen Städte des Südens überfluten, wenn das Klima deren Pflaster oder Asphalt (oder eher deren Bänke) in eine akzeptable Schlafstatt zu verwandeln beginnt, haben nichts gemein mit den sogenannten wirklichen Armen unserer südlichen Länder, die immer das Bewußtsein (einen Rest davon) bewahren, daß sie um das Geld *bitten*, sosehr sie auch überzeugt sind, daß es ihnen *zusteht*. Die britischen und irischen Bettler sind mürrisch und wild und gewaltige Säufer. Niemals habe ich sie um etwas bitten sehen, obwohl dies auch nicht bedeutet, daß sie es fordern. Sie sagen einfach nichts, sie sprechen und handeln nicht nach der jahrhundertealten Regel, sie erwähnen weder ihre Rolle noch ihre Bedeutung, aber sie gehen davon aus, daß allein schon ihr Gebaren und ihre (natürlich ärmliche) äußere Erscheinung die Gebärde der ausgestreckten Hand und die allseits bekannten bittenden Worte hinlänglich ersetzen. Nie werden sie ihren Fall darlegen oder eine Geschichte erzählen: Beredsamkeit ist ihnen unbekannt. Sie sind fast stimmlos. Sie beschränken sich auf Ausrufe. Ich glaube, sie besitzen eine Spur von Faulheit und eine Spur von Stolz, eine Spur von

Langeweile und eine Spur von Fatalismus. Wahrscheinlich betteln sie deshalb nicht, weil der Bettelnde unmöglich – es sei denn, das Betteln sei fingiert und der erste getarnte Schritt zu einem regelrechten Angriff – zugleich das angeberische, gelangweilte, streitsüchtige und barsche Gehabe an den Tag legen kann, das so typisch für sie ist. Sie sind nicht demütig, ihnen fehlt jede Verschlagenheit. Es interessiert sie nicht. Ohne die geringste Körperpflege oder auch nur den Versuch, eine solche vorzuspiegeln, den Blick verloren in ihren schwarzen Augenringen, mit langen Bärten und prähistorischen Haarschöpfen, die Kleidung zerlöchert oder zerlumpt oder zerrissen (aber alle in Jackett oder Mantel, fast niemand in Anorak oder Pullover oder anderen sportlichen Kleidungsstücken), gibt es sie in allen Altersklassen, und alle sind sie rastlos. Keiner ist seßhaft. Sie ziehen herum, schwenken Bier-, Gin- oder Whiskyflaschen in ihren Händen, die den Umgang mit dem Wasser verlernt haben, und bleiben nur so lange am selben Ort, bis sie im Sitzen eine Flasche geleert haben oder wenn sie nach ihren endlosen Fußmärschen erschöpft umfallen. Die Bettler von Oxford scheinen von einer Wanderwut oder einem Wanderfieber befallen zu sein, das sie dazu treibt, mehrmals am Tag die ganze Stadt mit ihren langen Schritten abzulaufen, wobei sie im Vorbeigehen Beleidigungen ausstoßen, die Passanten mit prahlerischen oder obszönen Gesten herausfordern und Schmähungen, Schimpfworte und Flüche vor sich hinmurmeln, die keiner versteht, der ihnen begegnet. Die Bettler von Oxford sind Pflastertreter. Sie sind die einzigen in der gesamten Bevölkerung, die nicht wissen, wohin sie gehen, und drehen selbst im Regen oder unter niedrigen Wolken unaufhörlich ihre Runden durch die grauen und rötlichen Straßen. Ab und zu bleibt einer von ihnen stehen, um sich von einer Brücke in den Isis zu erbrechen, oder ein anderer lungert eine Weile vor der Tür eines Pub herum, für den Fall, daß ein eiliger Kunde (einer von denen, die herauskommen, um im Freien zu trinken) den großzügigen Rest irgendeines Schnapses in Reichweite seiner rußschwarzen Hand stehenläßt. Aber sonst ruhen sie nie, sie schweifen umher. Einige wenige arbeiten sozusagen an etwas mehr als an der Pflege ihres bedürftigen Äußeren und neigen dazu, fest an einem Ort zu bleiben, oder sie schleppen zumindest etwas herum bei ihren Streifzügen (ihr Arbeitsinstrument): Es sind diejenigen, die ein Instrument spielen oder ein findiges Tier besitzen oder ungeschickte Jongleurnummern vorführen oder Balladen trällern oder aus der Hand wahrsagen (letztere sind besonders selten, dort gibt es fast keine Kundschaft und auch keine Neugier hinsichtlich der Zukunft). Diese aktiven Bettler sind die reichsten und werden folglich von ihren weniger bemittelten Kollegen am meisten verabscheut. Ich habe gesehen, wie sich zwei der Wildesten und Unstetesten (stets mit Bart) eines späten Nachmittags auf einen kleinen, bejahrten Mann stürzten, dem ich wegen seiner reinlichen und friedlichen Erscheinung und weil er auf einer Drehorgel – er hatte sie aus einem Feuer im Hafen von Liverpool gerettet, sagte er – madrilenische Chotis spielte, ein paar Münzen zu geben pflegte. Durch Cornmarket zu gehen und in der Ferne den scheppernden Klang einer Drehorgel zu hören, die Chotis spielte, löste eine Heiterkeit in mir aus, die nur noch vergleichbar war mit der, die die lebhaften Gruppen spanischer Touristen in mir weckten, denen ich an einigen Samstagen begegnete und die in schöner Regelmäßigkeit rhythmisch in die Hände klatschten, wie sie es gewöhnlich im Ausland tun (helles Klatschen). Ich konnte also nicht umhin, mich dem Standplatz des Drehorgelspielers zu nähern, wenn ich ihn hörte, auch wenn er nicht genau auf meinem Weg lag, und ihm ein paar Pennys zu geben, was ich eben lose bei mir trug. An jenem Nachmittag sah ich also, wie diese beiden brutalen Bärtigen den Alten und sein madrilenisches Instrument mit Fußtritten traktierten. Ich rannte voller Empörung und Panik auf sie zu, während ich Schimpfworte auf spanisch ausstieß, und es war wahrscheinlich der Klang einer fremden und für Beschimpfungen geeigneten Sprache (ich glaube, unser Wort *culo*[1] hatte sie beeindruckt), der sie in die Flucht schlug, bevor ich nahe genug herankam, um von ihnen ebenfalls (erbarmungslos) mit Fußtritten traktiert zu werden, was normalerweise mein Schicksal gewesen wäre: Ich bin weder sehr kräftig noch sehr mutig. Zum Glück erlitten weder die Drehorgel noch der Alte irreparable Schäden. Einige Minuten später sah ich sie leicht schwankend in Richtung St. Aldate's verschwinden, während die Dämmerung endgültig hereinbrach. Sie war rot, und ich atmete heftig.

Wofür ich hingegen wohl Mut und Kraft aufbrachte, waren das Eingeständnis und das Bewußtsein, daß ich ihnen, den Bettlern, allmählich zu gleichen begann, obwohl der größte Feind des Bettlers in Oxford eben der Professor oder *don* in Oxford ist, der im Gegensatz zu den Studenten ein altes und erfahrenes Herz besitzt und die Bettler mit heftigen Worten und dem rasanten Flug seines peitschenden Talars verscheucht. Ich war zu jener Zeit ein *don* in Oxford, und meine Erscheinung entsprach, wie ich vermute, mehr der eines *don* in Oxford als der irgendeiner

1 Arsch (A. d. Ü.)

anderen Person, weshalb die Blicke, die mir von den Umherschweifenden zugeworfen wurden, mit Recht als finster bezeichnet werden konnten. Aber ich war ein provisorischer *don*, deshalb war mein Bewußtsein davon noch sehr gering, und ihre ureigensten Gewohnheiten, darunter die Gewohnheit, die Vagabunden mit großer Gewandtheit und routinierten Ausrufen in die Flucht zu schlagen, hatten keine Wurzeln in mir geschlagen. Was meine Erziehung und meinen Wissensstand betraf, so hinderten diese mich nicht daran, die Ähnlichkeit wahrzunehmen, denn es gibt in England sehr gebildete Bettler. Dort kann es sein, daß der Status des Bettlers nicht durch ärmliche Herkunft oder den schrecklichen Konkurs eines Geschäftes oder lähmendes Unwissen bedingt ist, sondern durch den Hang zum Trinken, durch den Hinauswurf aus einer Arbeit, durch Enttäuschung, durch Spielleidenschaft oder durch – im allgemeinen geringe – psychische Störungen, deren sich der Staat gewöhnlich nicht annimmt. John Mollineux, der Soloviolinist, der eine Zeitlang häufig mit der Academy of St. Martin-in-the-Fields, dem berühmten Kammerorchester, spielte, ist heute ein anonymer, alkoholisierter Bettler an der Themse, nachdem er mehr als fünf Jahre lang eine blitzartige Karriere als Musiker gemacht und (mit vielen Ehren und einem gewissen Pomp) die ganze Welt bereist hatte. Er trinkt nur, er spielt nicht mehr, er haßt Noten. Der (katholische) Professor Mew, ein hoffnungsloser Fall von Geisteskrankheit, trieb sich jahrelang flaschenschwingend, fluchend, irreredend, vor sich hin faselnd in den Straßen von Oxford herum und stänkerte gegen seine ehemaligen Kollegen und Untergebenen, wenn er ihnen begegnete (die nicht wußten, ob sie ihn wütend verscheuchen oder weiter als Professor behandeln sollten), nachdem er sehr bedeutende theologische Schriften hinterlassen, in seinem Aufstieg oder seiner akademischen Karriere die Spitze erreicht und sogar jahrelang dem Päpstlichen Kulturrat angehört hatte, dessen Vorsitzender der Papst höchstpersönlich ist. Beide (der erste Geiger und der Theologe, nicht der Papst) waren Trinker und aus dem Gleichgewicht geraten und wurden in einem bestimmten Augenblick aus ihrer jeweiligen Position entfernt. Nun wanderte ich aber in jenen Wochen von Trinity während meines zweiten Jahres in Oxford einen guten Teil des Tages ebenfalls von einem Ort zum anderen, oder besser gesagt, von einer Buchhandlung der Stadt zur anderen und begegnete dabei immer wieder den gleichen finsteren Gesichtern, der gleichen abgeschabten, stinkenden Kleidung, den gleichen alkoholischen Dunstwolken und lauten Rülpsern aus Mündern, die kaum ein Wort artikulierten. Die einzigen, die sich, wie ich, in der Stadt herumtrieben, waren die brutalsten und verzweifeltsten und untätigsten und betrunkensten Bettler, von denen einige vielleicht verkrachte Genies der Kunst und Wissenschaft waren, wie der Geiger Mollineux und der Theologe Mew. Die Stadt Oxford oder ihr Zentrum ist nicht groß, weshalb man derselben Person relativ leicht zwei- oder dreimal am Tag begegnen kann. Man kann sich vorstellen, wie leicht das ist, wenn sowohl man selbst als auch die andere Person noch dazu den Tag auf der Straße verbringt und müßig und unstet umherwandert, ohne Ziel, Grund, Plan und sicher sogar ohne das Bewußtsein der eigenen Wanderungen. Einige Gesichter und einige Bekleidungsstücke begannen mir allzu vertraut zu werden. »Da ist schon wieder der Typ mit den schwarzen Zähnen, der blutlosen Nase und dem roten Bart«, dachte ich, als ich zum x-ten Male seinen Weg kreuzte. »Da der Bettler mit den feigengrünen Pulswärmern.« »Da diese Frau mit dem abwesenden zahnlosen Lächeln, die vielleicht einmal hübsch war, denn sie geht noch immer so, wie in den sechziger Jahren die hübschen Frauen gingen, die wußten, daß sie hübsch waren.« »Da dieser Schotte, unübersehbar kahl, trotz seiner Jockeymütze, der seine ›R‹ so übertrieben rollt, wenn er den allmächtigen Gott und seine jungfräuliche Mutter verflucht.« »Da dieser tätowierte junge Neger mit seinem rechten Hosenbein, das fast bis zur Leiste abgeschnitten ist.« »Da dieser leidenschaftliche, wirbelige Alte, dem von Fragonard gemalten Philosophen wie aus dem Gesicht geschnitten.« Ich fürchtete, sie könnten beginnen, mich in der gleichen Weise wiederzuerkennen, und mich als einen der ihren betrachten, sie könnten allmählich gewahren, daß auch ich, obwohl ich kein Bettler war und auch nicht wie sie sprach oder wie sie gekleidet war, sondern das unzweideutige Aussehen eines talartragenden Mannes besaß, auch wenn ich den Talar nicht immer trug, mehrere Male am selben Tag auf ihren mechanischen, ziellosen Wanderungen auftauchte, und das ein Tag nach dem anderen, eine Woche und zwei Wochen und drei Wochen und vier Wochen lang, wie ein verirrtes Haustier, das von dem kranken Kind Eric auf die Straße gesetzt worden war.

In gewissem Sinne begann ich, mich als einer von ihnen zu fühlen und zu fürchten, ich könnte mich eines Tages in Spanien oder England, an jedem Ort der Welt, an den mich das Schicksal oder das Interesse führen sollte, in einen von ihnen verwandeln. Aber obwohl diese Vorstellung als bloßes Produkt eines wenn auch nur vorübergehenden Wahns erscheinen mag, muß ich sagen, daß meine Verstörung nicht so weit ging, daß sie allein diese Furcht, dieses Hirngespinst, diese Phantasie oder diese Identifikation genährt hätte, deren einzige Grundlage oder Anhaltspunkt das gemeinsame Vagabundieren durch die Stadt Oxford und die gemeinsame Untätigkeit bildeten. Es gab noch etwas anderes – nicht minder Geringfügiges –, das diese dunkle Furcht, dieses düstere Hirngespinst, diese trübsinnige Phantasie oder vage Identifikation nährte.

Seit dem ersten Besuch von Alan Marriott, der ein Jahr oder mehr zurücklag, hatte ich die Reihe der raren Autoren, deren Bücher ich suchte, um jenen mir bislang unbekannten John Gawsworth erweitert, dessen Namen er erwähnt und notiert hatte, bevor er sich verabschiedete, und für den Machen ein Vorwort verfaßt hatte. Seine Schriften waren sehr schwer zu finden, wie Alan Marriott selbst gesagt hatte. Von seinem schmalen Werk ist gegenwärtig in England nichts lieferbar, aber nach und nach, mit Geduld, Glück und der zunehmenden Schärfe meines Jägerauges, fand ich in meinen Antiquariaten in Oxford und London das eine oder andere Bändchen von ihm, bis ich nach einigen Monaten auf ein Exemplar seines Buches *Backwaters* aus dem Jahr 1932 stieß, das noch dazu vom Autor signiert war: *John Gawsworth, written aged 19 ½*, sagte die Feder gleich auf der ersten Seite; oder: »John Gawsworth, geschrieben im Alter von neunzehneinhalb Jahren«. Es gab auch eine eigenhändige Änderung von ihm auf der ersten Textseite (er hatte nach dem Namen *Frankenstein* das Wort *monster* hinzugefügt, um klarzustellen, daß er sich auf das Geschöpf und nicht auf den Schöpfer bezog). Es war das Gefühl von schwindelerregender Zeitlichkeit oder aufgehobener Zeit, das entsteht, wenn man Dinge in Händen hält, die ihre Vergangenheit nicht gänzlich verschweigen, das meine Neugier schürte, und von diesem Moment an begann ich eine Forschungsarbeit, die sich monatelang als eher ergebnislos erwies, so flüchtig und unbekannt war damals und ist heute die Gestalt von Terence Ian Fytton Armstrong, der wahre Name dessen, der gewöhnlich mit Gawsworth signierte.

In dem Maße jedoch, wie ich verstreute Angaben ausfindig machte (es existierte weder ein Buch noch allem Anschein nach ein Artikel über Gawsworth, und er wurde gerade nur in den umfangreichsten und erschöpfendsten literarischen Nachschlagewerken und Enzyklopädien erwähnt), und obwohl seine Schriften nicht mehr als ordentlich oder sonderbar waren und sein absolutes In-Vergessenheit-geraten-Sein und seine fehlenden Neuauflagen hinlänglich erklärten, wuchs mein Interesse, nicht so sehr des gewöhnlichen Werks als der ungewöhnlichen Persönlichkeit wegen. Als erstes fand ich sein Geburts- und Todesdatum heraus, 1912 und 1970, und dann in einer nichtssagenden Bibliographie, daß verschiedene seiner Texte (bisweilen unter anderen Pseudonymen, eines absurder als das andere) an so ausgefallenen und für einen Londoner Autor unwahrscheinlichen Orten wie Tunis, Kairo, Sétif (Algerien), Kalkutta und Vasto (Italien) erschienen waren. Sein lyrisches Werk, zwischen 1943 und 1945 in sechs Bänden versammelt – von denen die meisten in Indien gedruckt wurden –, weist die Besonderheit auf, daß der vierte Band anscheinend niemals veröffentlicht wurde, obwohl er bereits über einen Titel verfügte *(Farewell to Youth* oder *Abschied von der Jugend)*. Er existiert einfach nicht. Sein Prosawerk – hauptsächlich kurze literarische Essays und Horrorgeschichten – findet sich verstreut in merkwürdigen, obskuren Anthologien der dreißiger Jahre oder erblickte das Licht der Welt – wenn man so sagen kann – in Privatdrucken oder begrenzten Auflagen.

Und doch war Gawsworth in ebendiesen dreißiger Jahren eine wirkliche Persönlichkeit und eine literarische Hoffnung gewesen. Unermüdlicher Förderer von neoelisabethanischen poetischen Bewegungen, die gegen Eliot, Auden und andere Neuerer entstanden waren, pflegte er in noch jungen Jahren Umgang und Freundschaft mit vielen der bedeutendsten Schriftsteller des Jahrzehnts; er befaßte sich mit dem Werk des berühmten Avantgardisten und Malers Wyndham Lewis und mit dem des hochberühmten T. E. Lawrence oder Lawrence von Arabien; er erhielt literarische Auszeichnungen und war seinerzeit das jüngste gewählte Mitglied der Royal Society of Literature; er kannte den alten Yeats und den moribunden Hardy; er war Schützling und später Beschützer von Machen, des berühmten Sexologen Havelock Ellis, der drei Brüder Powys, des damals (und heute wieder etwas) bekannten Romanciers und Erzählers M. P. Shiel. Viel mehr konnte ich nicht herausfinden, bis ich schließlich in einem Nachschlagewerk, das auf Schauerromane und phantastische Literatur spezialisiert war, etwas mehr fand. 1947, beim Tod seines Meisters Shiel, wurde Gawsworth nicht nur zu dessen literarischem Testamentsvollstrecker ernannt, sondern auch zum Erben des Reiches von Redonda, einer winzigen Antilleninsel, auf der Shiel selbst (gebürtig von der benachbarten und sehr viel größeren Insel Montserrat) im Jahre 1880 im Alter von fünfzehn Jahren in einer festlichen Schiffszeremonie zum König gekrönt worden war, auf ausdrücklichen Wunsch des vorangehenden Monarchen, seines Vaters, ein örtlicher Methodistenprediger, der außerdem Reeder war und die Insel vor Jahren gekauft hatte: wenn man auch nicht genau weiß, von wem, denn ihre einzigen Bewohner waren zu jener Zeit die Albatrosse, die sie bevölkerten, und ein Dutzend Männer, die die Exkremente der Vögel sammelten, um Guano herzustellen. Gawsworth hatte sein Reich niemals in Besitz nehmen können, da die britische Regierung – gegen deren Kolonialbehörde sowohl die beiden Shiel als auch er selbst unermüdlich prozessierten – aufgrund des auf der Insel vorhandenen Aluminiumphosphats beschlossen hatte, ihr Territorium zu annektieren, um zu verhindern, daß die Vereinigten Staaten das gleiche täten. Gleichwohl veröffentlichte Gawsworth einige seiner Schriften unter dem Namen Juan I, King of Redonda (König im Exil, wie zu vermuten ist), verlieh Herzogstitel oder ernannte verschiedene bewunderte Schriftsteller oder Freunde zu Admiralen, darunter den Meister Machen (dem er den Titel eher bestätigte), Dylan Thomas, Henry Miller und Lawrence Durrell. Der Artikel dieses Nachschlagewerks endete folgendermaßen, nachdem er *nicht* erwähnt hatte, was ich soeben dargelegt und etwas später herausgefunden habe: »Trotz seines großen Freundeskreises verwandelte Gawsworth sich in eine Art Anachronismus. Er verbrachte seine letzten Jahre in Italien, kehrte nach London zurück, um von milden Gaben zu leben, schlief auf Parkbänken und starb, vergessen und ohne einen Penny, in einem Krankenhaus.«

Daß der preisgekrönte Mann, der König hätte sein können und mit unzweifelhafter Begeisterung und jugendlichem Stolz an einem Tag des Jahres 1932 das Exemplar von *Backwaters* signierte, das sich in meinem Besitz befindet, auf diese Weise enden konnte, mußte mich einfach beeindrucken – mehr noch als die Geschichten des Geigers Mollineux und des päpstlichen Theologen Mew –, obwohl viele andere Schriftsteller und bessere Menschen als er ein ähnliches Schicksal erlebt haben. Ich konnte nicht umhin zu fragen, was ihm wohl *in der Mitte*, zwischen seiner frühzeitigen, stürmischen literarischen und gesellschaftlichen Initiation und jenem anachronistischen und lumpigen Ende, widerfahren war; was ihm – vielleicht – *während* jener Aufenthalte oder Reisen durch die halbe Welt widerfahren war, bei denen er ständig veröffentlichte, ständig schrieb, gleich, wo er sich befand. Warum Tunis, Kairo, Algerien, Kalkutta, Italien? Nur wegen des Krieges? Nur wegen irgendeiner obskuren und niemals registrierten diplomatischen Tätigkeit? Und warum hatte er nach 1954 – sechzehn Jahre vor seinem pathetischen Tod – nichts mehr veröffentlicht, er, der dies an Orten und zu Zeitpunkten zustande gebracht hatte, an denen es heroisch oder selbstmörderisch war, eine Druckerei aufzutreiben? Was war aus den – mindestens – zwei Frauen geworden, mit denen er verheiratet war? Warum im Alter von achtundfünfzig Jahren dieses Ende eines nutzlosen Alten, dieser Tod eines Oxford-Bettlers?

Das Ehepaar Alabaster mit seiner unermeßlichen, wiewohl behutsamen Weisheit hatte mir kaum helfen können, Texte von ihm ausfindig zu machen, und wußte auch nicht mehr über ihn, wohl aber, daß eine Person in Nashville (Tennessee) existierte, die, Tausende von Kilometern entfernt, fast alle Informationen über Gawsworth besaß, die es auf der Welt überhaupt gab. Diese Person, der zu schreiben ich aus einer seltsamen, unerklärlichen Furcht heraus zögerte, verwies mich (als ich es endlich tat) auf einen kurzen Text von Lawrence Durrell, dem ich entnahm, daß Gawsworth sein literarischer Mentor und großer Jugendfreund gewesen war, und gab mir auch einige ergänzende Hinweise: Gawsworth hatte drei Ehefrauen gehabt, von denen mindestens zwei bereits gestorben waren; sein Problem war der Alkohol; seine Leidenschaft – las ich besorgt und mit unwillkürlichem Schrecken – die Suche und das krankhafte Sammeln von Büchern. *Krankhaft*, so bezeichnete es die Person aus Nashville ohne Zaudern.

Der Text von Durrell schildert Gawsworth oder Armstrong als einen Experten und hochbegabten Jäger unauffindbarer Schätze, der über einen hervorragenden bibliophilen Blick und ein noch besseres bibliographisches Gedächtnis verfügte und in seinen Anfängerjahren den Tag mit dem Kauf irgendeiner seltenen und teuren Ausgabe zu beginnen pflegte, die seine Pupille im Durcheinander der Ramschkisten auf der Charing Cross Road auszumachen und zu erkennen wußte und die er für ein paar Pennys erwarb, um sie gleich darauf wenige Meter von ihrem Fundort entfernt an Rota in Covent Garden oder irgendeinen anderen gestelzten Buchhändler der Cecil Court

Road für mehrere Pfund zu verkaufen. Außer seinen erlesenen Büchern (viele behielt er wie Schätze für sich) besaß er Manuskripte und eigenhändig geschriebene Briefe von bewunderten oder renommierten Autoren sowie alle möglichen Gegenstände, die berühmten Personen gehört hatten und die er mit wer weiß welchem Geld bei den Versteigerungen erworben hatte, die er regelmäßig besuchte: ein Barett von Dickens, eine Feder von Thackeray, ein Ring von Lady Hamilton sowie die Asche von Shiel selbst. Einen Großteil seiner Energie verwandte er auf den Versuch, von der Royal Society of Literature und anderen Institutionen, deren reifste Mitglieder er mit seiner Beharrlichkeit und seinen verwickelten literarischen und finanziellen Vergleichen marterte, Pensionen und Beihilfen für alte Schriftsteller zu erhalten, die wenig bemittelt oder nach dem Ende ihres Erfolges schlicht ruiniert waren: Die Meister Machen und Shiel befanden sich unter seinen Nutznießern. Aber Durrell berichtet auch, daß er ihn ungefähr sechs Jahre zuvor zum letztenmal gesehen hatte (der Text stammt aus dem Jahr 1962, als Gawsworth noch lebte und ein fünfzigjähriger Mann war, also hatte er ihn mit vierundvierzig gesehen; aber seltsamerweise spricht der gleichaltrige Durrell von ihm wie von jemandem, der schon dahingegangen ist oder gerade im Begriff dazu ist), als er in der Shaftesbury Avenue einen Kinderwagen vor sich herschob. Einen viktorianischen Kinderwagen von gewaltigen Ausmaßen, wie Durrell präzisiert. Als er ihn sah, glaubte er, dieser exzentrische Bohemien, der *Wahre Schriftsteller*, der ihn bald nach seiner Ankunft aus Bournemouth mit seinen Kenntnissen geblendet und ihm das literarische und nächtliche London gezeigt hatte, habe am Ende vom Leben einen Mittelpunkt und eine Bürde zugewiesen bekommen (das Leben habe sich auch seiner angenommen, sagt Durrell wörtlich), und er habe Kinder, vielleicht drei Zwillingspaare, nach dem überdimensionalen Gefährt zu urteilen. Als er jedoch nähertrat, um den kleinen Gawsworth oder den kleinen Armstrong oder den Prinzen von Redonda zu betrachten, den er unter dem Verdeck vermutete, entdeckte er mit Erleichterung, daß der einzige Inhalt des Kinderwagens in einem Haufen leerer Bierflaschen bestand, die Gawsworth zurückgeben, sich bezahlen lassen und durch ebenso viele neue ersetzen wollte. Der Herzog von Cervantes Pequeña (dies war sein Titel) begleitete seinen exilierten König, der sein Reich niemals kennengelernt hatte, sah zu, wie er den Wagen mit neuen Flaschen füllte, und nachdem er mit ihm eine Flasche auf das Gedenken an Browne oder Marlowe oder irgendeines anderen Klassikers geleert hatte, der an diesem Tag gerade Geburtstag hatte, sah er ihn mit ruhigen Schritten in der Dunkelheit verschwinden, seinen alkoholischen Kinderwagen vor sich her schiebend, vielleicht genau wie ich jetzt bisweilen den meinen schiebe, wenn die Nacht über dem Retiro-Park hereinbricht, nur daß darin mein Kind – dieses neue Kind – liegt, das ich noch nicht gut kenne und das uns überleben wird.

Später habe ich ein Photo von Gawsworth gesehen, das mehr oder minder – soweit man das einschätzen kann – mit der äußeren Beschreibung übereinstimmt, die Durrell selbst in seinem Text von ihm liefert: »... von mittlerer Statur, etwas blaß und schlank; seine Nase war gebrochen, was seinem Gesicht einen Anflug von Villonscher Geriebenheit verlieh. Seine Augen waren kastanienbraun und leuchtend, und sein Humor litt nicht unter seinen literarischen Entbehrungen.« Auf diesem einzigen Photo,

das ich gesehen habe, trägt er die Uniform der RAF und hält eine noch nicht angezündete Zigarette zwischen den Lippen. Der Hemdkragen ist ihm ein wenig zu weit, und der Knoten seiner Krawatte wirkt zu schmal, obwohl dies eine Zeit der schmalen Krawattenknoten war. Er trägt Ehrenzeichen. Seine Stirn ist von deutlichen waagerechten Falten durchzogen, und er hat nicht so sehr Augenringe als kleine Falten unter den Augen, die halb schelmisch oder amüsiert, halb verträumt oder sehnsüchtig blicken. Es ist ein großzügiges Gesicht. Der Blick ist klar. Das Ohr auffallend. Möglicherweise hört er gerade zu. Vermutlich befindet er sich in Kairo, zweifellos im Mittleren Osten, oder doch in Nordafrika, in der französischen Berberei, und man schreibt das Jahr 1941 oder 42 oder 43, vielleicht nicht lange bevor er von der Schwadron Spitfire zur Desert Air Force der achten Armee versetzt wurde. Diese Zigarette hat wahrscheinlich nicht gedauert. Er dürfte etwa dreißig Jahre alt sein, obwohl er älter, etwas älter wirkt. Da ich *weiß*, daß er tot ist, sehe ich auf dem Photo das Gesicht eines toten Mannes. Er erinnert mich ein wenig an Cromer-Blake, obwohl dessen Haar vorzeitig weiß geworden war und der Schnurrbart, den er sich ein paar Wochen lang stehen ließ, um ihn dann wieder abzurasieren und ebenso viele Wochen lang keinen zu tragen, ebenfalls grau oder zumindest mit silbergrauen Fäden durchsetzt war, während bei Gawsworth beide (Schnurrbart und Haar) dunkel sind. Die Ironie des Blickes ist sehr ähnlich, aber bei Gawsworth ist sie freundlicher, in ihr liegt keine Spur von Sarkasmus oder Zorn, auch nicht deren Verheißung, nicht einmal deren Möglichkeit. Die Uniform ist schlecht gebügelt.

Ich habe auch ein Photo seiner Totenmaske gesehen. Als

man sie ihm abnahm, hatte er gerade auf das Alter oder den Verlauf der Zeit verzichtet, aber kurz davor war er ein Mann von achtundfünfzig Jahren gewesen. Die Maske hat Hugh Olaff de Wet ihm am 23. September 1970 abgenommen, am Tag seines Todes oder einen Tag danach, in London, im Distrikt Kensington, wo er geboren wurde. Sein alter Freund aus Kairo, Sir John Waller, vermachte sie der Poetry Society, aber diese Aufmerksamkeiten mußten bereits postum oder zu spät erfolgt sein. Der, der John Gawsworth und Terence Ian Fytton Armstrong und Orpheus Scrannel und Juan I, King of Redonda, und bisweilen auch einfach Fytton Armstrong oder J. G. oder schlicht G. gewesen war, hat jetzt die Augen geschlossen und keinen irgendwie gearteten Blick mehr. Die Falten sind jetzt unzweifelhaft Augenringe, die Stirnfalten sind verwischt (der Schädel gewölbt), und es sieht aus, als hätte er mehr Wimpern, vielleicht nur aufgrund dieser versiegelten Augenlider. Das Haar sieht weiß aus – aber vielleicht, weil alles Gips ist –, und der Haaransatz hat sich ein wenig nach hinten verschoben seit den vierziger Jahren oder der Grenze seiner Jugend, seit dem Krieg gegen das Afrikakorps. Der Schnurrbart wirkt dichter, aber weicher, es ist ein Schnurrbart, der sticht, aber zugleich kraftlos ist, der eines pensionierten Militärs, der es müde ist, ihn glattzubürsten. Die Nase ist gewachsen und breiter geworden, die Wangen sind sehr schlaff geworden, das ganze Gesicht ist aufgedunsen, wie durch falsche Korpulenz und Hinfälligkeit. Er hat ein Doppelkinn. Es besteht kein Zweifel daran, daß er tot ist.

Aber mit diesem letzten Gesicht mußte er durch die Straßen von London vagabundieren, mit einem Mantel oder einem Jackett, wie sie sich die Bettler immer zu verschaffen wissen. Er wird Flaschen geschwenkt und seinen ungläubigen Kumpanen seine Bücher in den Ramschkisten auf der Charing Cross Road gezeigt haben, die er nicht kaufen konnte. Er wird ihnen von Tunis und Algerien, von Italien und Ägypten und von Indien erzählt haben. Er wird sich zur allgemeinen Heiterkeit zum König von Redonda ausgerufen haben. Mit diesem Gesicht wird er auf den Parkbänken geschlafen haben und in ein Krankenhaus gekommen sein, wie es in jenem Nachschlagewerk hieß, das auf Schauerromane und phantastische Literatur spezialisiert war, und mit diesem Gesicht wird er vielleicht unfähig gewesen sein, die Hand auszustrecken, die eine Feder gehalten und Flugzeuge gesteuert hatte. Womöglich war er, wie fast alle britischen Bettler, stolz und wild, brutal und unwirsch, bedrohlich und hochmütig und wußte nicht, für sich selbst zu *bitten*. Zweifellos war er ein Trinker, und am Ende seines Lebens hielt er sich nicht Jahre in Italien auf, sondern nur einige Wochen in den Abruzzen, in Vasto, zu einer letzten Sauftour, von der ich nichts weiß. *Eine letzte Sauftour*, so schrieb in ihrem Brief die Person in Nashville, mit der ich keinen weiteren Kontakt gehabt habe. Es gab keinen Gawsworth, der Gawsworth gerettet hätte, keinen vielversprechenden, begeisterten Schriftsteller, der versucht hätte, ihn zur Vernunft zu bringen und von neuem zum Schreiben zu nötigen (vielleicht weil sein Werk nicht bewundernswert ist und niemand wollte, daß er weiterschrieb), der eine Pension der Royal Society of Literature beantragt und erhalten hätte, deren gewähltes Mitglied, deren jüngstes Mitglied er einst gewesen war. Es gab auch keine Frau von den vielen, die er gehabt hatte, die sein Vagabundenleben beendet oder es mit ihm geteilt hätte. Das glaube ich. Wo sind

oder wo ruhen diese – insulären oder kolonialen – Frauen? Wo mögen heute seine Bücher sein, die Bücher, die er auf den ersten Blick in den labyrinthischen, chaotischen, verstaubten Regalen zu erkennen wußte, so wie ich sie in den Regalen des Ehepaars Alabaster und so vieler anderer Buchhändler in Oxford und London erkannte? (Auch ich mit meinen behandschuhten, flinken Fingern, die kaum die Buchrücken berührten, über die sie rascher noch als meine Augen hinwegeilten – wie ein Pianist bei einem Glissando –, wußte immer das zu finden, was ich suchte, so daß ich oftmals das Gefühl hatte, die Bücher suchten und fänden mich.) Wahrscheinlich sind sie in diese Welt zurückgekehrt, in die alle oder die meisten zurückkehren, in die geduldige, stumme Welt der antiquarischen Bücher, die sie nur vorübergehend verlassen. Möglicherweise ist außer *Backwaters* eines der Bücher in meinem Besitz ebenfalls durch die Hände von Gawsworth gegangen, wurde gekauft und sogleich verkauft, um ein Frühstück oder eine Flasche zu bezahlen, oder blieb vielleicht – wie ein erwähltes Stück – jahrelang in seiner Bibliothek oder begleitete ihn nach Algerien und nach Ägypten, nach Tunis und nach Italien und sogar nach Indien; und war bei Kampfhandlungen dabei. Vielleicht hatte irgendeiner der galgengesichtigen Bettler, deren Weg ich in Oxford täglich wieder und wieder kreuzte, die ich erkannte, die ich fürchtete und in denen mein vorübergehender leichter Wahn mir im voraus (oder nicht so sehr) mein eigenes Bild zurückspiegelte, Bücher besessen. Vielleicht hatte er Bücher *geschrieben* oder in Oxford gelehrt oder eine mütterliche Geliebte gehabt, die zuerst überanhänglich und dann abweisend und skrupellos gewesen war (als sie mehr Mutter wurde); oder er war aus einem südlichen Land gekommen – mit einer Drehorgel, die bei der Ankunft verlorenging, vielleicht bei der Ausschiffung im Hafen von Liverpool, und sein Schicksal vorzeichnete – und hatte noch nicht vergessen, daß man nicht immer dorthin zurückkehren kann.

Ich stellte oder stelle mir all diese Fragen nicht aus Mitgefühl für Gawsworth, letztendlich nur ein falscher Name, den ich nicht gekannt habe und dessen Texte – das einzige, was ich außer seinen Photos als Lebender und Toter noch von ihm betrachten kann – mir nicht viel sagen, sondern aus Neugier, in die sich Aberglauben mischt, war ich doch einige endlose Frühlings- oder Trinitynachmittage lang davon überzeugt, daß ich genau das gleiche Schicksal erleben würde wie er.

Der englische Frühling ist besonders beängstigend für jemanden, der schon verängstigt ist, denn bekanntlich erreichen die Tage eine anomale Länge, aber anders, als es in Madrid oder Barcelona geschehen kann und geschieht, wenn der Sommer näherrückt und beginnt. Hier in Madrid werden die Tage endlos, aber das Licht variiert und stuft sich ständig ab und bezeugt damit, daß die Zeit voranschreitet, während sich in England – und auch weiter im Norden – stundenlang nichts ändert. In Oxford herrscht das gleiche Licht von halb sechs, wenn man sich durch das Ende jeder sichtbaren Aktivität gezwungen sieht, darauf zu achten – wenn die Geschäfte schließen und die Professoren und Studenten nach Hause gehen –, bis nach neun, wenn die Sonne schließlich unvermittelt untergeht – als würde ein Schalter sie ausknipsen, wenn auch ein gespenstischer, ferner Widerschein von ihr bleibt – und diejenigen, die abends ausgehen, ungeduldig auf die Straße drängen. Dieses unveränderliche Licht, diese Verstärkung des statischen oder stabilen Charakters des Ortes gibt einem das Gefühl, stillzustehen und sich noch mehr außerhalb der Welt und jedes zeitlichen Verlaufs zu befinden, als es ohnehin dort üblich ist, wie ich schon erklärt habe. Während dieser reglosen Stunden kann man nichts tun, wenn ein Abendessen bei Tageslicht nicht in Betracht kommt, wie natürlich in meinem Fall. Und man wartet. Man wartet. Man wartet, eingeschlossen in seinen vier Wänden, daß die ersehnte Dunkelheit hereinbricht, daß dieses schwebende, laue Licht verschwindet, daß sich das schwache Rad der Welt wieder in Bewegung setzt und die Ruhe aufhört, während man fernsieht oder Radio hört und es nicht einmal offene Buchhandlungen gibt, die man aufsuchen und in denen man sich aktiv, nützlich und in Sicherheit fühlen kann. Solange die Sonne stillsteht, ruhen sich die *dons* in ihren Gemächern im *college* aus oder essen zu Abend an ihren erhabenen Tischen, und die Studenten schließen sich ein, um Prüfungen vorzubereiten, oder sie machen sich zurecht, um zum Kneipenbummel aufzubrechen, sobald die Gewißheit besteht, daß die Dunkelheit hereingebrochen ist. In diesen saumseligen, unbeweglichen frühen Abendstunden des Frühlings in Oxford gehört die Stadt mehr denn je den Gawsworth unserer Zeit. Sie nehmen sie in Besitz, solange diese lange, falsche Dämmerung dauert und sich verewigt, in die sich nur die unzählbaren Glocken der Stadt – ihre religiöse Vergangenheit – einzumischen wagen, die wild durcheinander zur Vesper läuten. Die Bettler gehen weder nach Hause, noch kehren sie ins *college* zurück, noch sind sie zu irgendeinem *high table* eingeladen. Ich glaube auch nicht, daß sie in die Kirchen eilen, wenn diese sie rufen. Sie wandern weiter ziellos umher, wenn sie auch beim Anblick der am hellichten Tag menschenleeren Straßen in Verwirrung geraten und den Schritt verlangsamen und sogar irgendwann stehenbleiben, um einer Dose einen Fußtritt zu versetzen oder auf eine Zeitung zu treten, die der Wind aufwirbelt, und die Zeit, die sie seit ihrem Erwachen totschlagen, noch mehr totzuschlagen.

Ich wartete gewöhnlich im Refugium meiner Wohnung auf den Abend; mittwochs suchte ich irgendeinen spanischen Sender im Radio, der vielleicht ein internationales Spiel von Real Madrid übertrüge, ständig versucht, den Telephonhörer abzunehmen und die Nummer von Clare Bayes' Wohnung zu wählen, wo sie gewiß am Bett des Kindes Eric saß, um ihm das Abendessen zu reichen, mit dem Kind Eric Kinderprogramme im Fernsehen anschaute oder ihm mit irgendeinem neuen Spiel die Zeit vertrieb. Die Versuchung war jeden Nachmittag groß, aber um ihr nicht sofort nachzugeben und die Stunden der Gleichheit und Reglosigkeit – die nivellierten Stunden und die nivellierten Tage – zu überstehen, rasierte ich mich bisweilen zum zweitenmal und machte mich ebenso wie die lebhaftesten und lasterhaftesten Professoren und Studenten zum Ausgehen zurecht. Um mich unter die Leute zu mischen, sobald es dunkel würde. An manchen Abenden aß ich im angenehmen Brown's nahe bei meiner pyramidenförmigen Wohnung, wo die Kellnerinnen mit ihren ganz kurzen Röcken mehr als attraktiv waren, und an anderen in irgendeinem der zahlreichen französischen Restaurants der Stadt, wo ich versuchte, mich auf dem Kontinent zu fühlen und nicht auf den Inseln, oder ich zwang mich sogar, oft an unerträglichen *high tables* teilzunehmen, bei denen ich seit den ersten Monaten meines Aufenthalts in Oxford, vor jetzt mehr als eineinhalb Jahren, nicht mehr gewesen war. Ich probierte sie in verschiedenen bereits bekannten oder noch nicht besuchten *colleges* aus, mit der winzigen Hoffnung überdies, abermals Clare Bayes unter den Gastgebern (All Souls oder Alle Seelen; Exeter durch den Ehemann) oder unter den Gästen zu treffen (Keble, Oriel, Balliol, Pembroke, Christ Church, einer fader als der andere: das Abendessen in Christ Church das üppigste und an Gähnen reichste). Aber die Anstrengung war zu groß und reichte nicht aus, um das Gefühl der Erstarrung zu verhindern oder gegen das endlos zaudernde Licht anzugehen oder vor der Obsession durch Gawsworth und sein Schicksal zu fliehen.

Während dieser Wochen verfiel ich darauf, ab halb neun oder neun in eine Diskothek neben dem Apollo Theatre zu gehen, die eigentlich eher von Leuten aus den Fabriken und Geschäften besucht wurde (denn in Oxford gibt es im Unterschied zu Cambridge sehr wohl Industrie und Arbeiter und andere soziale Klassen als die akademische) als von den talartragenden Leuten, zu denen ich gehörte. Ich sage bewußt *eigentlich*, weil ich manche Überraschung erlebte. Dort begegnete ich jeden Abend einem Ambiente aus den siebziger Jahren, aber englischen siebziger Jahren, die in der Welt nicht den geringsten Einfluß gehabt hatten. Alles war provinziell und zahm, von der schrillen Musik (es war eine Diskothek nach allen Regeln der Kunst) bis zur Dekoration mit vage arabischen Motiven, vom Spiel der Lichter auf der Tanzfläche (grün und rosa) bis zur Kleidung der Tanzenden, die ihre Zeit allzu genau verriet. Diese Diskothek hatte jedoch enormen Erfolg, nach dem Gedränge zu urteilen, das dort ständig ab wer weiß welcher nachmittäglichen, sonnenhellen Stunde herrschte. Ich erinnere mich an die Unmenge von dicken Mädchen mit Minirock und künstlichen Locken: Es gab Tische, die ganz von umfangreichen Gruppen umfangreicher Mädchen besetzt waren (sogenannten *abstoßenden Dicken*), die, sechs oder sieben an der Zahl, einander ständig Knuffe versetzten und Kaugummi kauten, während sie kraft ihres eigenen Gewichts und ihrer eigenen Weichheit in den Sofas versanken und in einer Reihe – schamlos – ihre fülligen Oberschenkel (in ständiger Berührung) und sogar den Rand ihrer Unterhosen sehen ließen. Es gab auch viele junge Dandys aus Oxfordshire (aus Banbury und Charbury, Witney und Eynsham, alle in unmittelbarer Nähe), die einen so platten und grellen Geschmack an den Tag legten, wie man ihn nur im Süden Englands finden kann. Diese ländlichen, verweichlichten jungen Burschen haßten natürlich die abstoßenden Dicken, und die abstoßenden Dicken haßten die manierierten Bauernlümmel: Sie verkehrten nie miteinander, aber wenn sie einander in den Schlangen vor den Toiletten begegneten oder beim Tanzen im Gewühl oder auf der Tanzfläche zusammentrafen, bedachten sie sich mit verächtlichen Blicken (die Jungen) oder spöttischen Blicken (die Mädchen), wandten ihre Augen komplizenhaft ihren Gesinnungsgenossen am Tisch oder an der Theke zu und zeigten unverhohlen – ostentativ den dünnen oder dicken Daumen schwenkend – auf ihre lächerliche Gegenpartei. Obwohl diese beiden Spezies im großen und ganzen die arabische Diskothek beherrschten, sah man nicht selten Studenten dort (vor allem die Allerfeinsten, die eine besondere Schwäche und Vorliebe für das Plebejische besitzen) und sogar gewisse – unverheiratete – *dons* in jugendlicher Verkleidung. Die meisten kannte ich nur vom Sehen, entfernt genug, um sie an einem solchen Ort nicht grüßen zu müssen, aber an meinem vierten Abend dort erblickte ich meinen eigenen Chef, Aidan Kavanagh, den Erfolgsautor von Schauerromanen, der mit außerordentlicher Gelenkigkeit und im falschen Takt auf der Tanzfläche tanzte. Zuerst dachte ich in plötzlichem Schrecken – ich sah nicht gut inmitten so vieler Körper mit veränderter Farbe –, er habe seine gewöhnliche nichtssagende oder schlichte Kleidung durch eine nilgrüne Weste mit nichts darunter ersetzt, aber dann stellte ich gleich – mit nur halber Erleichterung – fest, daß lediglich die Arme nackt waren, wenn auch bis zu den Schultern: Das heißt, unter der nilgrünen Weste trug er Krawatte und Hemd, wie üblich (aprikosenfarben beziehungsweise flaschengrün), aber es mußte sich um ein merkwürdiges Hemd handeln, das nur aus der Hemdbrust bestand. Ich fragte mich, ob er das Modell auch in der Fakultät tragen mochte, und nahm mir vor, bei unserer nächsten Begegnung in der Tayloriana genau darauf zu achten, ob die Hemdsärmel aus seinem Jackett hervorsahen oder nicht. (Immerhin war er außer Autor von Schauerromanen unter Pseudonym auch noch eine internationale Autorität auf dem Gebiet unseres Goldenen Zeitalters.) Jedenfalls verhalf mir seine Diskothekenaufmachung zu der Entdeckung, daß seine (oberen) Extremitäten stark behaart waren und innen von zwei dichten Büscheln Achselhaar gekrönt wurden, die ich – da er in seiner Tanzekstase und mangels Raums alle Augenblicke die Arme hob – nicht umhin konnte zu betrachten. Er erblickte mich aus der Ferne, und anstatt zu erröten oder sich verstecken zu wollen, kämpfte er sich unaufhörlich tanzend bis zur Theke vor, an der ich stand, und begrüßte mich herzlich und gastfreundlich. An der (erhobenen)

Hand zog er eine Dicke mit sich, die bei jedem (kleinen) Schritt die Leute anrempelte und viel lächelte. Kavanagh mußte schreien, um sich verständlich zu machen, weshalb nur sehr kurze Sätze aus seinem Mund kamen, wie bei Alan Marriott.

»Was für eine Überraschung, dich hier zu treffen! Ich hab' geglaubt, du magst solche Orte nicht! Du hast fast *zwei* Jahre gebraucht, um herzukommen!« Und er hielt mir *zwei* Finger vor die Augen. »Dieser Schuppen ist der beste! Der einzige lustige in der Stadt!« Er wandte den Blick und schaute mit Kennermiene und Genugtuung auf die Tanzfläche: Sie wirkte wie ein Aufstand auf einer Opernbühne. »Ich komme fast jeden Abend! Jeden Abend, den ich kann! Ich kenne alle hier!« Und er vollführte mit seinem mächtigen, bis zur Schulter nackten Arm eine Geste, die das ganze Lokal einschloß. Er trank einen langen Schluck. »Willst du jemanden kennenlernen? Ich stell' dich vor, wem du willst! Schau gut hin! Blick dich um! Und wenn du jemanden siehst, den du gern kennenlernen möchtest, dann sag's mir, und ich stell' sie dir vor, garantiert! Dutzende von Mädchen«, er senkte die Stimme. »Dutzende. Ah, komm, ich stell' dir Jessie vor! Jessie!« Er zögerte einen Augenblick. »Das ist mein Freund Emilio! Er ist auch Spanier!«

»Was?!«

»Emilio!« Und Kavanagh zeigte mit dem Finger auf mich. Fast hätte er ihn mir ins Auge gestoßen. »Noch ein spanischer Freund!«

»Buona sera!« schrie Jessie über das Getöse hinweg.

»Ciao!« antwortete ich ihr, um sie nicht zu enttäuschen. Sie war sehr fröhlich.

»Besser, sie wissen unsere richtigen Namen nicht«,

sagte Kavanagh mir auf spanisch ins Ohr. »Es besteht keine Gefahr, sie kommen nur abends nach Oxford. Sie glaubt, daß ich in der Automobilindustrie arbeite. Ich habe ihr einen Aston Martin versprochen.«

»Werden die immer noch hergestellt?«

»Weiß ich nicht, aber sie akzeptiert es.« Und er fügte hinzu, auf englisch: »Komm zu uns! Wir sind alle an einem Tisch! Dutzende von Mädchen«, flüsterte er. »Dutzende. Del Diestro ist auch da! Er ist heute gekommen.«

Kavanagh packte mich am Arm und schleppte mich tänzelnd zu einem der Tische mit abstoßenden Dicken, die ich fest unter Kontrolle hatte und an den drei vorhergehenden Abenden fast ebenso kategorisch verachtet hatte wie ein ländlicher, verweichlichter junger Bursche aus Oxfordshire (Jessie folgte uns, wobei sie sich auf ihre eigenen Füße trat und Stöße austeilte). Tatsächlich befand sich der berühmte Professor del Diestro bei den Mädchen, nach seinen eigenen Worten der größte und jüngste Cervantes-Experte der Welt und in Madrid unweigerlich (je nach den Antipathien) als der gelehrte del Diestro oder der verkehrte del Diestro bekannt, der uns auf Einladung unserer Abteilung am nächsten Vormittag einen meisterhaften und gelehrten Vortrag halten sollte. Ich kannte ihn von Photographien her. Der Professor, ein vornehmer, eitler Mann Anfang Vierzig mit einem Hemd von Ferré und einer Kahlheit, die ihm sehr gut stand (»Ein vornehmer spanischer Professor«, dachte ich erstaunt bei seinem Anblick und konnte mir seinen Erfolg erklären), knutschte bereits mit einem der dicksten Mädchen herum. Man muß dazu sagen, daß all diese Dicken nicht anders als die ländlichen Dandys und die ledigen Professoren und die allerfeinsten Studenten (und sicher ich selbst, aber damals war es mir nicht deutlich bewußt, und deshalb gestand ich es mir auch nicht ein) auf nichts anderes aus waren, als Unbekannte kennenzulernen – was nicht ganz leicht war in Anbetracht der festen und treuen Kundschaft –, hauptsächlich, um ihnen ein paar kurze Fragen zu stellen, ihnen falsch auf ebenso viele andere zu antworten, ihnen Kaugummi anzubieten (Tanzen war nicht unbedingt nötig), sie so bald wie möglich zu küssen und vielleicht – je nach Schwung und nach der Qualität der Küsse – rasch in den Toiletten oder auf den Rängen zu vögeln, wenn jemand ein Kondom bei der Hand hatte, oder später, mit mehr Ruhe, zu Hause.

Professor del Diestro war bereits recht fortgeschritten in der Bekanntschaft mit seiner Unbekannten, weshalb er sich eine momentane Unterbrechung erlauben konnte, um ein paar freundliche Worte mit mir zu wechseln; Kavanagh stellte mich den fünf oder sechs Mädchen vor und nötigte mich dann, auf dem Sofa zwischen zwei von ihnen Platz zu nehmen. Ich saß eingezwängt zwischen ihren vier bemerkenswerten Oberschenkeln (zwei pro Mädchenkörper), und im plötzlichen Bewußtsein oder Einverständnis mit der Tatsache, daß ich die muslimische Diskothek an diesem Abend nicht allein verlassen würde, schaute ich sogleich nach rechts und links, um sie gegeneinander abzuwägen, in der Absicht, zumindest die weniger gewichtige Gesellschaft auszuwählen. Das Mädchen zu meiner Rechten – das sah ich sofort – war nicht wirklich dick, sondern nur fast, so daß – kalkulierte ich – nach kurzer Zeit eine gewisse sexuelle Wertschätzung meinerseits möglich wäre. Ihre Gesichtszüge erschienen mir in Anbetracht der bevorstehenden Intimität als sehr angenehm, und ihre fahlroten Locken waren phantastisch, auch wenn sie ganz so aussahen, als existierten sie erst seit ein paar Stunden (es war Donnerstag). Ich wandte der anderen – einer unleugbaren und unübersehbaren Dicken – den Rücken zu und begann mit der, die es nicht so weit brachte, namens Muriel, laut schreiend eine stockende und wenig engagierte Unterhaltung, an die ich mich so gut wie nicht erinnere (es war eine Formalität): nur, daß sie sagte, sie lebe in einem winzigen Dorf – oder auf einer Farm – in der Nähe von Wychwood Forest, zwischen den Flüssen Windrush und Evenlode. Aber das konnte durchaus falsch sein, ebenso falsch wie die Namen Emilio und Muriel. Wie ihre Freundinnen kaute sie pausenlos Kaugummi, und wenn sie auch nicht so viel lächelte wie die junge Jessie, die auf die Tanzfläche zurückgekehrt war, um weiter mit Kavanagh zu tanzen und sich ihren Aston Martin zu sichern, wirkte sie doch heiter und froh, mich kennenzulernen, und hatte nichts dagegen, daß meine in Übergangshosen steckenden Beine sich mit ihren ansehnlichen und mächtigen, aber nur von dünnen Strümpfen bedeckten berührten; mehr noch, sie tendierte dazu, den (angesichts der Enge) unvermeidlichen Kontakt in einen vorsätzlichen Druck zu verwandeln. Auch ich entzog mich ihm nicht, so daß ein Moment kam, in dem sie ihre Hand vertraulich auf mein Knie legte und mich fragte, als sie mit dem Schreien dran war: »Willst du Kaugummi?«

»Nein, danke«, sagte ich, und erst nachdem ich es gesagt hatte, kam mir der Gedanke, daß dies womöglich nicht die passendste Antwort an diesem Ort der siebziger Jahre war.

Es dauerte eine Weile, bis sie wieder sprach. Sie verharrte leicht nachdenklich, während ihr Kaugummi an ihrem Gaumen oder irgendwo am Zahnfleisch ruhte.

Dann sagte sie ungezwungen: »Ich hab' ihn im Mund, falls wir uns küssen. Aber wenn du willst, dann nehm' ich ihn schon mal raus.«

(Ich konnte noch den starken Minzgeschmack in diesem saugenden, rundlichen Mund spüren.) (Meiner dürfte wohl nach hellem Tabak geschmeckt haben.)

Als ich eine Stunde später mit ihr das Lokal verließ, begegnete ich zwei Blicken, einem vielfachen und einem einzelnen, obwohl ich mir des letzteren nicht gewiß bin: Mehrere bäurische Dandys, die ich bereits vom Sehen zu kennen begann, tadelten mich – klassifizierten mich endlich: große Verachtung – ob der gewählten Begleitung; und ein paar Meter weiter, schon an der Tür, begegnete ich, glaube ich (sie kam herein, und wenn sie es war, dann traf mich ihr Blick wie ein Blitz, glaube ich) dem Mädchen vom Bahnhof in Didcot, das später, wenngleich nur kurze Zeit, auch das Mädchen von der Broad Street war – in der Höhe des Trinity College, nahe bei Blackwell's –, das an einem windigen Nachmittag in Begleitung einer Freundin vorbeigegangen war, die nicht zuließ, daß sie stehenblieb. Wie bei jenem zweiten Mal (wenn sie es war bei diesem dritten Mal: ich hatte sie seit mehr als einem Jahr nicht gesehen und vorher nur sehr wenig) merkte ich erst, daß sie es war – oder glaubte es zu merken –, als wir einander schon den Rücken zugekehrt hatten. Ich drehte mich um, wie damals, aber sie nicht dieses Mal, von dem ich nicht sicher weiß, ob sie es war. Ich sah, wie ihr Nacken in der Diskothek verschwand, und auch der Nacken des Mannes in ihrer Begleitung, den ich nicht einmal bemerkt hatte, als er dicht vor mir gewesen sein mußte – nur eine Sekunde und beide im Gehen, und vielleicht waren wir uns ausgewichen, um nicht zusammenzustoßen. Von hinten wirkte er auf mich wie Edward Bayes. Aber das war unmöglich: Edward Bayes dürfte ebenfalls am Bett des Kindes Eric sitzen und ihm eine Geschichte vorlesen, der auch Clare Bayes zuhörte. Es war schon zu spät, um irgend etwas zu klären oder umzukehren; auch jetzt, wie in der Broad Street, wurde an einem Ärmel gezogen, aber dieses Mal war es der meine. Obwohl draußen kein Wind wehte, wurde Muriel, die schon auf der Straße stand, ungeduldig.

Zu Hause, im zweiten Stock, kaute sie wieder eine Weile lang Kaugummi, kombiniert mit Gin (viel, spanisches Maß), den ich ihr mit Eis und Tonic in einem Glas servierte. Ich war überhaupt nicht betrunken; sie ziemlich, wie mir schien (ich wußte nicht, was sie getrunken hatte, bevor man uns vorstellte). Aber erst später, oben, im dritten Stock, als wir schon nackt in meinem Bett lagen, begann ich wirklich an Clare Bayes zu denken und sie abermals zu vermissen oder, besser gesagt (denn es war nicht eigentlich Vermissen), mit Verwunderung und einem Anflug von Verblüffung festzustellen, daß dieses fast dicke Mädchen mit den angenehmen Locken und Gesichtszügen nicht sie war. Die Treue (ein Wort, das die Beständigkeit und Ausschließlichkeit bezeichnet, mit der ein bestimmtes Geschlecht ein ebenfalls bestimmtes anderes penetriert oder von ihm penetriert wird oder darauf verzichtet, von anderen penetriert zu werden oder andere zu penetrieren) ist hauptsächlich ein Ergebnis der Gewohnheit, ebenso wie ihr Gegenteil, die sogenannte Untreue (die Unbeständigkeit und der Wechsel und der Verkehr mit mehr als einem Geschlecht: die buchstäbliche Promiskuität, in der, soviel ich wußte, Cromer-Blake lebte und Muriel leben mußte und vielleicht Kavanagh und Professor del Diestro). Wenn man seit geraumer Zeit an einen einzigen Mund gewöhnt ist, dann erscheinen die anderen Münder unstimmig und weisen Schwierigkeiten auf: Die Zähne sind zu groß oder zu klein, die Lippen sind dürftig oder allzu üppig, die Zunge bewegt sich zur Unzeit oder bleibt unbeweglich, als wäre sie kein Muskel, sondern Fleisch und Knochen; der Geruch der wohlriechendsten Körperteile (Leisten, Geschlecht, Achseln) ist verwirrend, wie auch die ungleiche Intensität der Umarmung, die betäubende Berührung einer Haut mit einer anderen, der herbe Schweiß der Oberschenkel (der vielleicht durch Skrupel bedingt ist), die schlecht aufeinander eingestimmten Körpervolumen, die unbekannten Farben, die das Licht des Zimmers verändern, die Größe und Feuchtigkeit der Öffnung. Die Hände begreifen nicht das unterschiedliche Maß von Brüsten, die sie vielleicht nicht umfassen können oder die sich ihnen zu entziehen scheinen oder sich mit einer rauhen Brustwarze verhärten, die fast kratzt, wenn man sie leckt. Der neue Körper ist nicht handlich (kein neuer Körper ist handlich), und immer gibt es einen Vorbehalt oder Zweifel in bezug auf die Reihenfolge oder die Intensität, mit der seine verschiedenen Teile geküßt, gedrückt oder gebissen oder mit Hilfe der Finger erkundet werden müssen, oder in bezug auf die Wirkung, die es auf den anderen haben wird, wenn man innehält, um sie zu betrachten, wenn man die Berührung unterbricht und sie eingehend anschaut. »Mein Schwanz ist in ihrem Mund«, dachte ich, als er drinnen war, und ich dachte es mit diesen Worten, weil nur diese Worte kommen, wenn man in Worte oder Gedanken übersetzt, was man gerade mit dem tut, was sie bezeichnen (wenn das, was sie bezeichnen, tätig ist), und das um so mehr, wenn man den anderen Körper kaum kennt, und vor allem, wenn die Worte sich auf die eigenen Körperteile beziehen und nicht auf die des anderen, mit denen man immer respektvoller verfährt und für die man durchaus Euphemismen und Metaphern und neutrale Ausdrücke sucht und verwendet. »Mein Schwanz ist in ihrem Mund, oder ihr Mund umschließt meinen Schwanz, denn ihr Mund ist ihm entgegengekommen. Mein Schwanz ist in ihrem Mund«, dachte ich, und es ist nicht wie sonst, wie so viele Male seit langer Zeit. Muriels Mund ist saugend, wie ich gleich im ersten Augenblick bemerkt hatte, als ich sie küßte, aber er ist nicht so geräumig und flüssig wie der Mund von Clare Bayes. Ihm fehlt Speichel, und ihm fehlt Platz. Ihre Lippen sind schön, aber ein wenig schmal, und sie sind reglos; oder nicht so sehr reglos (das sind sie nicht, denn ich spüre sehr deutlich ihre Bewegung) als wenig geschmeidig, sie sind hart. (Sie sind wie gespannte Bänder.) Während mein Schwanz in ihrem Mund ist, sehe ich ihre Brüste, sie sind weiß und groß und besitzen sehr dunkle Brustwarzen, im Unterschied zu den Brüsten von Clare Bayes, deren beide Farben sich ohne scharfe Gegensätze miteinander verbinden, wie der Übergang von Aprikosenfarben zu Haselnußfarben. Ich spüre an meinen Oberschenkeln (sie üben leichten Druck aus, ohne ihr weh zu tun) die Textur dieser weißen Brüste, und obwohl dieses Mädchen sehr jung ist, sind sie von weicher Konsistenz, wie neue Knetmasse, die noch nicht modelliert worden ist oder sich noch nicht durch den Gebrauch und die Spuren des Kindes, das mit ihr spielt, verhärtet hat. Ich habe viel mit Knetmasse gespielt, aber ich weiß nicht, ob das Kind Eric mit ihr spielt. Daß mein Schwanz in Muriels Mund ist, ist unbegreiflich (wer hätte das vor nur drei Stunden gedacht, als ich die Zeit totschlug, bevor ich hier herauskommen konnte und mich rasierte, während ich das Nachmittagslicht beobachtete und sie sich vielleicht vor dem Spiegel des Badezimmers in ihrer Wohnung oder auf der Farm in Wychwood Forest die Lippen schminkte und dabei an einen Unbekannten dachte: die jetzt so entfärbten Lippen). Sehr viel unbegreiflicher als die Tatsache, daß er sehr bald in ihrem Geschlecht sein wird, denn in ihrem Geschlecht – so ist zu hoffen – wird in den letzten Stunden nichts gewesen sein, während in ihrem Mund Kaugummi und Gin und Tonic und Eis und Zigarettenrauch und Erdnüsse und meine Zunge und Lachen gewesen sind, und auch Worte, die ich nicht gehört habe. (Der Mund ist immer voll, er ist die Fülle.) Jetzt trinkt sie weder noch raucht sie noch kaut sie noch lacht sie noch sagt sie etwas, weil sie meinen Schwanz im Mund hat und abgelenkt ist und mehr nicht hineingeht. Ich spreche auch nicht, aber ich bin nicht abgelenkt, sondern ich denke.

Und danach, ein wenig später, noch immer oben im dritten Stock meiner pyramidenförmigen Wohnung, unverändert nackt in meinem Bett, dachte ich erneut und dachte folgendes: »Bei ihr vermisse ich nicht, was ich immer vermisse, wenn ich mit Clare schlafe, das heißt: daß der Schwanz ein Auge hat, Gesichtssinn und einen Blick, daß er *gleichzeitig* sehen kann, daß er sich ihrem Geschlecht nähert oder in es eindringt oder eingedrungen ist. Ich will es nicht sehen, und ich will auch ihn nicht sehen. Aber sie sehe ich. Obwohl Muriel mir gefällt und dazu beiträgt, daß ich diesen Abend oder diese Nacht auf die bestmögliche Weise verbringe, kenne ich sie nicht. Ich weiß, daß sie nicht Clare Bayes ist, sondern eine Nichtdicke aus der Diskothek neben dem Apollo Theatre. Ich weiß es aus verschiedenen Gründen: aufgrund ihres Umfangs und ihrer Größe (sie ist etwas kleiner); weil ihre

Oberschenkel sich nicht genügend öffnen (vielleicht hindert sie ihre Beleibtheit daran; ob die des dicksten Mädchens, die den Professor del Diestro küßte, sich wohl überhaupt öffnen? Womöglich steht der Professor jetzt gerade einem Problem gegenüber); auch ihrer Knochen wegen, die kaum spürbar sind aufgrund ihrer guten Polsterung (ich spüre nur das Schambein, aber nicht die Hüften); und aufgrund ihres Keuchens, das schüchtern und verschämt ist (ich bin ein Unbekannter, und sie schaut nicht mich an, wenn sie halb die Augen öffnet, sondern die leere Wand über dem Kissen, auf das ich mich stütze). Aber ich weiß es vor allem des Geruchs wegen, den ich rieche. Es ist nicht der Geruch von Clare Bayes, vielleicht nicht einmal ein Geruch aus der Stadt Oxford oder aus London oder vom Bahnhof von Didcot, sondern womöglich der Geruch des Waldes von Wychwood und der Flüsse Windrush und Evenlode, zwischen denen Muriel lebt und aufgewachsen sein mag, so wie Clare Bayes am Fluß Yamuna oder Jumna gelebt hat und aufgewachsen ist, an jenem Fluß mit seinen nichtssagenden Gesängen, seinen rudimentären Lastkähnen und seiner Eisenbrücke, von der sich die unglücklichen Liebespaare hinabstürzten. Sie keucht, aber sie denkt auch. Vielleicht denkt sie an meinen Geruch und denkt, daß es der Geruch eines Ausländers ist, eines Kontinentaleuropäers, eines Südländers, eines leidenschaftlichen Mannes, heißes Blut, dem Ruf nach. Mein Blut ist heiß oder lau oder kalt. Wie mag mein Geruch für sie sein? Die Engländer benutzen wenig Eau de toilette, und ich benutze es, Trussardi, vielleicht ist das der größte Unterschied, eine absolute Neuheit, vielleicht ist das italienische Eau de toilette, das ich jedesmal aus Madrid mitbringe, das einzige, was sie an Gerüchen wahrzunehmen vermag.

Vielleicht mag sie es nicht, vielleicht begeistert es sie, ich kann es nicht erfahren, es sei denn, ich fragte sie, später, denn jetzt ist sie sehr auf sich selbst konzentriert (sie denkt nur an sich selbst). Vielleicht hat sie ihn nicht einmal bemerkt, vielleicht spürt sie nichts, obwohl sie nicht erkältet oder sonst etwas zu sein scheint, viele sind erkältet in diesem englischen Frühling oder verkappten Winter, und unter Pollenallergie, die sie Heufieber nennen, leiden hauptsächlich die jungen Leute, obwohl Clare Bayes – die so jung nicht mehr ist – ebenfalls darunter leidet. Im letzten Frühling nieste sie mehrere Male, als sie sich an dem Platz befand, den jetzt dieses Mädchen aus Wychwood Forest einnimmt, ein Wald, der nicht mehr existiert, nur seine Reste, er wurde im vergangenen Jahrhundert gefällt und eingeebnet, aber es ist sehr schwer, auf einen Namen zu verzichten, Namen besagen viel. Es sieht nicht so aus, als würde Muriel niesen; wenn sie es täte, würde ich es äußerst heftig spüren angesichts der Position, in der wir uns gerade befinden, ich würde zusammenzucken, einen heftigen Stoß spüren, der jetzt nicht erfolgt. Vielleicht ermüdet sie, sie hat viel getrunken. Das Zimmer war kalt, als ich die Wohnung verließ, aber jetzt ist es heiß, weil Muriels Körper heiß ist, während der von Clare Bayes lau ist und der des Mädchens im Zug aus London sehr gut kalt sein könnte, nach ihrem Aussehen zu urteilen. Ich habe sie gesehen, glaube ich, aber es ist mir egal, seit mehr als einem Jahr denke ich nicht an sie, und seit mehr als einem Jahr denke ich fast die ganze Zeit an Clare Bayes, obwohl wir uns nie mit dem Anspruch derer gesehen haben, die einen Plan verfolgen. Aber wenn ich an diesem Abend gewartet hätte – wenn ich Kavanagh und der lächelnden Jessie und Professor del Diestro nicht begegnet wäre –, dann hätte ich die Diskothek vielleicht am Ende mit diesem Mädchen aus dem Londoner Zug verlassen, und sie wäre es – jetzt noch nicht, denn es hätte später geschehen müssen, aber sehr bald –, die sich hier befände (wenn sie es war und wenn sie es nicht war), anstelle von Clare Bayes und anstelle von Muriel, diesem nichtdicken Mädchen – sie ist nicht dick, sie ist weder dick noch abstoßend –, Muriel, die behauptet, sie lebe zwischen den Flüssen Windrush und Evenlode, im *ehemaligen* Wychwood Forest. Sie ist es, die sich hier befindet, in meinem Bett, auf mir, und meinen Schwanz verbirgt oder birgt, weil Clare Bayes mich in diesen Wochen nicht sehen will, die für das Kind Eric bestimmt sind, das krank nach Hause gekommen ist, und weil sie es war und keine andere – sie war es und nicht das Mädchen vom Bahnhof in Didcot –, die Kaugummi nahm, für den Fall, daß wir uns küßten. Sie hatte gut daran getan, denn wir küßten uns jetzt.

»Sag mir, daß du mich begehrst«, sagte Muriel und löste ihren rundlichen Saugmund einen Augenblick von meinem.

Ich hörte die noch immer wachen oder nie schlafenden Glocken der benachbarten Kirche St. Aloysius, oder es waren die von St. Giles. Es war nicht nötig, auf die Uhr auf dem Nachttisch zu schauen oder sich zu beeilen oder sich allmählich Gedanken darüber zu machen, wo die Stöckelschuhe und die im Zimmer verstreuten Kleidungsstücke geblieben waren. Es war schon tiefe Nacht.

»Ich begehre dich«, sagte ich. »Ich begehre dich«, dachte ich, und nach diesem Gedanken hörte ich auf zu denken.

Ich glaube, nur mit Cromer-Blake habe ich während meines zweijährigen Aufenthalts in Oxford wirkliche Freundschaft geschlossen. Aber wenn mir auch viele *dons* unerträglich erschienen (der Ökonom Halliwell ist ein blasses Beispiel; ich erinnere mich mit besonderer Pein an Dr. Leigh-Peele, den Experten für die spanischen Chronisten in unserer Abteilung, ein kritteliger, pfäffischer Mensch mit einem Bauch, der erheblich breiter war als sein Rücken, stets mit Hosen bekleidet, die ihm zu eng und zu kurz waren – und seine (widerlichen) Waden entblößten, sobald er sich hinsetzte –, mit dem ich den methodischsten und ausgefeiltesten Unterricht abhalten mußte), versetzte ich mich doch oft an die Stelle von Edward Bayes, wie ich schon erklärt habe, und lernte die gute Laune und Unbekümmertheit des angefeindeten und leicht frivolen Kavanagh schätzen (angefeindet, weil er Ire war und Romane schrieb und ungezwungen war) und erwiderte mit der Zeit die Zuneigung – bestimmt unter gleichen Bedingungen, obwohl er es nicht entfernt ahnen konnte, da ich noch zurückhaltender war und mir nach außen hin nichts anmerken ließ –, die Alec Dewar, der Inquisitor oder Schlächter oder Ripper, mir womöglich gegen seinen Willen oder unbewußt entgegenbrachte. Und vor allem lernte ich die literarische beziehungsweise (während meines ersten Studienjahres) schon so gut wie emeritierte und später (während des zweiten) endgültig emeritierte Autorität

Professor Toby Rylands bewundern, dessen Freundschaft Cromer-Blake mir etwas leichtfertig empfohlen hatte. Denn mit Toby Rylands konnte man nicht eigentlich befreundet sein, nicht, weil er nicht gastfreundlich und liebenswürdig gewesen wäre oder nicht gern jeden Besucher, der ihn sehen wollte, empfangen hätte, sondern weil er ein zu scharfsinniger und zu wahrheitsliebender Mensch war (ich meine, was er sagte, klang immer nach Wahrheit) und man ihm gegenüber nicht leicht etwas anderes als offene Bewunderung und vielleicht ein wenig Angst empfinden konnte (was man im Englischen *awe* nennt; einige werden mich verstehen).

Ich ging ihn in seinem Haus besuchen, das außerhalb des Universitätsareals im Osten in einer Parkgegend lag: ein luxuriöses Haus (er besaß Privatvermögen, das weder auf akademischem Einkommen noch auf Nutznießung beruhte) mit einem ausgedehnten Garten, der auf eine der wildesten und verwunschensten Stellen am Lauf des Cherwell durch die Stadt Oxford oder ihre Umgebung hinausging. Gewöhnlich besuchte ich ihn an einem Sonntag, dem Wochentag, an dem die Anstrengung und die Lust, ihn auszufüllen und zum nächsten überzugehen, auch ihm, vor allem nach seiner Pensionierung im zweiten Jahr, schwerer fallen mußten (er schlug die Zeit tot, wie die Bettler). Er war ein sehr großer, wahrhaft riesiger Mann mit völlig erhaltenem, gewelltem weißen Haar – ein Bavarois – auf seinem monumentalen Kopf, stets gut gekleidet, eher dünkelhaft als elegant (mit Fliege und gelben Pullovern, leicht amerikanisch oder wie ein Student in alten Zeiten), und wurde in Oxford als künftige – fast schon gegenwärtige – unvergeßliche Berühmtheit betrachtet, denn wie an allen Orten, die durch eine Art Endogenese fortdauern, werden auch dort die Personen erst dann unvergeßlich, wenn sie aus ihrem Amt ausscheiden und untätig werden und ihren Erben Platz zu machen beginnen. Er und Ellmann, Wind und Gombrich, Berlin und Haskell waren oder sind dazu bestimmt, am Ende das gleiche Schicksal zu teilen: das Schicksal derer, nach denen man sich im nachhinein zurücksehnt. Toby Rylands besaß sämtliche Ehren und lebte einsam. Täglich erhielt er weitere mit der Post, eine unaufrichtiger als die andere; er pflegte den Garten; er gab einigen Schwänen zu fressen, die sich zu bestimmten Zeiten in seinem Abschnitt des Cherwell aufhielten; er schrieb einen weiteren Essay über *Eine empfindsame Reise*. Er sprach nicht besonders gern über seine Vergangenheit, über seine wenig bekannte Herkunft (es hieß, er sei nicht immer Engländer gewesen, sondern Südafrikaner, aber wenn das stimmte, dann gab es keine Spur davon in seiner Aussprache), über seine Jugend und noch weniger über seine angeblichen, bereits weit zurückliegenden Aktivitäten im Zusammenhang mit dem M15, dem berühmten britischen Geheimdienst, über die in Oxford gemunkelt wurde. Das Gerücht stimmte wohl, aber das war nicht weiter interessant, wenn man bedenkt, wie banal und geläufig die Verbindung zwischen diesem Roman- und Filmgenre und den beiden wichtigsten Universitäten Englands ist. Die pikantesten Geschichten, die unter seinen Anhängern, Schülern und ehemaligen Untergebenen zirkulierten, bezogen sich in der Tat auf seine Tätigkeit während des Krieges: Anscheinend war er nicht an der Front gewesen (an keiner), sondern hatte merkwürdige, unklare (immer mit viel Geld verbundene) Missionen ausgeführt, die irgendwie mit Spionage oder mit der Beschattung neutraler Personen an Orten zu tun hatten, die vom Zentrum des Konflikts so weit entfernt lagen wie Martinique, Haiti, Brasilien und die Tristan-da-Cunha-Inseln. Ich habe nie viel über seine Vergangenheit erfahren, vermutlich gab es nur wenige Eingeweihte. Am eindrucksvollsten waren seine Schlitzaugen von unterschiedlicher Farbe, olivenölfarben das rechte und aschfarben das linke, was bewirkte, daß man von der rechten Seite her einen stechenden Ausdruck mit einer Spur von Grausamkeit an ihm gewahrte – das Auge eines Adlers oder vielleicht einer Katze –, während man von der linken Seite einen nachdenklichen, ernsten, redlichen Ausdruck gewahrte, von einer Redlichkeit, wie sie nur die Menschen des Nordens besitzen – das Auge eines Hundes oder vielleicht eines Pferdes, die von allen Tieren die redlichsten zu sein scheinen; betrachtete man ihn hingegen von vorn, dann begegnete man zwei Blicken, oder besser gesagt, beiden Farben, aber einem einzigen Blick, der grausam und redlich, nachdenklich und stechend war. Auf eine gewisse Entfernung dominierte die Farbe des Öls (und verwandelte sich die andere an), und wenn die Sonne ihm an einem Sonntagvormittag in die Augen schien und sie zum Leuchten brachte, löste sich die Dichte der Iris auf, der Farbton wurde heller und glich dann dem des Sherrys in dem Glas, das er bisweilen in Händen hielt. Das Diabolischste an Toby Rylands war indes sein Lachen: Der Mund bewegte sich kaum, aber doch genug – nur waagerecht –, um unter seiner dunkelvioletten, fleischigen Oberlippe einige kleine, spitz zulaufende, aber sehr regelmäßige Zähne zu entblößen, vielleicht die einem teuren Zahnarzt zu verdankende gute Imitation der Zähne, die das Alter ihm genommen hatte. Das Dämonische dieses kurzen, trockenen Lachens lag jedoch nicht darin, es zu sehen, sondern es zu hören, denn es ähnelte nicht den üblichen geschriebenen Onomatopöien, die alle mit »h« beginnen (also *hahaha* oder *heheheh* oder *hihihi* oder in anderen Sprachen *hohoho* oder sogar *ahah*), sondern in seinem Fall war es unzweifelhaft ein Verschlußlaut, ein eindeutiges alveolares »t«, wie es das englische ist. *Tatata*, so hörte sich das schaurige Lachen von Professor Rylands an. *Tatata. Tatata.*

An dem Tag, an den ich mich am besten erinnern kann und an dem er mehr Wahrheiten zu sagen schien, lachte er nur zu Beginn, als wir uns über meine Kollegen unterhielten, die genaugenommen nicht mehr die seinen waren, und er mir mit knappen Worten die eine oder andere amüsante Diplomaten- oder Universitätsanekdote erzählte, aber nie etwas aus dem Krieg oder aus der Spionagezeit. Damals (Hilary meines zweiten Jahres, also zwischen Januar und März: es war Ende März, kurz bevor Clare Bayes beschloß, mir vier Wochen lang den Rücken zu kehren) wußten wir alle bereits, daß Cromer-Blake krank war, und vermuteten etwas Ernstes. Er selbst sagte uns nach wie vor nichts (oder nur vage, wenn nicht ausweichende Worte), weder mir noch Clare noch Ted noch seinem Bruder Roger, der in London lebte, nicht einmal seinem verehrten Rylands, vielleicht aber Bruce, der ihm als Mensch seit Jahren am nächsten stand und mit dem er unterhielt, was man früher einmal (vor allem auf französisch) eine Liebesfreundschaft genannt hat, eine Beziehung ohne jeden Fortschritt oder Rückschritt noch Ausschließlichkeit oder Beständigkeit. (Bruce war Mechaniker bei Vauxhall und pflegte keinen Umgang mit uns: Bruce war seine Sonderwelt.) Aber seine Aufenthalte im Krankenhaus in London – seine sporadischen, jedoch immer längeren Einweisungen – und sein allzu wechselndes Aussehen – bald besaß er sein gewöhnliches Gewicht und klare Haut, bald war er abgemagert und seine Haut aschfarben – bewirkten, daß wir uns mit jener stummen Sorge sorgten, die in England sehr häufig ist oder zumindest häufiger als anderswo, eine Sorge, deren Grundlage ein leichter Stoizismus ist, aber auch der optimistische Glaube, daß die Dinge nur existieren, wenn man von ihnen spricht, oder, was das gleiche ist, daß sie sich nicht entwickeln oder sich am Ende verflüchtigen, wenn man ihnen keine verbale Existenz verleiht oder sie ihnen verweigert. Keiner von uns, die wir zu seinen Vertrauten gehörten, sprach von Cromer-Blake (von seiner bereits sichtbaren Krankheit) hinter seinem Rücken, und wenn wir mit ihm zusammen waren, beschränkten wir uns darauf, sogleich das vorherige Aussehen zu vergessen, wenn er gut aussah – wie etwas, das wir froh dazu verurteilen, *gewesen zu sein* –, und an dieses zu denken, wenn er schlecht aussah – mit dem lebhaften stillen Wunsch, das, was *nur gewesen ist*, möge wiederkehren.

Für Toby Rylands war Cromer-Blake einer seiner meistgeliebten und unverzichtbarsten Freunde – der solidarische Sohn, der Schüler, der sich nicht zurückzieht, wenn er sein Wachstum vollendet hat –, und eben deshalb war Toby Rylands der letzte, von dem man erwarten konnte, daß er die namenlose, wie auch immer geartete Krankheit erwähnte. Deshalb überraschte es mich, als er an jenem Sonntag, während wir beide im Garten am Ufer des Flusses standen und das Wasser ohne den trügerischen Widerstand der Vegetation vorbeifließen sahen, die sich in anderen Jahreszeiten von den Ufern aus seinem Strom entgegenzustemmen schien und viel dazu beitrug, diesem Ort sein verwildertes Aussehen zu geben, über Cromer-Blake und dessen Gesundheit oder vielmehr dessen nicht vorhandene Gesundheit sprach. Er warf Brocken alten Brotes ins Wasser, um die Schwäne hervorzulocken, die bestimmte Zeiten an dieser Krümmung des Flusses verbrachten.

»Heute kommen sie nicht«, sagte er. »Vielleicht sind sie umgezogen, sie ziehen das ganze Jahr flußaufwärts und flußabwärts. Manchmal verschwinden sie wochenlang und sind nur einige Yard entfernt. Obwohl es seltsam ist, denn ich hab' sie gestern gesehen. Das hier ist einer ihrer Lieblingsplätze, hier werden sie gut behandelt. Aber na ja, es muß immer einen ersten Tag beim Verschwinden geben. Sonst wäre es keins, nicht wahr?« Und er fuhr fort, Brotreste, kleinere jetzt, in das zimtfarbene Wasser zu werfen. »Aber es macht nichts, es sind schon Enten gekommen, schau, da kommt eine, um sich das Futter zu holen. Und noch eine und noch eine. Wie gierig sie sind, sie verschmähen nichts.« Und fast übergangslos fügte er hinzu: »Hast du Cromer-Blake in der letzten Zeit gesehen?«

»Ja«, sagte ich, »vor zwei oder drei Tagen. Ich hab' einen Kaffee mit ihm in seiner Wohnung getrunken.«

Die literarische Autorität stand auf meiner linken Seite, so daß ich ihren stechenden Ausdruck im ölfarbenen Auge sah, das im Profil schlitzförmiger wirkte als das aschfarbene. Er wartete einige Sekunden, bis er weitersprach.

»Wie sieht er aus?«

»Gut. Sehr viel besser seit seiner Rückkehr aus Italien. Er hat sich eine Woche Urlaub genommen, ich nehme an, das wissen Sie. Ich habe ihn einige Stunden vertreten. Er brauchte Erholung und mußte hier raus. Es hat ihm anscheinend gutgetan.«

»Es hat ihm gutgetan, wie?« Und das Auge wandte sich

mit einer flüchtigen Bewegung nach rechts (wandte sich zu mir), um sich gleich darauf wieder auf die Enten zu richten. »Ich weiß, daß er sich Urlaub genommen hat und daß er in der Toskana gewesen ist, aber ich weiß es durch andere. Seit seiner Rückkehr, vor zwei Wochen, drei?, hat er mich nicht besucht. Er hat auch nicht angerufen.« Er verstummte, und dann wandte er sich um und schaute mir ins Gesicht, als sei es ihm ein Bedürfnis, dem anderen ins Gesicht zu schauen, wenn es darum ging, Gefühle zu äußern oder Schwächen zuzugeben. »Das wundert mich, und es schmerzt mich auch, ich sehe keinen Grund, warum ich das nicht sagen soll. Ich hatte geglaubt, daß es vielleicht an seinem Aussehen läge, wenn er schlecht aussähe. Aber du sagst, er sah gut aus, nicht wahr? Das hast du doch gesagt, oder?«

»Ja, im Februar sah er sehr schlecht aus, und im Vergleich dazu fand ich ihn jetzt sehr viel besser.«

Toby Rylands mit seiner Schwergewichtigkeit, die durch kein überschüssiges Fett, sondern durch seine Körpergröße und Korpulenz bedingt war, bückte sich mühsam, um mehr Brot aus dem Korb zu nehmen, der am Boden stand. Weitere vier Enten waren aufgetaucht.

»Ich frage mich, an welchem Tag er überhaupt nicht mehr kommen wird. Welches also der letzte Tag sein wird, an dem ich ihn sehen werde, wenn dieser Tag nicht schon längst gekommen ist, im Februar, und ich es damals nicht gewußt habe. Mitte Februar war er zum letztenmal hier. Vielleicht hat er nicht mehr vor zu kommen. Schau dir die Enten an.«

Ich schaute die Enten an. Aber ich antwortete sofort:

»Ich weiß nicht, warum Sie das sagen, Toby. Niemand schätzt Ihre Gesellschaft so wie Cromer-Blake, das wissen

Sie genau. Ich glaube nicht, daß er jemals aufhört, Sie zu besuchen, zumindest nicht aus freiem Willen.«

Professor Rylands leerte plötzlich den Rest des Brotes aus seinem Korb ins Wasser, ohne es weiter zu zerkleinern – Brocken und Scheiben schwammen einen Augenblick auf den erdfarbenen Wassern des Cherwell –, ließ den Korb fallen – er landete umgedreht im Gras, wie ein bäuerlicher Frauenhut, mit dem Henkel als Band – und ging zu dem kleinen Tisch zurück, auf dem Frau Berry, seine Wirtschafterin, uns Sherry und ein paar Oliven serviert hatte. Obwohl wir Ende März schrieben, war es nicht kalt, wenn man sich draußen ein bißchen warm anzog. Es war ein Sonntag, an dem sich die Sonne mit spärlichen Wolken abwechselte, und man mußte die Sonne nutzen, weil sie half, den Tag auszufüllen und zum nächsten überzugehen. Rylands trug eine seiner Fliegen und einen seiner dicken gelben Pullover und darüber eine mit Wolle gefütterte Lederjacke: Der Pullover war länger und sah unter dem kastanienfarbenen Leder hervor. Er setzte sich auf einen kissenbedeckten Stuhl und trank aus seinem Glas. Er trank es langsam, aber mit einem einzigen Zug aus und schenkte sich ein neues ein.

»Aus freiem Willen«, sagte er. »Aus freiem Willen«, wiederholte er. »Wem gehört der Wille eines Kranken? Dem Kranken oder der Krankheit? Wenn jemand krank ist oder alt oder gestört, dann tut er die Dinge zu gleichen Teilen aus eigenem Willen und aus fremdem Willen. Aber man weiß nicht immer, wem der Teil des Willens gehört, der nicht mehr unserer ist. Der Krankheit, den Ärzten, den Medikamenten, der Verstörung, den Jahren, den vergangenen Zeiten? Dem, der wir nicht mehr sind…, der ihn mit sich genommen hat? Cromer-Blake ist nicht mehr der, für den wir ihn halten, oder der, der er sonst immer war, er ist nicht mehr der gleiche. Und entweder müßte ich mich sehr täuschen, oder er wird es immer weniger sein, bis er ganz einfach aufhört zu sein. Bis er weder der eine noch der andere noch ein dritter oder ein vierter ist, sondern niemand. Bis er niemand ist.«

»Ich verstehe Sie nicht, Toby«, sagte ich, in der Hoffnung, der Satz als solcher würde ihn vom Thema abbringen, und er würde seine Rede abbrechen. In der Hoffnung, er würde etwas antworten wie »lassen wir das« oder »vergiß es« oder »achte nicht auf mich« oder »es hat nichts zu bedeuten«. Aber er antwortete nichts dergleichen.

»Du verstehst mich nicht, hm?« Und Toby Rylands fuhr sich mit der Hand über das pomadisierte, sorgfältig gekämmte schlohweiße Haar, wie Cromer-Blake es tat (der die Geste vielleicht von ihm übernommen hatte), nur daß das Haar von Rylands sehr viel weißer war. »Toby Rylands muß ganz blond gewesen sein«, dachte ich, kurz bevor er sagte, was ich (Madrilene und abergläubisch oder bereits anglifiziert und stoisch) lieber nicht von ihm gehört hätte: »Hör zu«, sagte er, »hör mir zu. Cromer-Blake wird sterben. Ich weiß nicht, was er hat, und er wird es uns nicht sagen, wenn er es überhaupt sicher weiß und es ihm nicht gelungen ist, es zumindest zeitweise aus Verantwortungslosigkeit und mit gewaltiger Anstrengung zu vergessen. Ich weiß nicht, was er hat, aber ich glaube nicht, daß er noch lange lebt, und bin überzeugt, daß es sehr ernst ist. Als er im Februar zum letztenmal hier war, ging es ihm sehr schlecht, und ich hab' ihn schon tot gesehen. Er hatte das Gesicht eines Toten. Jetzt sagst du, daß es ihm bessergeht, du weißt nicht, wie mich das freut, und hoffentlich hält es an. Aber es ist ihm schon andere Male bessergegangen und danach schlimmer denn je, und an jenem letzten Tag hab' ich gesehen, daß er verurteilt war. Es brach mir das Herz, und es wird mir noch mehr brechen, wenn es soweit ist, aber besser, ich finde mich mit der Vorstellung ab. Aber es schmerzt mich auch, daß er mich deshalb nicht besucht, solange es noch möglich ist. Der Grund, weshalb er nicht kommt, ist nicht sein normales oder schlechtes Aussehen, ist nicht, daß er mir keinen Schmerz bereiten will oder weil er nicht will, daß ich ihn sehe, wenn es ihm miserabel geht. Ich weiß, warum er mich nicht besuchen kommt. Vorher war ich ein alter Mann (ich sehe seit langem wie ein alter Mann aus; ich habe immer älter gewirkt, du hast mich erst vor einem Jahr kennengelernt) und war harmlos oder sogar nützlich, ich war lehrreich mit meinen Auslassungen und amüsant mit meiner Boshaftigkeit und meinen Scherzen, und ich konnte ihm immer noch etwas beibringen, obwohl ich nicht viel weiß von eurem Fachgebiet, der spanischen Literatur, ich weiß nicht, warum er sich nicht mit unserer beschäftigt hat, die vielfältiger ist. Aber jetzt bin ich das nicht mehr, jetzt bin ich vielmehr der Spiegel, in dem er sich nicht sehen will. Sein Ende ist nahe und das meine auch. Ich erinnere ihn an den Tod, denn von seinen Freunden bin bestimmt ich derjenige, der ihn am nächsten vor Augen hat. Ich bin die Krankheit, an der er leidet, ich bin das Alter, ich bin der Verfall, mein Wille irrt umher wie der seine, nur daß ich Zeit gehabt habe, mich allmählich an seinen Verlust zu gewöhnen, und sich an seinen Verlust gewöhnen heißt lernen, ihn möglichst zurückzuhalten, sein Entfliehen hinauszuzögern und keinen Schaden anzurichten. Er hat diese Zeit nicht gehabt, und das kann man ihm nicht vorwerfen. Ich darf ihm nicht vorwerfen, daß er mich meidet. Armer

Junge. Er wird zerrüttet sein, auch wenn man es ihm nicht anmerkt. Er wird entsetzt sein. Und er wird nicht glauben können, was ihm widerfährt.«

Toby Rylands trank etwas Sherry und schloß halb die unterschiedlichen, aber jetzt ähnlichen Augen, denn er blickte in die Sonne, die ihm ins Gesicht schien. Er nahm eine Olive.

»Ich weiß nicht«, sagte ich. »Ich weiß nicht, ob Sie recht haben, Toby. Ich sehe Sie ganz und gar nicht dem Tode nahe, wie Sie sagen, oder als jemanden, der an den Tod erinnert, oder als seinen Statthalter. Sie sind nicht einmal sehr alt, und gesundheitlich geht es Ihnen gut, ist es nicht so? Sie sehen glänzend aus. Ihre Vorlesungen im letzten Jahr waren überfüllt, und sie wären es weiterhin, wenn Sie sich dieses Jahr nicht hätten pensionieren lassen müssen. Niemand füllt in Oxford Vorlesungssäle, wenn er am Ende ist. Es kann sein, daß Cromer-Blake keine Zeit gehabt hat, Sie zu besuchen.«

»Tatata.« Toby Rylands brach schließlich in Lachen aus, aber es lag Bitterkeit darin. Dann sagte er: »Ich weiß, was du denkst, du denkst, daß ich das alles genau deshalb sage, weil ich mich habe pensionieren lassen müssen. Daß ich mich plötzlich dem Tod nahe sehe und andere Dummheiten, weil ich untätig bin und zuviel denke hier in diesem Garten am Fluß, der zu allen Zeiten das Bild der Vergänglichkeit ist. Oder im Haus ... mit der so stillen Frau Berry. Das ist trivial, und untätig bin ich auch nicht. Ich schreibe das beste Buch, das je über Lawrence Sterne und seine *Empfindsame Reise* geschrieben worden ist. Du wirst mir sagen, daß das nicht besonders wichtig ist oder nur für wenige Leute und daß es nicht übermäßig dazu dient, sich ... erwartet zu fühlen. Aber mir ist es wichtig. Ich liebe dieses Buch, und es ist mir wichtig, daß man es gut versteht und daß ich es verstehe, während ich es noch einmal studiere und es euch erkläre: Ich erwarte mich selbst. Nein, es ist nicht die Pensionierung, überhaupt nicht. Seit Jahren schon sehe ich die Tage mit dem Gefühl des Niedergangs vergehen, das alle Menschen früher oder später empfinden. Das hängt nicht unbedingt mit dem Alter zusammen, mancher hat dieses Gefühl von Kind an, es gibt Kinder, die es schon empfinden. Ich empfand es früh, vor etwa vierzig Jahren, und in all diesen Jahren habe ich dem Tod erlaubt, sich zu nähern, und das versetzt mich in Panik. Das Schlimme daran, daß der Tod sich nähert, ist nicht der eigene Tod mit allem, was er bringt oder nicht bringt, sondern daß man sich keinen Phantasien mehr über das Kommende hingeben kann. Ich habe ein sogenanntes erfülltes Leben gehabt, oder ich betrachte es als solches. Ich habe weder eine Frau noch Kinder gehabt, aber ich glaube, ich habe ein Leben der Erkenntnis geführt, und das war mir wichtig. Ich habe niemals aufgehört, mehr zu wissen, als ich vorher wußte, und du kannst dieses *vorher* lokalisieren, wo du willst, und wenn es heute ist, und wenn es morgen ist. Aber ich habe auch ein erfülltes Leben gehabt, weil dieses Leben Aktivität und Unwägbarkeiten gekannt hat. Ich bin Spion gewesen, wie du sicher gehört hast und wie es so viele von uns gewesen sind, denn das kann Teil unserer Aufgabe sein; aber nicht im Büro, wie dieser Dewar aus deiner Abteilung und die meisten, sondern draußen. Ich bin in Indien und in der Karibik und in Rußland gewesen, und ich habe Dinge getan, die ich keinem mehr erzählen kann, weil sie lächerlich wirken würden oder unglaubhaft, ich weiß sehr genau, was man zu welcher Zeit erzählen kann und was nicht, denn ich habe mein Leben damit zugebracht, es aus der Literatur zu lernen, und kann es unterscheiden. Nichts davon darf mehr erzählt werden, aber ich bin tödliche Risiken eingegangen, und ich habe Menschen verraten, gegen die ich persönlich nichts hatte. Ich habe Leben gerettet, und ich habe andere Leute an die Wand stellen lassen oder an den Galgen geliefert. Ich habe in Afrika gelebt, an unwahrscheinlichen Orten und in anderen Zeiten, und ich habe gesehen, wie der Mensch, den ich liebte, sich umgebracht hat.« Toby Rylands hielt plötzlich inne, als hätte ihn nur seine Erinnerung und nicht der Wille (sein möglichst zurückgehaltener Wille, der aber nicht mehr nur der seine war) die letzten Worte sagen lassen; er faßte sich sogleich wieder, zweifellos, weil fortfahren die beste Art war, die Spur dieser Worte zu verwischen, »und ich war bei Kampfhandlungen dabei. Mein Kopf steckt voller deutlicher, überwältigender, schrecklicher und erhebender Erinnerungen, und wer sie in ihrer Gesamtheit sehen könnte, wie ich es tue, würde denken, sie genügten, um nichts mehr zu wünschen, um mit der bloßen Erinnerung an so viele bewegende Dinge und Menschen die Tage des Alters intensiver auszufüllen, als die Gegenwart vieler anderer es vermag. Aber es ist nicht so: Selbst jetzt, da mir anscheinend nichts Unvorhersehbares mehr, also *nichts* mehr passieren kann; da das Leben, das ich hier in meinem Garten oder im Haus mit der alles andere als unvorhersehbaren Frau Berry führe, geradezu darauf angelegt zu sein scheint, daß nichts passiert, und alles Überraschende und Anregende abgeschlossen und ausgeschlossen scheint, selbst jetzt, versichere ich dir, will ich noch immer mehr: *ich will alles;* und was mich morgens aufstehen läßt, ist immer noch das Warten auf das, was kommen wird und sich nicht ankündigt, das

Warten auf das Unerwartete, und ich höre nicht auf, über das Kommende zu phantasieren, ganz genauso wie mit sechzehn Jahren, als ich zum erstenmal Afrika verließ und alles möglich war, denn alles ist möglich im Zustand der Unwissenheit. Ich habe diese Unwissenheit nach und nach untergraben, ich sagte dir ja schon, ich habe immer mehr gewußt, als ich vorher gewußt habe. Und trotz allem ist die Unwissenheit nach wie vor so groß, daß ich noch heute mit meinen siebzig Jahren und diesem stillen Leben unverändert hoffe, alles umfassen und alles erfahren zu können, das Ungewöhnliche und das schon Erlebte, noch einmal das schon Erlebte. Es gibt eine Passion für das Unbekannte und auch eine Passion für das Bekannte, man kann nicht akzeptieren, daß gewisse Dinge sich nicht wiederholen. Deshalb beneide ich manchmal Will, den alten Pförtner der Tayloriana, der zwanzig Jahre älter sein wird als ich und trotzdem, eben weil er seinem Willen schon ganz freien Lauf gelassen hat, in ständiger Freude oder Angst in der ganzen Zeit seines ganzen Lebens lebt und dabei große Überraschungen erfährt und auch das schon Erlebte noch einmal lebt. Es ist eine Form, auf nichts zu verzichten, auch wenn er es nicht weiß und sein Leben in der Pförtnerloge von mir aus gesehen alles andere als erfüllt gewesen ist. Aber mein Gesichtspunkt zählt nicht dabei, keiner zählt. Das Wissen, in einem bestimmten Augenblick auf alles verzichten zu müssen, das ist das Unerträgliche, für jeden, egal was dieses *alles* ausmacht, das einzige, das wir kennen und an das wir gewöhnt sind. Ich kann denjenigen gut verstehen, der nur deshalb darüber klagt, sterben zu müssen, weil er das nächste Buch seines Lieblingsautors nicht mehr lesen oder den nächsten Film mit der bewunderten Schauspielerin nicht mehr sehen oder kein Bier mehr trinken oder nicht mehr das Kreuzworträtsel des neuen Tages lösen oder die Fernsehserie nicht weiterverfolgen kann oder weil er nicht erfahren wird, welche Mannschaft die Fußballmeisterschaft des laufenden Jahres gewonnen hat. Es geht nicht nur darum, daß noch alles geschehen kann, es geht nicht nur um die unvorstellbare Nachricht, die Wende aller Ereignisse, die außergewöhnlichsten Dinge, die Entdeckungen, den Umsturz der Welt. Die Rückseite der Zeit, ihre schwarze Kehrseite... Es geht auch darum, daß uns so viele Dinge zurückhalten. So viele Dinge werden Cromer-Blake zurückhalten. So viele wie dich. Oder mich. Oder Frau Berry.« Und Toby Rylands wies auf das Haus. »Stell dir das vor, der arme Junge. Ich vermute, daß ich in der Stunde des Abschieds nicht mehr zu ihnen gehöre.«

Professor Rylands verstummte. Er zog sich den Reißverschluß der Lederjacke etwas zu, so daß der Pullover jetzt oben ganz bedeckt war – aber niemals unten, wo der gelbe Streifen immer sichtbar blieb –, und nahm zwei Oliven auf einmal.

»Sie wollen sicher nicht, daß ich mit ihm spreche, nicht wahr?«

»Tu das bloß nicht.« Und die beiden Augen, das ölfarbene und das aschfarbene, das Adlerauge und das Pferdeauge, blickten mich voller Autorität an. Die literarische Autorität trank ihr zweites Glas aus, schlug sich mit der Hand auf die gewaltige gewölbte Brust, stand auf und tat ein paar Schritte auf den Fluß zu. Er hob den ins Gras geworfenen Weidenkorb auf, hängte ihn sich über den Arm, wie ein Straßenverkäufer aus alten Zeiten, dem die Ware ausgegangen ist, wandte sich dem Haus zu und rief: »Mrs. Berry! Mrs. Berry!« Und als Frau Berry am Fenster der Küche erschien, wo sie wahrscheinlich schon ein kleines Mittagessen vorbereitete, zu dem ich nicht bleiben würde, sagte er zu ihr und hob dabei die Stimme, so wie ich sie später in der Diskothek heben würde, um mit Muriel aus Wychwood Forest zu sprechen: »Mrs. Berry, tun Sie mir den Gefallen und bringen Sie mir ein paar Kekse, die älteren!« Danach blickte er mich wieder an (jetzt ohne Autorität) und schwenkte den Korb in der Luft. Er lachte: »Tatata. Mal sehen, ob diese faulen Schwäne endlich auftauchen.«

Alles, was uns widerfährt, alles, was wir sagen oder was uns erzählt wird, alles, was wir mit unseren eigenen Augen sehen oder was uns von den Lippen kommt oder in unsere Ohren dringt, alles, was wir unmittelbar erleben (und wofür wir daher ein Stück Verantwortung tragen), muß einen Adressaten außerhalb unserer selbst finden, und diesen Adressaten wählen wir uns je nach dem, was geschieht oder was uns gesagt wird oder was wir selber sagen. Jede Sache muß jemandem erzählt werden – nicht notwendig immer derselben Person –, und jede Sache wird beiseite gelegt, wie es jemand tut, der an einem Einkaufsnachmittag künftige Geschenke sichtet, sortiert und verteilt. Alles muß zumindest einmal erzählt werden, obwohl es, wie Rylands mit seiner literarischen Autorität erklärt hatte, je nach der Zeit erzählt werden muß. Oder, was das gleiche ist, im richtigen Augenblick und zuweilen niemals mehr, wenn man diesen richtigen Augenblick nicht zu erkennen wußte oder ihn bewußt hat vorbeigehen lassen. Dieser Augenblick kommt manchmal (meistens) unvermittelt, unzweideutig und drängend, aber oft kommt er nur unklar und erst nach Jahren oder Jahrzehnten, wie bei den größten Geheimnissen. Aber kein Geheimnis kann oder darf immer gegenüber allen bewahrt werden, es muß zumindest einmal im Leben einen Adressaten finden, einmal im Leben dieses Geheimnisses.

Deshalb tauchen manche Personen wieder auf.

Deshalb verurteilen wir uns immer durch das, was wir sagen. Oder durch das, was andere uns sagen.

Ich wußte, wenn Cromer-Blakes gezählte Tage mir Zeit dazu ließen, dann würde ich ihm schließlich erzählen, was zu erzählen mir Toby Rylands mit seinem gebieterischen Blick verboten hatte, obwohl man es im strengen Sinne auch nicht als ein Geheimnis betrachten konnte. Aber da ich damals (unmittelbar) durchaus sicher war, daß ich Schweigen darüber bewahren mußte und daß diese Worte ihre Zeit brauchen würden, bis sie ihren bereits ausgewählten und unabdingbarsten Adressaten erreichten, vergaß ich sofort, wenn auch nur vorübergehend (ich meine, ich stellte mir keine Fragen mehr und dachte nicht länger darüber nach), was ich von Toby Rylands über Cromer-Blake und dessen verlängertes Fernbleiben vom Haus am Cherwell gehört hatte. Hingegen vergaß ich nicht die Andeutungen – beziehungsweise Äußerungen: es waren die ausdrücklichsten, die ich je von ihm gehört hatte – über seine eigene Vergangenheit. Aber was diese betraf, so konnte ich nicht mehr tun, als sie *bloß* mitzuteilen: Cromer-Blake, Clare Bayes, meinen beiden hauptsächlichen Gestalten in der Stadt Oxford (der väterlichen und mütterlichen beziehungsweise brüderlichen und gedachten), abgesehen von Rylands selbst (der die dritte Gestalt war, der Meister, die angemessenste). Dieses *bloß* zuvor bedeutet, daß sie diese Äußerungen wohl teilen und ihre Adressaten außerhalb meiner selbst sein konnten, aber sicher könnten weder sie noch sonst jemand (wie viele Tote mochte es in der überwältigenden, deutlichen Erinnerung von Toby Rylands nicht geben) sie erhellen oder die Geschichte dieser Tätigkeiten des Verrats und der Spionage, dieser dunklen Ursprünge und dieser Kämpfe, dieser Menschen, die

Rylands verurteilt oder gerettet hatte, ergänzen und am allerwenigsten natürlich die Geschichte dieser Person, die er geliebt hatte und die, *während* er sie liebte – obwohl mir gleich Zweifel daran aufkamen, daß er es gesagt hatte, und Zweifel an meiner Beherrschung des Englischen und daran, richtig gehört und verstanden zu haben –, sich vor seinen Augen umgebracht hatte.

Ich erzählte es Cromer-Blake bei der ersten Gelegenheit, aber er schien Rylands recht zu geben, was die Nichtbeachtung und das Vergessen betraf, zu dem er diesen verurteilte, denn er hörte kaum hin. Er zeigte sich nicht interessiert. (Vielleicht war er wirklich nicht mehr der, für den wir ihn hielten oder der er sonst normalerweise war, denn, wie ich schon gesagt habe und wie er selbst sagte, Cromer-Blake konnte auf jeden beliebigen Sachverhalt mit Ironie oder mit Zorn reagieren, aber niemals ohne Neugier, niemals mit Gleichgültigkeit.)

»Bist du sicher, daß er das gesagt hat?« fragte er lediglich zerstreut und skeptisch (und es gibt kein geringeres Interesse als das der Skepsis). »Ich glaube, ja«, sagte ich, »obwohl ich mir nicht mehr ganz sicher bin. Aber ich kann es mir auch nicht ausgedacht haben, eine solche Geschichte wäre mir nicht eingefallen.« Und er antwortete: »Wer weiß, es wird im Krieg gewesen sein, vielleicht hat ein Soldat, ein Freund von ihm, vor einem Kampf eine solche Angst bekommen, daß er der Ungewißheit lieber gleich ein Ende gemacht und sich eine Kugel in den Kopf gejagt hat. Das kam recht häufig vor, ganz zu schweigen von den Schützengräben im ersten Weltkrieg, die voll waren mit Jugendlichen, mit Kindern.« »Aber ist Rylands denn homosexuell?« fragte ich. »Ach, das weiß ich wirklich nicht, seit ich ihn kenne, ist er immer allein gewesen, und er spricht nicht über diese wenig salonfähigen Dinge. Genau betrachtet, scheint er asexuell zu sein«, und das schien mir im Widerspruch zu dem zu stehen, was er mir an einem Abend mit reichlich Portwein nach einem erhabenen Abendessen dargelegt hatte. »Im übrigen weißt du ja, wenn man mir von geliebten oder begehrten Personen erzählt, dann vermag ich nur Männer zu sehen, solange man mir nicht sagt, daß ich sie nicht sehen soll. Er hat es vielleicht gesagt, um dich zu beeindrucken. Er erzählt wenig von seiner Vergangenheit, aber er gibt gern zu verstehen, daß sie sehr intensiv war. Ich würde dieser Äußerung keine Bedeutung beimessen, wenn er sie überhaupt getan hat.« Und dann wechselte er das Thema und fragte mich nach meiner Beziehung zu Clare Bayes, der zum damaligen Zeitpunkt – Ende Hilary meines zweiten und letzten Jahres – im Prinzip noch ein Quartal Dauer beschieden war und an die er sich bereits so sehr gewöhnt hatte, daß er jetzt – wenn ihm danach zumute war – beiden als Vertrauensperson diente. In jenen Tagen schien er – gleich einer Matrone – nur von den sexuellen oder gefühlsmäßigen Beziehungen der anderen wissen zu wollen, als hätte er auf die seinen verzichtet, und von der Gegenwart, von den alltäglichsten Problemen, als zählte die Zukunft tatsächlich nicht für ihn (aber auch nicht die Vergangenheit). »Was hat das schon für eine Bedeutung, was vor vierzig Jahren geschehen sein mag?« Und während er beredt die Hände öffnete, schlug er seine langen Beine übereinander und nahm die Haltung an (der Talar als nächtlicher Katarakt), die am vollkommensten zur ästhetischen Verkleidung seiner ganzen Gestalt beitrug. Das war das einzige, was er über jene gehörten Worte sagte, zu deren Adressaten ich ihn gemacht hatte.

Was Clare Bayes betraf, so erstattete ich ihr ebenfalls (ihr allerdings vollständig) Bericht über mein Gespräch mit Rylands. Aber sie schien sich hauptsächlich oder ausschließlich für dessen Kummer angesichts der ausgedehnten Abtrünnigkeit von Cromer-Blake zu interessieren, und nur mit inständigem Bitten gelang es mir, sie davon abzubringen, sich in diese Angelegenheit einzumischen, wie sie beabsichtigte, und sie zu überzeugen, vor dem fahnenflüchtigen Schüler Stillschweigen über die Klagen seines Meisters zu bewahren. Der Sohn Eric befand sich noch bei guter Gesundheit in Bristol, und deshalb richtete sich Clare Bayes' Aufmerksamkeit noch immer auf alles, expansiv wie sie war, beharrend auf ihrer Zeit. Als ich bei meinen Erzählungen besonderen Nachdruck auf Rylands Vergangenheit legte und auf jene so melodramatische Episode im Zusammenhang mit einem konkreten Tod, der einen Zeugen gehabt hatte, änderte Clare Bayes jedoch ihren Ausdruck (sie verzog ihr Gesicht) und wurde ungeduldig, als wäre sie nicht nur nicht bereit, darüber zu sprechen, sondern überhaupt etwas davon zu hören. Obwohl vielleicht am erstaunlichsten war, daß auch sie angesichts der Enthüllung, die Rylands mir nur halbwegs freiwillig gemacht hatte, weder beeindruckt noch überrascht zu sein schien. Sie wirkte eher unwillig.

»Wer weiß«, sagte sie genau wie Cromer-Blake am Vormittag desselben Tages, »es mag wahr sein.« Wir befanden uns in meiner Wohnung, im oberen Stockwerk, das heißt in meinem Bett, als es noch nur mein Ort und der ihre war. Aber wir waren bekleidet, wie so oft wegen der schlechten Heizung und der Eile, und redeten rasch, bevor sie gehen und zu Fuß zu sich nach Hause zurückkehren würde – unter dem fleischigen dahinziehenden Mond und gegen den Wind –, mit einem Gesicht, das für unsere Sicherheit und meinen Geschmack noch immer zu sehr glühte. Wir redeten hastig, weil wir so den Eindruck hatten, daß die Zeit sich aufhalten ließ, daß mehr in die knappe Zeit hineingegangen war, über die wir immer nur verfügten: mehr als die Zärtlichkeiten, die uns schon lange nicht mehr genügten, ich meine, sie waren nicht mehr das einzige, was uns am anderen interessierte. Sie sagte also: »Wer weiß, es mag wahr sein«, und versuchte, das Thema zu wechseln. Aber ich fuhr fort: »Und wer könnte etwas darüber wissen? Ich würde diese Geschichte von Toby gerne kennenlernen, aber ihn wage ich nicht zu fragen.« »Das kann dir doch egal sein«, sagte sie, »vielleicht war er in eine kranke Frau verliebt, die so viel Schmerzen litt, daß sie sich das Leben genommen hat. Solche Dinge geschehen nicht nur im Kino.« »Toby Rylands ist heterosexuell, nicht?« fragte ich. »Ach, das weiß ich nicht, ich nehme es an«, sagte sie, »ich halte es für selbstverständlich, daß alle Männer es sind, es sei denn, sie sagen mir offen das Gegenteil, wie Cromer-Blake. Warum sollte er es nicht sein? Weil er nie geheiratet hat? Ich habe nie gehört, daß er es nicht ist.« »Ich auch nicht, natürlich«, antwortete ich und fügte hinzu: »Aber wenn diese Geschichte wahr ist, scheint sie dir dann nicht grausam und wissenswert, egal was für eine es ist?« In diesem Moment wurde Clare Bayes ungeduldig und verzog das Gesicht und schien unwillig zu werden: Sie zündete sich verärgert und achtlos eine Zigarette an, Asche fiel auf einen Strumpf – immer die Strümpfe entblößt, immer in meinem Bett der hochgeschobene, wenn nicht ausgezogene Rock, der ihre schlanken, kräftigen Beine und ihre unbeschuhten Füße sehen ließ –, und als sie sich verbrannte, fluchte sie, stand vom Bett auf, rieb sich den Strumpf, tat drei Schritte durch das Zimmer zum Fenster hin, schaute mechanisch hinaus – sie schaute vielleicht auf die Kirche St. Aloysius und in den Wind –, tat dann fünf weitere Schritte zur gegenüberliegenden Wand und stützte die Hand gegen sie, wobei ihre Armreifen klirrten, klopfte leicht auf die Zigarette, von der noch keine Asche fiel – sie wäre auf den Teppichboden gefallen –, und sagte: »Ja, natürlich erscheint sie mir grausam, und genau deshalb will ich sie nicht kennen und nicht von ihr reden und schon gar nicht mir vorstellen, was Toby vor dreißig Jahren in einem fremden Land Schreckliches widerfahren sein mag. Wen kümmert etwas, das so weit weg und vor so langer Zeit geschehen ist?« »Vierzig«, sagte ich, »er machte den Eindruck, als beziehe er sich auf etwas, das vor vierzig Jahren geschehen ist. Und er hat nicht gesagt, daß es in einem fremden Land geschah, obwohl das sehr wahrscheinlich ist.« »Auch vor dreißig Jahren sind viele Dinge geschehen«, sagte Clare Bayes, sog an ihrer Zigarette und stieß den ersten Rauch aus, denn bislang hatte sie die angezündete Zigarette nur in der Hand gehalten und mit ihr gestikuliert, aber nicht geraucht, »und vor zwanzig und vor zehn und gestern, hier und in so vielen anderen Ländern, immer sind zu viele grausame Dinge geschehen, ich sehe nicht ein, warum man wieder von ihnen sprechen soll oder warum man versuchen soll, die Dinge in Erfahrung zu bringen, die man glücklicherweise nicht weiß, die geschehen sind, ohne daß man dabeigewesen ist oder darunter gelitten hat. Wir haben doch schon genug mit dem, was wir mit unseren eigenen Augen haben ansehen müssen, meinst du nicht?« Und sie begann, ihre Mappen und Tüten einzusammeln und sich die Jacke anzuziehen, um zu gehen, obwohl die Glocken von Oxford kurz zuvor zum letztenmal interveniert und angekündigt hatten, daß uns noch eine Viertelstunde blieb, und der Wecker auf dem Nachttisch noch nicht geklingelt hatte. Dieses Mal hielt sie sich mit dem Abschied nicht auf (sie spürte nicht den Schmerz der abgelaufenen Zeit), obwohl gleich darauf die Osterferien begannen und wir uns bis Trinity und zur Wiederaufnahme des Vorlesungsbetriebs nicht mehr würden sehen können. An jenem Tag vergaß sie ihre Ohrringe, die ich noch immer aufbewahre.

Bei jenem Gespräch mit der literarischen Autorität war jedoch – ebenfalls beiläufig – ein drittes Element aufgetaucht, das meine Aufmerksamkeit oder meine Neugier erregt hatte und über das sich sehr wohl mehr in Erfahrung bringen ließ, wenn auch schwerlich alles. In jenem Element sah ich den Anti-Rylands, mehr noch, den Anti-Gawsworth, das Gegenteil dessen, was zu werden ich fürchtete, und dieses Gegenteil machte mir ebenfalls angst, denn in ihm sah ich den perfekten Nutznießer, jemanden, der in Wahrheit keinen persönlichen Nutzen aus seinem Leben ziehen oder irgendeine Spur hinterlassen würde, jemanden, von dem niemals etwas oder jemand (jemandes Schicksal) abhängen würde, nur er selbst ohne Fortsetzung oder Schatten und seine Tätigkeiten. Oder besser gesagt seine Routine und sein nur eingebildetes Leben (wie bei denen, die schreiben). Ich sah die tote Seele der Stadt Oxford, die wiederzubeleben nicht einmal Will in den Sinn käme – einen Augenblick lang, von seiner Pförtnerloge aus, während er die Hand hebt –, wenn sie verschwunden sein würde. Und obwohl ich nicht in Oxford bleiben und niemals eine seiner wirklichen Seelen sein würde, kam mir der Gedanke, daß jener Anti-Rylands, jener Anti-Gawsworth ein schlimmeres Schicksal erleiden konnte als Rylands und Gawsworth, weil er nie einen Adressaten oder Verwahrer seiner Geheimnisse besäße (das einzige echte Geheimnis ist das des lebenden Toten, nicht das des Toten).

Ich dachte an dieses Element weder am Montag noch am Dienstag noch am Mittwoch nach dem Sonntag, an dem ich Rylands besucht hatte (und dieser Dienstag war der Tag, an dem ich Cromer-Blake und Clare Bayes mit geringem Echo zu meinen Adressaten machte); aber am Donnerstag, dem letzten Vorlesungstag vor jenen Osterferien, machte ich in einer Pause zwischen zwei Unterrichtsstunden einen raschen Abstecher zu Blackwell's, und im Gegensatz zu meiner Gewohnheit, sogleich in den dritten Stock hinaufzugehen, um in der riesigen Abteilung für antiquarische oder gebrauchte Bücher zu forschen und herumzustöbern, ging ich nur in den zweiten Stock hinauf, um einen Blick auf die ausländische oder kontinentale Abteilung zu werfen, in der sich Übersetzungen neben importierten Titeln in den verschiedenen Originalsprachen fanden. Und dort erblickte ich in der Ferne, vor der russischen Unterabteilung, Alec Dewar, The Ripper. Er konsultierte – oder las vielmehr, nach der Zeit zu urteilen, die er brauchte – einen dicken Band, auf dessen Deckel ich sofort das Porträt von Puschkin erkannte, das der Maler Kiprenski von ihm angefertigt hat und das so oft reproduziert worden ist. Im ersten Augenblick maß ich dem keine Bedeutung bei; Dewar war Spezialist für portugiesische und spanische Literatur des neunzehnten Jahrhunderts (er war ein übertriebener Anhänger von Zorrilla und Castelo Branco und empfahl mir stets mit unendlicher Inbrunst ein langes Poem meines Landsmannes mit dem Titel *Die Uhr* oder *Die Uhren*, ich erinnere mich nicht genau, weil ich seinem Rat nie gefolgt bin), und ich vermutete, ihn bewege irgendein literarisches Manöver oder eine komparatistische Kabale. Er sah mich nicht, so vertieft war er in die Lektüre von *Eugen Onegin* oder *Der steinerne Gast* (es mußte dieses Werk sein, dachte ich, um es mit dem *Tenorio* zu vergleichen), und ich hatte keine Lust, ihn außerhalb der Tayloriana und in einer Stunde zu begrüßen, die für mich eine Freistunde war. Aber als ich mich auf der Suche nach der italienischen Unterabteilung umwandte, die noch ein Stück entfernt lag, und hinter ihm vorbeiging, ohne daß er es bemerkte, sah ich einige Sekunden lang den Text, den er vor Augen hatte, und der Text war in kyrillischen Buchstaben geschrieben. Ich entfernte mich ein wenig von ihm, und jetzt begann ich ihn wirklich zu beobachten. Er las eine ganze Weile weiter in jenem russischen Band und schlug die Seiten nach der angemessenen Zeit um, mehr noch: Als ich nach etlichen Minuten, von Neugier überwältigt, vorsichtig näher trat, bis ich fast seinen Rücken streifte und – während er noch immer nicht aus den Abgründen des einen oder anderen Libertins auftauchte, so gefesselt war er – ihm in aller Ruhe über die Schulter blickte und sah, daß es sich nicht einmal um eine in England erschienene russische Ausgabe handelte, in der sich Fußnoten oder eine Einleitung auf englisch fanden, die seine endlose Konsultierung rechtfertigten, sondern um eine jener echten und wirklichen sowjetischen Ausgaben, von denen es nicht wenige in dieser kontinentalen Abteilung von Blackwell's gab, hörte ich – ein sehr schwaches Murmeln, das sich nur aus großer Nähe vernehmen ließ und wenn die nahe Registrierkasse nicht klingelte –, wie der Schlächter das, was er las, mit halblauter Stimme rezitierte, während auf seinem gewaltigen Mund ein mattes Lächeln erstarrt war, und mit rhythmischem Feingefühl (mit einem Wort: verzückt) die vollkommene Kadenz der jambischen Verse intonierte. Es bestand kein Zweifel: Der Inquisitor las nicht nur russisch, er ergötzte sich daran.

Wenn es Rook gewesen wäre, den ich in dieser ekstatischen Haltung entdeckt hätte (Rook, den alten selbsternannten Freund von Vladimir Vladimirovič in den Kolonien, den vortrefflichen und immer künftigen Übersetzer von *Karenin*, wie Vladimir es für immer vergangen und vortrefflich von *Eugen Onegin* selbst gewesen ist), dann hätte mich das nicht weiter gewundert. Aber The Ripper beherrschte bereits die beiden Sprachen, mit denen er sich von Berufs wegen befaßte, und es schien exzessiv, daß er außer diesen auch des Russischen mächtig war, noch dazu mit einer Virtuosität, die ihm sogar erlaubte, an einem öffentlichen Ort fließend seine besten Verse halblaut vor sich hin zu skandieren. Und in diesem Augenblick erinnerte ich mich, daß Rylands im Verlauf seiner Äußerungen, die er später als Indiskretionen dieses Sonntags betrachten sollte, von Dewar als von einem Spion gesprochen hatte. »Im Büro«, hatte er gesagt, und deshalb in seinen Augen verachtenswert; aber er hatte nicht im mindesten gezögert, als er ihm jene Facette zuschrieb und ihn mit dieser Arbeit in Zusammenhang brachte, die im übrigen so typisch ist für Oxford. Darüber konnte ich ihn, Rylands selbst, durchaus befragen, aber ich ging erst nach Ostern wieder hin, zu Trinity, als das Kind Eric krank war und Clare Bayes mich nicht sehen wollte, als ich mehr Stunden durch die Stadt Oxford wanderte und meinen Bettlern begegnete und sie zu meiner fixen Idee machte und kurz davor stand, die arabische Diskothek neben dem

Apollo Theatre zu besuchen, erst dann kehrte ich in das Haus am Cherwell zurück und wagte, ihn zu fragen. Und obwohl er anfänglich versuchte, sich ein wenig zu verstellen (»Oh, ja, Dewar, aus deiner Abteilung, bist du völlig sicher, daß ich das gesagt habe?«), und mir auf diese Weise eine Probe davon gab, was mich erwartet hätte, wenn ich mich über meine Diskretion und meinen Respekt hinweggesetzt und ihn mehr über seine intensive Vergangenheit ausgefragt hätte, fand er sich nach einigem Drängen bereit, mir mit seinen üblichen Abschweifungen und boshaften Einzelheiten zu erzählen: »Oh, ja, Dewar«, wiederholte er, »vom Brasenose College, oder? Oder ist er vom Magdalen? Na ja, eigentlich müßte er den Dienst schon quittiert haben, wenn ich mich nicht irre, wie alt wird er jetzt sein, einiges über fünfzig? Er ist ein Mann mit unmöglichem Alter, seit ich ihn kenne, ist er immer im sogenannten mittleren Alter gewesen; jedenfalls entläßt der Dienst seine Leute früh, es sei denn, sie sind unersetzbar, sogar die in den Büros. Ich vermute, daß sie Dewar demnächst entlassen, wenn sie es nicht schon getan haben: Er ist sehr nervös, leidet an chronischer Schlaflosigkeit, und das wird ihn zermürbt haben. Wußtest du, daß er nur mit dem weißen Ton schlafen kann? Der weiße Ton, so nennen sie es. Es ist ein Apparat, eine akustische Vorrichtung, die einen sonderbaren gleichmäßigen Ton von sich gibt, der in Wirklichkeit nicht gleichmäßig ist, etwas fast Unhörbares, aber Wirkliches, so wirklich, daß es tatsächlich sämtliche übrigen Geräusche schluckt und den Schlaf herbeizwingt, es versagt nie, so heißt es. Sie benutzen es viel im Dienst, dort gibt es viele Leute, die nicht schlafen können. Dewar muß ihn für ein paar Extraarbeiten bekommen haben. Er hat ihn mir einmal gezeigt, in seinem *college* ... ich kann mich nicht erinnern, ob es Magdalen oder Brasenose war... es sah aus wie ein kleines Radio, aber ich konnte nichts hören. Dewar. Ja. Er hat nie was Besonderes getan, und soviel ich weiß, hat er England nie in irgendeiner Mission verlassen. Büroarbeit, das ist alles, aufgrund seiner ausgezeichneten Russischkenntnisse, sein einziges Verdienst. Er ist sprachbegabt, das Russische hat er als Student gelernt, so wie er später Spanisch und Portugiesisch gelernt hat, um die Spezialisierung zu vervollständigen, die er sich ausgesucht hatte... Ich glaube, er spricht noch ein paar andere... Er hätte auch slawische Sprachen wählen können, obwohl in diesem Fall der Dienst nicht auf ihn zurückgegriffen hätte. Jeder, der in einer Abteilung für slawische Sprachen arbeitet, ist untauglich für jede Art von Arbeit im Zusammenhang mit den Sowjets. Tatata, er bekäme nie was zu tun. Dewar wurde einige Male nach London gerufen, um Abhörmaßnahmen durchzuführen, Tonbandaufnahmen zu übersetzen und Tonfälle zu interpretieren oder einige besonders komplizierte oder dichte Texte zu glätten, aber sonst nichts. Ach ja, und seine letzte Aufgabe, sie war allerdings sehr sporadisch... vielleicht übt er sie noch immer aus... Wenn irgendein Ballettänzer oder ein Athlet oder ein Schachmeister oder ein Opernsänger (die Art Bürger, die gewöhnlich das Gebiet der Sowjetunion verlassen) sich bei einer Tournee oder einem Turnier in diesem Land absetzt und zum Westen überläuft... aber das kommt immer seltener vor, nicht nur wegen der jetzigen Veränderungen, sondern weil alle lieber den Fuß nach Amerika setzen, bevor sie sich entscheiden... dann also, bevor dem betreffenden Athleten oder Sänger (alles wenig interessante Leute, Automaten) irgendeine Hilfe oder Asyl gewährt wurde, rief man Dewar, damit er sie auf russisch verhörte, oder besser gesagt, damit er die Fragen des beauftragten Inspektors übersetzte und seine Meinung über die Aufrichtigkeit und die guten Absichten des Flüchtlings und dessen Abneigung gegen die Sowjetunion äußerte. Keiner dieser Flüchtlinge ... es waren nie viele, ich glaube mich zu erinnern, daß der letzte, der durch seine Hände ging, und das wird schon gut zwei Jahre her sein, ein Tänzer war, der später große Karriere in Amerika gemacht hat, wie alle ... Also, keiner dieser Flüchtlinge konnte in Freiheit einen Schritt auf unseren Straßen tun, ohne daß Dewar zuvor seine Genehmigung erteilt hatte. Das heißt nicht, daß seine Zustimmung die endgültige oder einzige gewesen wäre, so wichtig ist er nie gewesen: Es ging eher darum, daß er seine persönliche Meinung äußerte, ausgehend von der Stimme, vom Tonfall, von der Art und Weise, in der die Befragten in ihrer eigenen Sprache antworteten, eine Sache, die der Inspektor, der das Verhör leitete, überhaupt nicht einschätzen konnte. Es wurde behauptet, daß Dewar seine Rolle als stellvertretender oder zwischengeschalteter Befrager so genoß oder genießt, daß man ihn mehr als einmal gewisser Freiheiten verdächtigt hat, das heißt, man hat bemerkt, daß er sich bei der Übersetzung der Fragen ins Russische so unwahrscheinlich lange aufhielt, daß man den Eindruck gewann, er entferne sich von ihnen oder füge ihnen aus eigenem Antrieb weitere hinzu und unterlasse dann natürlich die Übersetzung der jeweiligen Antworten auf diese Fragen ins Englische. Obwohl die Inspektoren nie Gewißheit über die Existenz dieser privaten parallelen Dialoge zwischen Dewar und den Flüchtlingen besitzen konnten und (wenn es sie wirklich gab) noch weniger wissen konnten, worüber zum Teufel sich Dewar mit den ehemaligen sowjetischen Untertanen unterhielt. Dazu hätten sie die Mitwirkung eines zweiten Dolmetschers benötigt, der Dewars Übersetzungen in beide Richtungen hätte überwachen und das, was dieser auf russisch hörte oder sagte, hätte kontrollieren und erneut übersetzen müssen. Viel zu kompliziert und mit dem Risiko verbunden, auf diese Weise eine endlose Kette von Übersetzern in Gang zu setzen, tatata... Sicher ist allerdings, daß Dewar seine Aufgabe sehr ernst genommen hat, seine Teilnahme an einem Verhör bedeutete ja immer, die Flüchtlinge stundenlang auf einem Stuhl vor sich zu haben und sie mit womöglich persönlichen oder sogar intimen und vielleicht unpassenden Fragen zu bedrängen. Ich vermute, er hat die wenigen Gelegenheiten, bei denen er dieses zweite Amt ausüben konnte, maximal ausgenutzt. Wenn man bedenkt, welches Leben er führt, dann mußte er das als ein großes Abenteuer betrachten.«

Ich glaube, von diesem Zeitpunkt ab wuchs meine Zuneigung für den Schlächter. Nicht, daß seine Arbeit als Spion sehr brillant oder sehr bewundernswert gewesen wäre, aber jedesmal, wenn ich ihn sah, nachdem Rylands mir seine polyglotten und inquisitorischen Fähigkeiten enthüllt hatte (jetzt begriff ich auch mehr einen seiner Spitznamen), konnte ich nicht umhin, ihn mir im Hinterzimmer eines Londoner Polizeireviers vorzustellen, stundenlang eingesperrt mit einem verzagten, frisch geflohenen Tänzer, der während dieser Stunden – mit Dewars salbungsvollem und grausamem Gesicht als erster und wenig verheißungsvoller Vision der sogenannten freien Welt – sehr ernste Zweifel darüber bekommen würde, ob das wahre Joch hinter ihm lag oder ob er es noch vor sich hatte. Vielleicht winkelte der Inquisitor das Bein an und ließ es wippen, wie er es im Unterricht vor den Schülern zu tun pflegte, und seine gefräßigen Schuhe stützten sich abwechselnd – in Ermangelung von Pulten – auf die Armlehnen des Stuhls, auf dem der Tänzer saß; oder vielleicht höher, auf die Rückenlehne; oder sogar direkt auf die Sitzfläche, so daß sich die (breite, viereckige) Schuhspitze wie ein Keil zwischen die Oberschenkel des Flüchtlings schob und sich bedrohlich den hautengen Hosen oder dem Trikot näherte (denn ich konnte mich nicht der Vorstellung erwehren, daß die Tänzer nach der Londoner Vorstellung und den Ovationen und den Blumensträußen geflohen sein müßten, nicht vorher, und daher noch immer ihre Ballettkleidung trugen – jener Anflug von Robin Hood, den sie alle besitzen – und vielleicht einen violetten Fin-de-siècle-Umhang, um sich gegen die Kälte zu schützen). »Du hast also beschlossen abzuhauen, hm?« würde The Ripper vielleicht auf russisch zu ihm sagen, zunächst verachtungsvoll und ungläubig, und er würde ihn duzen, um ihn zu erniedrigen; und mit einer raschen Bewegung würde er Miene machen, als wollte er ihn schlagen, obwohl er wahrscheinlich niemals so weit gehen würde, ihn zu berühren (außer mit den Spitzen der Schuhe – mit Schnürsenkeln –, ein ganz leichtes Streifen). »Und wie sollen wir wissen, daß du uns nicht hinters Licht führst und nicht ein Attentat auf die Krone planst?« (Der Schlächter ist pompös.) »Oh, ja«, würde er aus eigenem Antrieb hinzufügen, »ich kenne die Geschichte nur zu gut: Dort fehlt es euch an Horizonten, dort langweilt ihr euch, dort fühlt ihr euch als Gefangene, gekettet (dieses Wort läßt er einfließen, um mit seinem Vokabular zu beeindrucken), »und ihr wollt euch verbessern, ihr Künstler wollt immer mehr Glanz und mehr Flitter und mehr Schmeichelei und mehr Geld, stimmt's?« »Es ist nicht nur das«, würde der Tänzer vielleicht mit dem noch nicht ganz verlorengegangenen Schwung oder Elan des Tanzes zu antworten wagen. Aber der Inquisitor wäre nicht bereit, sich von einem als Peter Pan verkleideten Subjekt täuschen zu lassen (in seinen Händen liegt die Sicherheit des Staates oder zumindest einer seiner zahlreichen Fronten, mehrere Stunden lang ist er der Verantwortliche, und es hängt nur von seinem Scharfsinn und seiner List ab, ob es gelingt, einen etwaigen Tänzeragenten zu entlarven). Dewar hebt zum erstenmal den spektakulär beschuhten Fuß, mit einer Gebärde, die ebensogut einen Zweifel wie einen Fußtritt ankündigen kann; aber bei dieser ersten Gelegenheit läßt er ihn wieder auf den Boden sinken und beschränkt sich auf einen martialisch nachhallenden Aufschlag. Jemand hängt von ihm ab, wenn auch nur an diesem Tag. »Gut, gut, gut«, sagt er mit seinem hochmütigen Lächeln, das mir wohlbekannt ist, weil ich gesehen habe, wie er es während unserer gemeinsamen Unterrichtsstunden den meistgehaßten Schülern zugute kommen ließ. Und The Ripper winkelt das Bein an und tritt überall auf dem Stuhl des Befragten herum (wobei er ihn achtlos ein bißchen zwickt), während er die Fragen des Inspektors übersetzt und die seinen dazwischenschiebt: »Warum hast du dich entschieden, im Vereinigten Königreich um Asyl zu bitten? (Und sag mir, Genosse, hast du schon von klein auf gern getanzt?)« Oder: »Hast du die Fahnenflucht ganz allein geplant, oder war ein anderes Mitglied deines Balletts eingeweiht? (Und sag mir, Genosse, ist es in der Sowjetunion schwer, einer festen Truppe anzugehören? Muß man dafür sexuelle Dienstleistungen erbringen?)« Oder vielleicht: »Kennst du persönlich ein führendes Mitglied der kommunistischen Partei oder ein Mitglied der Regierung deines Landes? (Und sag mir, Genosse, wie hast du das Publikum in England gefunden? Sachverständig, nicht wahr? Hier gibt es viel Tradition. Wie hat es die heutige Vorstellung aufgenommen? Und wie viele Stunden trainierst du täglich? Mußt du dich an irgendeine Diät halten? Was ist anstrengender, das klassische oder das moderne Ballett? Nijinski oder Nurejew? Sehr schön, dein violetter Umhang. Und wie hast du dich mit deiner Tanzpartnerin vertragen? Eifersucht?)« Dem Inquisitor gehen die Fragen nie aus, alles interessiert ihn vor dem Hintergrund seines monotonen Lebens in der Stadt Oxford, was er jetzt von den Lippen des Russen hören mag, gibt ihm Gesprächsstoff für mehrere *high tables*, er wird seine enorme Vertrautheit mit dem Leben und den Gewohnheiten der Tänzer in der Sowjetunion unter Beweis stellen können, und es wird seinen Tischgenossen die Sprache verschlagen. Und so erteilt der Schlächter dem Flüchtling am Ende immer seine Genehmigung, sei es auch nur, weil er ihn nach so vielen Fragen und so vielen Antworten fast schon als einen Freund, zumindest als einen Bekannten ansieht, der ihm ebenso bekannt ist wie so viele hochmütige oder herrische *dons*, die er seit Jahrzehnten in der Stadt sieht, in der er lehrt, ohne jemals etwas aus ihnen herauszubekommen. Und The Ripper wendet sich nach langen Stunden dem Inspektor zu und macht eine zustimmende Kopfbewegung in seine Richtung. »Man soll Wodka bringen«, befiehlt er dem Polizisten, der im Halbdunkel gewacht hat, dicht an der Wand und stumm während des ganzen Verhörs. »Dieser Mann möchte gern auf sein neues Leben anstoßen. *Nasdorowje!*«

Es ist möglich, daß sich der arme Dewar, wie Rylands andeutete, bei diesen Gelegenheiten wichtig und kühn vorkam; es ist auch möglich, nach seiner puschkinschen Trance zu urteilen, daß es ihm an Gelegenheiten mangelte, seine außergewöhnlichen Russischkenntnisse zu praktizieren; und schließlich ist es möglich, daß er die Gelegenheit nutzte, um sich ein paar angenehme Stunden lang mit jemandem zu unterhalten, der sich ihm nicht entziehen und nichts anderes tun konnte, als ihm zu antworten, jemand, den er offen über die Sitten und die Landschaft seiner Heimat ausfragen konnte, über seine Familie und seine Freunde, über seine Kindheit, über seine politischen Ansichten und seine religiösen Anschauungen, über seine Liebesgeschichten und seine sexuellen Vorlieben, über seine Laufbahn und die Zwänge, denen er sich ihretwegen unterwerfen mußte, oder über die Metro in Moskau und die russische Küche und die Marktpreise und die gegenwärtige Lage der sowjetischen Literatur (zu seinem Ärger und seiner Kränkung meist ohne Antwort – Schachspieler, Tänzer, Turner, sie waren alle so wenig auf dem laufenden: »Alle meine Fragen müssen beantwortet werden! Hörst du? Keine darf ohne Antwort bleiben!«)

Dieser dunkle, knochige und feierliche Mann mit riesigem Mund, spitzem Schädel und hohen Backenknochen, als wäre er einem Bild des Malers Otto Dix entsprungen (und von kindlicher Grausamkeit, das heißt, er konnte nur diejenigen erschrecken, die fast noch Kinder waren, seine Schüler, die einander von Jahr zu Jahr die drei blutigen Spitznamen übermittelten), fand sicher ebenso großen Gefallen an der russischen Sprache wie an den spanischen Wörtern mit vier oder mehr Silben (»En-a-je-na-mien-to[1],

1 Entfremdung (A. d. Ü.)

tra-ga-sa-bles[1], sin-gla-du-ra[2], va-sa-lla-je[3]). Man kannte kein anderes Leben von ihm als das universitäre. Er war ein weiterer Junggeselle der Stadt Oxford, ein weiterer Fortführer der alten klerikalen Tradition dieses unveränderlichen und ungastlichen und in Sirup konservierten Ortes, wie einer meiner Vorgänger sagte und ich bereits gesagt habe. (Wie ich, ein weiterer Verstörter.) Er war eine tote Seele. Er besaß jedoch ein winziges und ungewöhnliches anderes Leben, und wenn er an dem Tag – an den wenigen Tagen –, da er dringend nach London berufen wurde, weil ein Schwimmer oder ein Stabhochspringer oder ein Cellist oder ein Tänzer (zweifellos seine Favoriten) seine Truppe oder sein Orchester oder seine Mannschaft verlassen und um politisches Asyl gebeten hatte, im Eilschritt seine vom weißen Ton beherrschten Wohnräume im Brasenose College verließ (während seine tote Seele sich überschlug) und im Zug durch Didcot und Reading und Slough und Southall fuhr und im Bahnhof von Paddington eintraf und in einer gedrängt vollen Metro den Anschluß zum Zentrum fand, mußte er sich als der wichtigste und unerforschlichste und weiseste Mann dieser Universität fühlen: wichtiger als der Vizerektor und der Rektor und der Vizekanzler und auch unerforschlicher und weiser als der leibhaftige Kanzler. Jedesmal, wenn ich ihn mit seiner dicken Brille im Senior Commun Room oder Professorenzimmer oder in der Bibliothek der Tayloriana oder im Teesalon des gegenüberliegenden Hotels Randolph eine Zeitung lesen sah, stellte ich mir daher vor, daß

1 Schwertschlucker (A. d. Ü.)
2 Tagesreise mit dem Schiff (A. d. Ü.)
3 Vasallentum (A. d. Ü.)

er begierig und mit beschleunigtem Puls die Veranstaltungs- und Sportseiten durchforschte, um zu sehen, ob irgendeine Balletttruppe oder ein Staatsorchester oder eine Mannschaft von Sportlern oder Schachspielern aus der Sowjetunion irgendwo in Großbritannien auftreten oder kämpfen würde, und wenn er eine betreffende Ankündigung oder Rezension fand, dann betete er sicher zu Hermes, dem Gott der Reisenden und des Kampfes, der Diebe und der Beredsamkeit, der Unruhe und der Träume, damit er während der Nacht einem ihrer Mitglieder Mut einflöße und es dazu bewege, unter Umgehung jeder Bewachung die Flucht anzutreten.

Jetzt wird es Dewar immer schwerer haben, und die Tage werden routinemäßig vergehen, ohne daß etwas geschieht und ohne daß jemals der Ruf aus London kommt. Und deshalb – weil er immer weniger auf das Telephon achtet – wird er kaum noch Bedenken haben, mit seinem weißen Ton ständig alle übrigen Geräusche zu vertreiben und zu neutralisieren. Ich bin nicht mehr einsam wie er und auch kein lebender Toter, aber ich glaubte es lange Zeit zu sein.

Nur einmal sah ich das Kind oder den Sohn Eric, zu einem Zeitpunkt, da bereits die letzten Tage seines unvorhergesehenen Aufenthalts in der Stadt Oxford zu Ende gingen und mein seelisches Ungleichgewicht am größten war (denn das unmittelbar bevorstehende Ende einer Entbehrung läßt sich nicht gegen die noch andauernde Entbehrung abwägen, wenn diese schon eine Zeitlang gedauert hat oder – unabhängig von ihrer wirklichen Dauer – als dauerhaft oder vielleicht als unbegrenzt empfunden wurde; ich meine, es läßt sich nicht so stark dagegen abwägen, daß man als beendet zu betrachten vermag, was kurz vor seinem Ende steht, aber noch nicht abgeschlossen ist, und was vorherrscht, ist die Furcht, irgendein Zufall – Pech, Umkehrung des Vorweggenommenen – könne diese angehäufte erlittene Gegenwart verlängern: Man spürt keine Erleichterung, sondern noch größere Angst und mißtraut der Zukunft nur). Und als ich das Kind Eric sah, sah ich auch – ebenfalls ein einziges Mal – seinen Großvater, das heißt den Vater von Clare Bayes, den längst pensionierten alten Diplomaten, der in London lebte und der vor dreißig Jahren vom Rand des Gartens her seiner Tochter, dem Mädchen Clare, zuzuschauen pflegte, während es wartete und seinerseits zuschaute, wie die Züge die Eisenbrücke über den Jumna passierten. (Damals roch der schweigsame Vater nach Tabak und nach Pfefferminzlikör.)

Es geschah im Museum, genau gesagt im größten Museum der Stadt, dem Ashmolean-Museum für Kunst und Archäologie, in jenem Gebäude, in dem am Ende des siebzehnten Jahrhunderts die erste öffentliche Kuriositätenausstellung im Vereinigten Königreich stattgefunden hatte (das heißt, sie fand vielmehr im Museum statt, nicht im Gebäude, da das gegenwärtige die Kuriositäten erst zwei Jahrhunderte später barg). Nicht, daß ich es häufig besucht hätte, denn diese Kuriositäten gehören zu jenen, die man einmal und nie wieder anschaut, aber an jenem Tag der fünften Woche meines zweiten und einsamen Trinity hatte ich etwa zwanzig Schritte von der Tayloriana her getan (die Institution und das Museum grenzen aneinander, sie bilden einen rechten Winkel und wirken fast wie Hauptteil und Flügel ein und desselben Gebäudes), um mir in der Museumsbibliothek die nicht öffentlich ausgestellten Ansichten spanischer Städte anzusehen, die Mitte des sechzehnten Jahrhunderts der Flame Anton van den Wyngaerde oder Antonio de las Viñas angefertigt hatte, Topograph und Hofmaler Philipps II., im Auftrag eines meiner Brüder, der sich in Madrid mit der Geschichte der Architektur befaßte (in seinem Auftrag tat ich die etwa zwanzig Schritte und sah mir die Ansichten an und schuf nicht van den Wyngaerde seine Zeichnungen, der sie im Auftrag dessen anfertigte, der zu jener Zeit in Oxford als der Mittagsdämon bekannt gewesen sein dürfte). Ein freundlicher Bibliothekar mit rötlichem Haar hatte mir erlaubt, die Stadtansichten (Feder, Sepiatinte, farbige Aquarelle) zu betrachten, abzumessen und einige Angaben über sie zu notieren, und unter dem seltsamen Eindruck, mit außergewöhnlicher Genauigkeit den Anblick gesehen zu haben, den im Goldenen Zeitalter Sanlúcar de Barrameda, Málaga, Tarragona, Gibraltar, Segovia oder der Albuferasee oder El Grao, der Hafen von Valencia, im Profil – oder schräg von oben – gesehen boten, das heißt den verlorenen Anblick unserer südlichen Städte, meiner fast schon vergessenen Städte, in die ich jedoch sehr bald würde zurückkehren können, wenn ich wollte: sobald Trinity beendet wäre und mit Trinity das Studienjahr, und bis dahin waren es nur drei lange Wochen; mit diesem seltsamen Gefühl also und mit dem plötzlichen Bewußtsein, daß mir – objektiv – nicht mehr viel Zeit blieb, bis ich Oxford verlassen und nach Madrid zurückkehren würde (obwohl ich noch nicht ganz nach Madrid zurückgehen würde), verließ ich bereits das Museum, als ich auf der Schwelle (oder in der Drehtür) den drei eintretenden Gestalten begegnete: Vater, Tochter und deren Sohn beziehungsweise meiner Geliebten mit ihrem Sohn und ihrem Vater. Wie es mir schon zweimal mit einer anderen Frau in Oxford ergangen war – und das zweite, wenn auch zweifelhafte Mal lag kurz zurück –, bemerkte ich erst, daß es sich um Clare Bayes handelte, als ich mich außerhalb des Museums befand und sie drinnen, getrennt durch eine Tür. Aber es geschah so rasch (ich meine, daß ich es merkte, vielleicht hatte Clare Bayes' Begleitung mich daran gehindert, denn für mich war sie immer allein oder höchstens in Begleitung ihres Mannes, oder es war die Drehtür oder die lebhafte Erinnerung an Sanlúcar nach van den Wyngaerde), daß ich Zeit fand, sofort wieder hineinzugehen und sie in der Eingangshalle zu sehen, wo sie damit beschäftigt waren, einen Blick auf die Postkarten und Diapositive zu werfen, die dort verkauft wurden.

Ich konnte nicht wissen, daß der alte Herr, der sie am Arm faßte, ihr Vater war, der Herr Diplomat Newton

(Clare Newton – Clare Newton! –, so hatte Clare Bayes vor ihrer Heirat geheißen), da ich ihn nie zuvor gesehen hatte, nicht einmal auf einer Photographie. Aber ich wußte es sofort. Ich wußte sofort, daß er ihr Vater war, der verblüffenden Ähnlichkeit wegen. (Der vielleicht erschreckenden Ähnlichkeit wegen.) Dieser Mann mit stark verwelkter Haut und großen Tränensäcken unter den Augen, völlig kahl und leicht gebeugt, der sein mit knapper Not bewahrtes vornehmes Flair auf einen Stock stützte, besaß – genau – das gleiche Gesicht, das ich bis ins letzte Detail kannte. Dieser leichenhaft aussehende Alte *war* Clare Bayes, wie sie es in einem bösen Traum hätte sein können, in dem sie als hinfälliger Greis erschienen, aber immer noch sie selbst gewesen wäre. Ich beobachtete die drei aus einiger Entfernung, halb verborgen hinter einer Säule – beide von vorn, das Kind Eric noch von hinten –, und wenn sie mich vermutlich ebenfalls nicht gesehen hatte, als wir uns auf der Schwelle begegneten, so sah sie mich ohne Zweifel jetzt – mein Kopf und mein Oberkörper schauten hinter jener Säule hervor, hinter der ich mich in Wirklichkeit nicht so sehr zu verbergen als vielmehr zu schützen suchte –, und bedeutete mir mit der rechten Hand – in einem Augenblick, in dem ihre Begleiter nicht dorthin schauten, wo sie hinschaute, in meine Richtung (sie schauten Diapositive an) –, ich solle mich entfernen, ich solle fortgehen, ich solle verschwinden. Aber in diesem Augenblick drehte sich das Kind oder der Sohn Eric einen Moment um, als besäße sein Nacken Augen oder als wüßte er, daß er in genau diesem Augenblick schauen mußte – oder vielleicht hörte er das Klirren der verschiedenen Armreifen, als die Hand jene flüchtige und heimliche Gebärde der Verbannung vollführte –, und sah mich und schaute mich an und verband mich zweifellos mit seiner Mutter. Und als dieses Kind sich umdrehte und seine Aufmerksamkeit von den Diapositiven und den Postkarten und den Worten seines Großvaters abwandte (es war nur ein Moment); als sich unsere Blicke trafen und ich endlich sein Gesicht sah, sah ich das gleiche Gesicht zum drittenmal, identisch, das Gesicht von Clare Bayes, das ich bis ins letzte Detail kannte und das ich und das mich so oft geküßt hatte. Es hatte mich geküßt, dachte ich, dieses Gesicht, das bereits lange Zeit zuvor auch das Gesicht des Diplomaten Newton gewesen war und später, seit kurzer Zeit, auch das des Kindes Eric, Eric Bayes mit Namen. Ein und dasselbe Gesicht, das mich in einer seiner Verkörperungen oder Darstellungen oder Ausformungen oder Erscheinungen geküßt hatte, denn niemals habe ich eine so vollkommene und genaue, so ausschließliche Ähnlichkeit gesehen. Diese drei Personen hatten einander ihre Gesichtszüge weitergegeben und dabei alle anderen möglichen ausgelassen (die einer Mutter und eines Vaters, die der ersten Clare Newton und die von Edward Bayes), sie hatten sie einander voll und ganz überlassen, ohne Schäbigkeit noch Knauserei, ich meine, ohne an einem Detail zu sparen; und im Unterschied zu den willkürlichen und unvorhersehbaren Ähnlichkeiten, bei denen sich ein Gesichtszug oder mehrere oder viele, aber niemals alle wiederholen oder aber die vererbten Züge sich verändern (sich mit dem unberechenbaren Lauf der Zeit und dem unnachgiebigen Alter verändern), war hier die Übertragung vollkommen und beständig gewesen, und zwar in allen drei Fällen: die gleichen dunklen blauen Augen, die gleichen dichten und nach oben gebogenen Wimpern, die gleiche gerade und kurze Nase, das gleiche gespaltene und feste Kinn, die blassen Wangen und die harte Stirn, die schweren Augenlider und die vollen unkonturierten Lippen. Mehr konnte ich im Augenblick nicht sehen, weil das Kind Eric sich wieder umdrehte und mir den Rücken zuwandte, und nachdem der Herr Diplomat Newton eine Reproduktion im Folioformat – eine Verkleinerung oder eine Vergrößerung: eine Ähnlichkeit – irgendeines Bildes oder Gegenstandes erworben hatte, die ich nicht zu erkennen vermochte, wandten sich die drei dem Innern der Säle zu, wobei Clare Bayes mich jetzt nicht noch einmal anschaute, sondern – im Gegenteil – versuchte, sich zu verstellen und mich zu ignorieren (sie hatte wohl begriffen, daß ich nicht daran dachte, den flüchtigen Befehlen ihrer Hände zu gehorchen oder sie überhaupt zu beachten). Und ich ließ ein paar Sekunden verstreichen; und dann ging ich hinter ihnen her, bereit, durch die gleichen Säle zu wandern, durch die sie wandern würden. »Sie nehmen also das Kind Eric ins Museum mit«, dachte ich unwillkürlich (ich wollte an die Ähnlichkeit denken; oder vielleicht war es umgekehrt: weil ich lieber nicht an die Ähnlichkeit dachte, zwang ich mich zu diesem Gedanken). »Wie alt hat mir Clare Bayes unzählige Male gesagt, daß er ist? Acht, neun? Von seiner Größe her wirkt er wie ein Kind von etwa neun Jahren, aber vielleicht ist er groß für sein Alter, seine Eltern sind groß und auch sein Großvater, vielleicht ist er erst acht oder sieben oder noch jünger. Es ist kein Alter für ein Museum, ich würde meinen siebenjährigen Sohn nicht ins Ashmolean-Museum mitnehmen, auch wenn er es satt hätte und es ihn langweilen würde, krank zu Hause zu sein.« Das dachte ich in diesen Augenblicken, und ich dachte: »Er sieht nicht mehr krank aus. Er wird sehr bald fortgehen. Aber auch ich werde sehr bald fortgehen und bin mir jetzt nicht so sicher, daß ich jetzt fortgehen will.«

Die drei Gestalten blieben nacheinander vor einer griechischen Statue, vor einem Porträt von Reynolds, vor einer chinesischen Keramik und vor römischen Münzen stehen. Sie schauten alles an. Ich folgte ihnen in geringem oder größerem Abstand, je nach Größe der Säle, je nach meiner Fähigkeit, bei jedem Werk, vor dem ich stehenblieb, Konzentration zu heucheln, immer ein paar respektvolle Meter von ihnen entfernt; und deshalb – aber auch, weil sie sehr leise sprachen, wie man in englischen Museen und niemals in spanischen spricht – konnte ich nichts von dem hören, was sie untereinander sprachen. Da ich immer hinter ihnen ging und sorgfältig ihren Spuren folgte, sah ich sie von hinten, wenn sie weitergingen, und fast im Profil – eher im Halbprofil –, wenn sie etwas betrachteten. Gut sah ich sie nie, und ich glaube, das war mir lieber so, ich wollte mir nicht noch einmal die ähnlichen Gesichter zumuten. Clare Bayes führte das Kind Eric an der Hand, und der Vater lief mit seinem Stock ein Stück weit hinter ihnen her, als wäre Clare Bayes nicht bereit, auf ihn zu warten, ihren Schritt und den ihres Sohnes dem langsameren und mühseligeren des Herrn Diplomaten Newton anzupassen (als wäre der Besuch im Museum eine Sache zwischen dem Kind und ihr und als wäre der Großvater, der vielleicht darauf bestanden hatte, sie zu begleiten, ohne daß man ihn dazu eingeladen hatte, nur ein Anhängsel, vielleicht ein Eindringling: Er ging, als hätte man ihn relegiert, so wie die Kinderfrauen gingen, wenn die Mütter anwesend waren und sich des Kindes annahmen, wenn es Kinderfrauen gab). Der Großvater führte auch nicht das Wort, sondern Clare Bayes sprach am meisten, wobei sie sich immer an den Jungen wandte, und ich konnte ab und zu Bruchstücke ihrer Kommentare hören.

Vor dem Alfred-Juwel (einem Cloisonné aus dem neunten Jahrhundert, der Stolz des Ashmolean-Museums) hörte ich, wie sie ihm laut (wie jeder Vater, wie jede Mutter) die altenglische Inschrift auf der durchbrochenen Goldeinfassung des vermeintlichen Porträts von Alfred dem Großen vorlas: »Sieh mal, Eric, hier steht *aelfred mec heht gewyrcan,* das heißt *Alfred befahl, mich anzufertigen.* Siehst du? Der Schmuck sagt es selbst; der Schmuck spricht und sagt uns seinen Ursprung, und er sagt das gleiche seit elf Jahrhunderten und wird es für alle Zeit sagen.« Und das Kind Eric antwortete nichts.

Später, im oberen Stockwerk, vor einer flüchtigen oder unvollendeten Zeichnung von Rembrandt, auf der Saskia, die Frau des Malers, schlafend im Bett zu sehen ist (aber sie befindet sich nicht, wie man sagt, *im Bett*, sondern scheint angezogen zu sein oder einen Morgenrock zu tragen und unter einer Decke zu liegen, wie die Genesenden), hörte ich, wie Clare Bayes zu ihrem Kind sagte: »So ging es dir auch mehr oder weniger in diesen ganzen Wochen, nicht? Aber mit Fernsehen«, und sie streichelte seinen Nacken, wobei ihre Armreifen abermals klirrten. Und dann fügte sie hinzu, noch immer den Blick auf Saskia gerichtet und wahrscheinlich ohne zu wissen, daß Saskia starb, als sie jünger war als sie selbst, und nie alt gewesen war (die mögliche Krankheit mit Alter verwechselnd): »So wird es mir gehen, wenn ich einmal alt bin.« Und das Kind Eric antwortete nichts, oder aber ich konnte es nicht hören (das Kind Eric wirkte gut erzogen und zurückhaltend; wenn es sprach, hörte man es nicht).

Und noch später, vor einer kantonesischen Statue aus

vergoldetem Holz (in Wirklichkeit eine Kopie aus dem vergangenen Jahrhundert), die Marco Polo als dicken Chinesen mit hellen Augen darstellte, auf dem Kopf einen extravaganten schwarzen Hut mit schmaler Krempe und flachem Stulp, an den Füßen Holzschuhe von der gleichen Farbe und geschmückt mit einem ebenfalls schwarzen, geteilten Schnurrbart (dessen Spitzen zu den Wangen aufwärts gebogen waren), hörte ich, wie Clare Bayes sagte: »Sieh mal, Eric, das ist Marco Polo. Er war ein italienischer Reisender und kam bis nach China, im dreizehnten Jahrhundert, als es sehr schwer war, dorthin zu kommen; und da es noch schwerer war, wieder zurückzukommen, blieb er so lange dort, daß er am Ende wie ein Chinese aussah, siehst du? Aber er war Italiener, aus Venedig. Schau, was für blaue Augen er hat. Kein richtiger Chinese hat blaue Augen.« Und das Kind Eric blieb stumm, oder ich hörte es nicht und Clare Bayes nur schlecht: Wahrscheinlich versuchte sie, verärgert über meinen Ungehorsam und meine Beschattung, die Stimme so weit wie möglich zu senken, und brachte damit das Kind dazu, das gleiche zu tun, als wünschte sie nicht – getreu ihrer Entscheidung der letzten vier Wochen –, daß ich auch nur akustisch an ihrer Familienwelt teilnahm, vor allem nicht an der Welt ihres Sohnes und an der ihres Vaters – an der Welt des Blutes –, da ich ihren Mann sehr wohl kannte und wir das eine oder andere Mal, wie ich bereits berichtet habe, sogar zu dritt in Begleitung von Cromer-Blake zu Mittag oder zu Abend gegessen hatten. Sie wollte nicht, daß ich dabei war, und ich dachte, daß ich sie nur hörte, weil sie es so wollte, daß die Sätze, die bis zu mir drangen, keine zufälligen waren und daß Clare Bayes absichtlich die Stimme hob, um mir etwas zu verstehen zu geben (wenn sie sie hob). Und ich dachte: »Sie hat sich auf mich bezogen, als sie das mit Marco Polo gesagt hat, mir hat sie ihre Kommentare zugedacht, denn zu einem sieben- oder achtjährigen Kind spricht man nicht mehr so, in diesem Alter ist man schon der recht ernsthafte Entwurf eines Erwachsenen. Es sei denn, das Kind Eric leidet unter Infantilismus, und man müßte ihn behandeln, als sei er jünger – oder vielleicht hat sie es in diesen Wochen stärker zum Kind gemacht –, obwohl er auch jünger sein mag, als ich glaube, mir wird klar, daß ich nicht fähig bin, das Alter der Kinder, fast nicht einmal das der Erwachsenen einzuschätzen, so wie mir auch klargeworden ist, daß ich die Frauen mit Ausnahme derer, die ich *schon* kenne, wie Clare Bayes selbst, mehr und mehr begehre, während ich immer weniger bereit bin, sie kennenzulernen, ich begehre sie, ohne mir Fragen über sie zu stellen, so wie ich mir keine Fragen über Muriel gestellt habe, als ich sie begehrte, und mir auch keine Fragen über die attraktiven Kellnerinnen von Brown's stelle, wenn ich sie begehre, und ich weiß nicht, ob das etwas bedeutet – es ist neu –, von meinem mangelnden Gleichgewicht einmal abgesehen. Über Clare Bayes stelle ich mir wohl Fragen, je weniger ich sie sehe, um so mehr Fragen stelle ich mir und versuche, sie mir vorzustellen, sonst würde ich nicht hier sein und noch immer durch das Ashmolean-Museum laufen und van den Wyngaerde schon vergessen haben, der mich hierher geführt hat (ich trage seine Daten in der Tasche); und sie hat die Stimme gehoben, als sie von der Statue sprach, damit ich begreife, daß jemand, der zuviel Zeit an einem Ort verbringt, dem er nicht entstammt, am Ende keinen Ort mehr besitzt, am Ende das Gesicht eines Chinesen und blaue Augen hat, wie Marco Polo bei dieser Statue. Aber ich bin noch nicht so lange hier, ich bin kein Exiliant und auch kein Emigrant, und außerdem werde ich schon bald fortgehen, vielleicht werde ich diesen Sommer nach Sanlúcar de Barrameda gehen, sie hat mir sehr gefallen, diese Ansicht mit der Bucht, dem Schloß, der Hauptkirche, dem Herzogspalast, dem Zollhaus, diese vierhundert Jahre alte Ansicht, die es nicht mehr gibt und die es nie gegeben hat, denn die gewählte Perspektive ist imaginär, so wie vielleicht meine Ansicht über die Stadt Oxford imaginär ist.« Und ich fügte in Gedanken hinzu: »Auch sie weiß, daß ich sehr bald fortgehen werde, sie wird ihre Berechnungen angestellt haben, wenig mehr als drei Wochen bis zum Ende von Trinity, aber trotzdem bedeutet sie mir immer noch – jetzt nicht mehr mit der Hand oder mit irgendeiner Gebärde, auch nicht so beiläufig wie in der Eingangshalle, sondern mit geflügelten Worten und in allem Ernst –, daß ich mich jetzt, ohne länger zu warten, aus Oxford und aus ihrem Leben, in dem ich nicht viel gewesen bin, entfernen, fortgehen, verschwinden soll. Ich könnte fast schon gehen, ich habe fast keine Unterrichtsstunden mehr, vielleicht ist der Augenblick schon gekommen, früher als erwartet, ich muß mit ihr sprechen, aber nicht am Telephon und auch nicht so hastig, wie wir immer reden, immer vom ersten Moment an schon wieder kurz vor der Trennung, ich muß sie sehen, wir müßten Zeit haben, uns ohne Eile, ohne Glockenschläge sehen, nichts hält mich zurück, wenigstens einmal.«

Im Museum befand sich sonst so gut wie niemand, nur der eine oder andere ungeduldige oder verirrte Besucher, der in einen Saal hineinschaute und gleich wieder hinausging, ohne etwas anzusehen, und die teilnahmslosen Wächter, die auf ihren Stühlen saßen, in sich versunken wie Bewohner Andalusiens in ihren Innenhöfen nach dem Ende der Siesta, nur sie und die Familiengruppe aus drei Generationen und ein einzelnes Individuum, ein Ausländer, der vielleicht nicht mehr als solcher wirkte nach einem nicht allzu langen Aufenthalt in Oxford – aber, wer weiß, das Gebaren eines Engländers und die Augen des Südens besaß – und im Abstand einiger Schritte mechanisch das gleiche anschaute, was sie schon gesehen und vielleicht im gleichen Augenblick wieder vergessen hatten. Dieses ausländische Individuum mit dem (unvollkommenen) Aussehen eines *don* aus Oxford folgte ihnen auch außerhalb des Museums und lief durch die grauen und rötlichen Straßen hinter ihnen her und betrat dasselbe Restaurant, das sie betraten – es war früh, aber Kinder bekommen zu jeder beliebigen Zeit Hunger und essen früh zu Mittag –, und setzte sich einsam an einen Tisch, der in gerader Linie dem des Vaters, der Tochter und des Sohnes gegenüberstand, und kreuzte die Finger, damit niemand sich an den freien Tisch zwischen ihm und ihnen setzte und ihm die Sicht auf die identischen Gesichter nahm – denn jetzt hatte er sich bereits mit dem Gedanken abgefunden, sie zu sehen und zu beobachten.

Das Kind Eric setzte sich, auch dieses Mal mit dem Rücken zu ihm, seiner Mutter gegenüber, und der Großvater zu ihrer Linken, eine Verteilung, die sicher Clare Bayes' Absicht entsprach, sich weiterhin hauptsächlich ihrem Sohn zuzuwenden (den Diplomaten Newton überging sie, sie schätzte ihn nicht, oder sie behandelte ihn schlecht, indem sie ihn überhaupt nicht behandelte). Jetzt konnte ich ihrer Unterhaltung besser folgen, obwohl sie in Wirklichkeit keine richtige Unterhaltung führten, sondern einzelne Kommentare ohne Zusammenhang äußerten, während sie die Speisekarte anschauten, und später, während sie aßen. »Ich möchte Würstchen«, und ich hörte zum erstenmal die Stimme des Kindes. »Ich glaube nicht, daß du hier Würstchen essen solltest, Eric«, sagte Clare Bayes zu ihm, »sie werden nicht besser sein als zu Hause, aber andere Sachen schon. Warum nimmst du nicht Spargel als Vorspeise? Er hat dir doch geschmeckt bei der Tante. Wir essen fast nie welchen zu Hause, und ich glaube auch nicht, daß du in Bristol viel Spargel bekommst.« »Ich hab' keine Lust auf Spargel. Darf ich ihn mit den Fingern essen?« Ich sah, wie Clare Bayes ihn mit gespieltem Tadel anschaute, und ich hörte, wie sie ihm mit gespieltem Zögern sagte: »Ja, ich glaube, das darfst du.« »Ich werde Spargel nehmen, aber mit Rührei«, schaltete sich der Diplomat Herr Newton ein, »magst du ihn nicht lieber so, Eric? Es ist auch Lachs dabei, magst du Lachs?« »Weiß nicht«, sagte das Kind Eric und schaute erneut auf die Karte. Der pensionierte Diplomat bestellte Weißwein und Clare Bayes Wasser. Und später, als sie schon bei der Vorspeise waren und ich noch wartete, daß man mir die meine brachte (Rührei mit Lachs und Spargel), fragte Clare Bayes ihren Sohn: »Was hat dir im Museum am meisten gefallen, Eric? Was würdest du mit nach Hause nehmen, wenn du könntest?« »Die Münzen«, sagte das Kind Eric, »und die Statuen. Die chinesischen Statuen, die angemalt waren. Ein Junge in der Schule sammelt Münzen, aber Statuen kann man nicht sammeln, oder?« »Das wäre komisch«, sagte der Diplomat Newton und lachte senil mit den gleichen Zähnen wie Clare Bayes (aber durchsichtiger und vielleicht eingekapselt wie die von Frau Alabaster oder künstlich wie die von Toby Rylands), »und es gibt sie sehr viel weniger.« »Dann werde ich eben auch

Münzen sammeln, warum gebt ihr mir nicht eine, damit ich meine Sammlung gleich anfangen kann?« sagte das Kind Eric, und Clare Bayes und ihr Vater holten jeder eine Münze hervor, er aus der Jackentasche und sie, nachdem sie in der Handtasche gestöbert hatte, die sie immer irgendwie (manchmal umgestürzt) in meinem Schlafzimmer oder in den Zimmern der Hotels in London oder Reading liegen zu lassen pflegte, und ich erinnerte mich an die Münze, die ich am Guy Fawkes Day dieses Studienjahres, am fünften November des vorigen Jahres, von dem Arbeitszimmer aus, das Clare Bayes in All Souls besaß, in der Catte Street, gegenüber der Radcliffe Camera, einigen Kindern zugeworfen hatte, die nicht Eric waren (damals war er nicht krank und nicht da), neun Monate nachdem wir uns kennengelernt hatten. Das war jetzt sieben Monate her, und nichts hatte sich geändert, außer der Tatsache, daß alles beim alten geblieben war nach diesen sieben Monaten; ich kannte Clare Bayes schon seit langem, und nichts hatte sich jemals geändert, obwohl ich sie jetzt nicht sah und mich bald würde verabschieden müssen. Es hätte mir nichts ausgemacht, dem Kind ebenfalls eine Münze zu geben. »Aber gib sie nicht aus«, warnte ihn der Großvater; »wenn du sie behältst und die Sammlung wirklich anfängst, dann bringe ich dir aus London welche aus Italien und aus Ägypten und aus Indien mit.« Und zu seiner Tochter gewandt fügte er hinzu: »Mir scheint, es sind noch welche zu Hause. Wir sind viel gereist, nicht wahr? Jetzt reise ich nicht mehr.« Aber Clare Bayes antwortete ihm nicht und fuhr fort, ihr eigenes Rührei mit Lachs und Spargel zu essen. Und sie beendeten gerade das Hauptgericht, während ich damit begann, als Clare Bayes sagte: »Und am Sonntag geht's wieder nach Bristol. Na, war es sehr langweilig so lange hier bei mir?« »Nein«, antwortete das Kind (das die Koketterie sicher noch nicht bemerkte); und da es nichts weiter antwortete und weiter seine Würstchen aß, dachte ich, daß diese Frage von Clare Bayes abermals an mich gerichtet war, und antwortete ihr in Gedanken: »Ja, es war sehr langweilig hier so lange ohne sie.«

Und während dieses ganzes Mittagessens in dem sich allmählich füllenden Restaurant und weil das Kind Eric ein Kind und kleiner war, erlaubte mir seine Größe, das Gesicht seiner Mutter ungehindert über seinen Kopf hinweg zu sehen, den ich von hinten sah – das Gesicht von Clare Bayes genau mir gegenüber und von vorn, aber sie schaute mich nie an –, und auch das Gesicht des Großvaters, der zu ihrer Linken saß, war vollkommen sichtbar für mich; und da sie saßen und da ich saß – aber sie schaute mich nie an –, sah ich sie besser, als ich sie im Stehen in der Eingangshalle im Museum oder in einem seiner Säle gesehen hatte, während sie innehielten oder sich bewegten. Und ich war schon dabei, mich am Ende des Mittagessens an die verblüffende Ähnlichkeit zu gewöhnen – an die erschreckende Ähnlichkeit zwischen Vater und Tochter und an den Nacken des Enkels, der mir die seine verdeckte –, als das Kind Eric, ohne seinen Nachtisch aufzuessen und nachdem es um Erlaubnis gebeten hatte (das Kind Eric war gut erzogen), aufstand, sich umwandte und auf dem Weg zu den Toiletten an mir vorbeiging. Er tat nur wenige Schritte – vier oder fünf –, bevor er an mir vorbeiging, aber während der Zeit, die diese vier oder fünf Schritte dauerten – eins, zwei, drei und vier; oder fünf –, konnte ich deutlich und aus der Nähe und zur gleichen Zeit die drei ähnlichen Gesichter sehen, das des Großvaters und der

Mutter, die beide saßen, und das des Kindes, das ging. Das Kind fixierte mich während dieser Schritte, so wie es mich fixiert hatte, als es sich in der Eingangshalle des Museums umdrehte, und zweifellos verband es mich wieder mit der Person, mit der es mich verbinden mußte (aber es würde nichts sagen, denn es war gut erzogen und zurückhaltend); und als seine Mutter und sein Großvater mit ihren jeweiligen Blicken der Richtung folgten, der offenbar der Blick ihres Sohnes und ihres Enkels folgte, richteten beide ihre schleierlosen Augen auf mich (sie zum erstenmal, seitdem wir uns in dem Restaurant befanden, er zum erstenmal in seinem Leben), und einige Sekunden lang schauten die drei mich ohne Schleier und zur gleichen Zeit an (ich wußte es, aber ich sah es nicht, glaube ich, denn ich schaute nur das Kind Eric an, das mit seinen vier oder fünf Schritten geradewegs auf mich zukam). Es waren nur wenige Sekunden (solange eben diese Schritte dauern, wenn ein Kind sie tut, Kinder können nicht langsam gehen), genug jedoch, damit ich jetzt (und nicht in der Eingangshalle des Museums) etwas an dem Kind sehen konnte, das jetzt (und nicht in der Eingangshalle des Museums) einen Namen bekam: In den dunklen blauen Augen des Kindes Eric sah ich *das Gefühl des Niedergangs, das alle Menschen früher oder später empfinden.* »Das hängt nicht unbedingt mit dem Alter zusammen«, hatte Toby Rylands gesagt (und er hatte es gesagt, bevor Hilary zu Ende war und vor der Karwoche, bevor Trinity begann und das Kind Eric krank wurde und außerhalb der Reihe nach Oxford kam), »mancher hat dieses Gefühl von Kind an, es gibt Kinder, die es schon empfinden.« Das hatte er gesagt, genau das, und genau das sah ich in diesem Augenblick, während dieser Schritte – ein Kind, das es schon empfindet; aber außerdem sah ich es nicht nur im Gesicht des Kindes, sondern – der Anpassung, der Gleichheit, der Verwandtschaft, der verblüffenden, schrecklich wirkenden Ähnlichkeit wegen – im Gesicht des Alten und im Gesicht der Frau, das ich vollkommen kannte (und in dem ich es nie erkannt oder gesehen hatte) und das ich und das mich so oft geküßt hatte. Diese drei Personen hatten einander ihren Ausdruck und ihre Gesichtszüge weitergegeben, wie ich zuvor sagte, ohne an einem Detail zu sparen, und sie hatten einander auch das Gefühl des Niedergangs weitergegeben, »das Gefühl des Niedergangs, das alle Menschen früher oder später empfinden«, dachte ich und erinnerte ich und dachte ich noch einmal. »Das Kind küssen und den Alten küssen«, dachte ich. »Ich habe auch das Kind geküßt und wurde von ihm geküßt und auch von dem Alten, und das ist einer der Gedanken, die sich Alan Marriott zufolge verbinden lassen oder nicht, aber wenn man sie verbindet, dann flößen sie Grauen ein oder lösen Entsetzen aus: der Gedanke des Kindes und der Gedanke des Kusses, der Gedanke des Kusses und der Gedanke des Alten, der Gedanke des Kindes und der Gedanke des Alten. Die schaurige Ergänzung des Alten ist das Kind, die schaurige Ergänzung des Kindes ist der Alte, die des Kusses ist das Kind, und die des Kindes ist der Kuß, die des Kusses der Alte und die des Alten der Kuß, *mein* Kuß (es sind drei Gedanken, ferner der von Clare Bayes, die sich in der Mitte befindet), der Kuß, der von Mittelspersonen, aber nicht von einem Mittelsgesicht gegeben wurde, denn das Gesicht ist das gleiche, wenn auch das Alter und das Geschlecht verschieden sind: Verkörperungen oder Darstellungen oder Ausformungen oder Erscheinungen. Der Kuß der drei ist der Kuß von jemandem, der sich schon das Gefühl des Niedergangs zu eigen gemacht hat, das der dämonische – *awesome* – Rylands und der kranke Cromer-Blake kennen und das ich nicht kenne (das Rylands seit vierzig Jahren kennt und Cromer-Blake ich weiß nicht seit wann und das auch die Bettler kennen und Saskia unter ihrer Decke, aber das ich nicht kenne). Es ist der Kuß von jemandem, der dem Tod seit Jahren erlaubt, sich zu nähern, wie Rylands sagte, oder von jemandem, der weiß, daß er sich eines Tages keinen Phantasien mehr über das Kommende hingeben kann, wie Rylands ebenfalls sagte. Es ist normal, daß der alte Herr Diplomat Newton es weiß, und man kann sogar begreifen, daß Clare Bayes es weiß, die vorher Clare Newton war, aber es ist so, daß das Kind Eric es mit seinen neun oder acht oder sieben Jahren ebenfalls weiß, Eric Bayes mit Namen. In diesen dunklen blauen Augen, die alle drei besitzen, sah ich, als ich sie zum erstenmal sah, die blauen Wasser jenes in der Nacht glänzenden hellen Flusses, des Yamuna oder Jumna, und die lange Brücke mit den diagonalen, gekreuzten Eisenträgern und den Postzug, der aus Moradabad kommt mit seinen klapprigen, tausendfarbigen Waggons, und den schweigsamen diplomatischen (und melancholischen und damals noch nicht alten) Vater, der, im Galaanzug für das Abendessen und mit einem Glas in der Hand, seinem kleinen Mädchen beim Schauen zuschaut, und eine Kinderfrau, die dem Mädchen Clare (Clare Newton mit Namen) etwas ins Ohr flüstert oder irgendein nichtssagendes Lied vorsingt; und vielleicht ist es der Abglanz dieser blauen Wasser (oder schwarzen Wasser, denn es war dunkel), der das Gefühl von Niedergang in sich birgt, das Gefühl von Bürde, das Gefühl von Schwindel, von Fall und Leibesschwere und Gewicht, von falscher Korpulenz und Hinfälligkeit. Dieses Gefühl lag schon in dem angeschauten Blick, in dem eine Minute lang bei einem erhabenen Abendessen vor neun plus sieben Monaten über einen anderen Tisch hinweg angeblickten Blick, aber es lag nicht in meinem, der während derselben Minute vor sechzehn Monaten ebenfalls angeschaut und angeblickt worden war und das Bild von vier Kindern widerspiegelte, die mit einem alten Dienstmädchen durch die Calle de Génova oder de Covarrubias oder de Miguel Ángel liefen. Ich bin sehr verstört, obwohl meine Verstörung niemals unartikuliert noch unlogisch gewesen ist, meine Verstörung ist leicht, und sie ist logisch und artikuliert, und sie ist vorübergehend, aber jetzt ist sie größer denn je, weil ich all das denke, an das Kind und den Alten und den Kuß und an den Fluß, den breiten Yamuna oder Jumna, der durch Delhi fließt, und an den Cherwell, an dem Rylands lebt und in dem er das Bild der Vergänglichkeit sieht, und an den Evenlode und den Windrush, zwischen denen Wychwood Forest liegt oder das, was ein Wald *war*, und an den Avon, an dessen Ufern das Kind Eric zur Schule geht, und an den Guadalquivir, der bei Sanlúcar mündet, und an den Isis, den nächsten, in den hinab ich mich vielleicht übergeben werde. Wie ermüdend ist es, verstört zu sein, wie ermüdend und strapazierend, verstört zu denken und deshalb so viel zu denken, der Wahn liegt immer im Denken, das reimt und schwankt und willkürlich bewertet, ich muß aufhören zu denken und sprechen, um mich von meinem Denken zu erholen, das vereinheitlicht und verbindet und zu viele Verknüpfungen herstellt, muß mit Rylands oder Cromer-Blake oder Kavanagh oder mit dem Schlächter oder mit Muriel sprechen (aber ich habe sie nicht um ihre Telephonnummer gebeten). Mit Clare Bayes sprechen und ihr etwas vorschlagen, keinen Abschied voneinander nehmen, uns nicht trennen, sie soll mir erlauben, mir das Gefühl des Niedergangs zu eigen zu machen, an dem sie alle teilhaben und das ich noch nicht kenne oder, einfacher vielleicht, das ich nicht miterlebt habe.«

Als das Kind Eric von der Toilette zurückkam, hörte ich nur seine raschen Schritte und bemerkte den Luftzug neben mir, denn ich schaute niemanden mehr an und war dabei, die Rechnung zu bezahlen, noch bevor man meinen nicht ganz leeren Teller mit den Würstchen abgeräumt hatte: Ich hatte auf den Nachtisch verzichtet und wußte, daß der Isis nicht weit war, falls ich nicht rechtzeitig nach Hause und zum Abfalleimer käme.

Gleich am nächsten Tag beschloß ich, das, was ich Clare Bayes vorschlagen wollte, zunächst mit Cromer-Blake zu besprechen, meinem besten oder einzigen Freund, denn es sind die Freunde, mit denen man vor den wahren Proben seine Eloquenz erprobt und die man zuvor an den Vorhaben teilhaben läßt, in die man nicht vertraut (damit sie ihr Scheitern mildern), und von denen man die Ermutigung und die Antwort erhofft, die man später hören möchte, wenn es ernst wird, und die man dann vielleicht nicht hört.

Ich ging zu ihm, ohne mich anzukündigen; nach dem Ende meines morgendlichen Unterrichts begab ich mich, wie so oft, in sein *college*, in der Annahme, er befinde sich in seinen Wohnräumen, im ungünstigsten Fall damit beschäftigt, einem Studenten eine Lehrstunde zu erteilen, so daß ich hinter der Tür auf ihn warten könnte, bis sie fertig wären. Als ich in seine Wohnung hinaufging und mich noch auf der Treppe befand – ebenfalls ein dritter Stock –, hörte ich seine Stimme und dachte, daß es sich tatsächlich um die Rede an einen Schüler handelte, der ihm gegenüber auf dem Sofa saß und vor sich hindöste und tat, als würde er seinen Erörterungen über *Tyrann Banderas* oder *Automoribundia* zustimmen. Deshalb klopfte ich nicht gleich an die Tür, nicht, weil ich heimlich erlauschen wollte, was er sagte oder sprach. Ich hörte nur zu, um mir zu bestätigen, daß er beschäftigt war, und rasch zu kalkulieren, ob es sich lohnte oder besser war, hier das Ende seines Unterrichts abzuwarten – wie ich schon sagte, hinter der Tür –, oder die Tür einen Augenblick zu öffnen, ihm zu sagen, daß ich dringend mit ihm sprechen mußte und ein wenig später wiederkäme, und bis dahin einen kurzen Spaziergang zu machen. Aber der erste Satz, den ich deutlich vernahm, als ich bereits vor der Tür stand (der kein Murmeln war), ließ mich etliche Sekunden unentschlossen und still verharren, so daß es später (nach diesen Sekunden: eins, zwei, drei und vier; oder fünf) bereits zu spät war, um etwas zu beschließen oder einen Schritt zu tun, weder ins Innere des Zimmers noch den Treppen zu.

Im Englischen gibt es ein Verb, das man nur erklärend übersetzen kann: *to eavesdrop* (das ist das Verb) bedeutet (das ist die Erklärung) indiskret, heimlich, verstohlen zuhören, vorsätzlich und nicht zufällig oder ungewollt (dafür benutzt man hingegen das Verb *to overhear*), und dieses Wort setzt sich wiederum aus zwei Wörtern zusammen, aus dem Wort *eaves*, das Dachtraufe bedeutet, und dem Wort *drop*, das verschiedenes bedeuten kann, aber vor allem mit Tropfen und Getröpfel zu tun hat (der Zuhörende hält sich in einer gewissen minimalen Entfernung vom Haus: er stellt sich dort hin, wo die Dachtraufe nach dem Regen tropft, und von dort hört er, was drinnen gesprochen wird). Über die Verwendung von *eavesdropping* im Roman des neunzehnten Jahrhunderts, genauer in *Ein Held unserer Zeit*, hat einmal Vladimir Vladimirovič der Kolonien nachgedacht, und obwohl Nabokov als Student nicht in Oxford, sondern in Cambridge war, zweifle ich nicht daran, daß er dort in den zwanziger Jahren Gelegenheit gehabt haben dürfte, das gleiche wie ich in meiner Zeit in Oxford zu entdecken, nämlich daß *eavesdropping* nicht nur eine gültige Praxis in beiden Städten war und ist, sondern immer das beste (wenn auch primitive) Mittel, an die Information heranzukommen, die nötig ist, um nicht eine jener Randfiguren zu sein, die keine besitzen noch weitergeben können. In Oxford (und in Cambridge, nehme ich an) verwandelt sich *eavesdropping* ähnlich wie Nabokov zufolge in dem erwähnten Roman von Lermontow in die »kaum merkliche Routine des Schicksals«. Ich hatte gesetzte, philisterhafte *dons* gesehen, die (mit beschmutzten Hosen) auf den Knien lagen, um in einem Gang der Tayloriana durch ein Schlüsselloch zu spähen, oder sich in einem *college* auf dem Teppichboden ausstreckten (verrückt wie ein Inder, den Talar um sich ausgebreitet wie ein sich vergrößernder Tintenfleck), das Ohr dicht an der Spalte einer Tür, oder mit einem Fernglas (japanisches Markenprodukt) von einem gotischen Fenster aus die Umgebung absuchten; ganz zu schweigen von denen, die ihr eigenes Gespräch im Teesalon des Hotels Randolph vernachlässigen, um irgendeinen in der Luft schwebenden Satz vom Nebentisch aufzufangen, oder bei einem *high table* unvorsichtig den Hals rekken (eher beim Nachtisch, wenn die Serviette schon hinüber ist) (hinüber vor Schmutz). Aber ich hatte es nie getan: mich unter die Dachtraufe zu stellen. Ich tat es damals zum erstenmal, und als ich es tat, fühlte ich mich (fast schon am Ende von allem und nur einen Augenblick lang) stärker integriert; obwohl ich glaube, um genau zu sein, daß der erste deutliche Satz, der von Cromer-Blakes blutlos wirkenden Lippen an mein Ohr drang, *overheard* wurde und nichts anderes. Danach aber, gebe ich zu, verfiel ich in *eavesdropping*.

»Komm, bitte, sei so nett, schlaf mit mir«, das oder diese

waren die ersten deutlichen Worte von Cromer-Blake; und in den folgenden Sekunden, in denen ich reglos verharrte, fügte mein Freund hinzu: »Nur dieses Mal, noch einmal, bitte, ich bitte dich bei allem, was dir lieb ist, es wird das letzte Mal sein.« Die Stimme, die antwortete, war jung, jünger, ein wenig unangenehm, ein wenig brüchig, als hätte sie sich gegen alle Regel noch nicht ganz verändert bei diesem jungen Jemand, aber doch nicht so sehr, daß er sie nicht bereits gefestigt hätte. Und diese Countertenorstimme antwortete ohne Verärgerung, mit Geduld und Vertrauen, wie ein alter Bekannter: »Hör auf damit, ich hab' dir doch schon gesagt, daß ich nicht will, es ist aus. Außerdem sagt Dayanand, daß du krank bist und dich nicht anstrengen darfst, er sagt, daß es gefährlich ist, auch für mich. Das sagt er.« Die Aussprache war ungepflegt, nicht viel anders als bei Muriel, ähnlich wie bei dem Mechaniker Bruce (aber es war nicht Bruce, der eine tiefe Stimme besaß), wie bei jemandem, der im Spanischen »ciudaz« und »ustez« und »ijnorante« und »eccesso« sagen würde (ein Fernsehansager)[1]. Ich dachte rasch, daß es sich nicht um einen Studenten handeln konnte (den jungen Bottomley, wie ich zuerst vermutete), eben aufgrund seiner plebejischen Aussprache und weil Cromer-Blake nicht einmal im Zustand der Verliebtheit oder der Verzweiflung zu einer solchen Torheit fähig war: nichts Schwerwiegenderes in Oxford als die Beschuldigung von *sexual harassment* oder sexueller Belästigung eines Studenten oder, schlimmer noch (und möglich), von *moral turpitude* oder moralischer Unzucht, ein weiterer (wenn auch anglifizier-

1 volkstümliche Aussprache von »ciudad« (Stadt), »usted« (Sie), »ignorante« (unwissend), »exceso« (Übermaß) (A. d. Ü.)

ter) lateinischer Brocken, eine auserlesene Metapher für die unverhohlene Penetration. »Ah, Dayanand sagt das, unser allwissender Doktor«, kommentierte Cromer-Blake (vielleicht für sich) mit dem wiedergewonnenen ironischen Tonfall, der so viel charakteristischer für ihn war als der bittende: Es erfüllte mich mit Unbehagen, diesen von ihm zu hören. »Dayanand weiß nichts über meine Gesundheit, er sagt das, um dich von mir fernzuhalten, um mich auszuschalten, seit Ewigkeiten sieht er mich nicht als Arzt, es ist, als würde ich dir jetzt sagen, er sei der Kranke. Von jemandem zu behaupten, er sei krank, heißt immer, ihn herabsetzen. Es ist eine Form, die Leute zu erledigen. Mir ist es ein bißchen schlecht gegangen, aber jetzt geht es mir gut, ich bin geheilt, sehe ich etwa wie ein kranker Mann aus?« Ich hatte Cromer-Blake vor zwei oder drei Tagen gesehen, er sah gut aus, und ich stellte mir vor, daß er in diesem Augenblick, auf der anderen Seite dieser Tür, noch immer gut aussehen dürfte. Ich fragte mich, ob der junge Bursche, der sprach, jener »Jack« sein mochte, dessen Name Cromer-Blake vor Monaten eines Abends entschlüpft war, kurz nachdem ich Clare Bayes zum erstenmal gesehen hatte (ihr Gesicht und ihr äußerst geschmackvolles Dekolleté); und ich wartete darauf, eine Anrede aus seinem Mund – Cromer-Blakes Mund – zu hören, die mir Klarheit darüber verschaffen würde, aber ich kann schon sagen, daß es nicht dazu kam, solange mein *eavesdropping* dauerte.

»Nein, du siehst sehr gut aus«, sagte die Stimme des jungen Burschen, »aber das ist egal, es ist aus, es ist nicht mehr möglich. Außerdem wäre Dayanand in jedem Fall böse.« »Daß ich böse bin, das macht jedoch nichts.« Die brüchige Stimme wurde einen Augenblick sanft: »Doch, es macht mir etwas aus, aber es ist weniger schlimm. So wie die Dinge liegen.« Dann folgte eine Pause von etlichen Sekunden (vielleicht die Pause eines Kusses, Küsse gebieten Schweigen), und dann sprach die Stimme wieder, um jetzt scharf zu protestieren (noch jugendlicher und noch weniger angenehm): »Laß mich! Hör auf, hör auf! Du tust mir weh.« »Tut mir leid«, sagte Cromer-Blake, und sein Ton wurde wieder fordernd. »Bitte, ich bitte dich darum, ich schwöre dir, daß es nicht gefährlich ist, und Dayanand braucht es ja nicht zu erfahren. Ich will mich nur mit dir hinlegen und dich ein wenig umarmen, schon lange umarmt mich niemand mehr.« »Dann such dir das woanders«, sagte die Stimme spröde (wie die Stimme eines *don*, der einem Bettler das Almosen verweigert und ihn verscheucht). In diesem Moment spürte ich Hitze im Gesicht, eine Mischung aus Schamröte und Verletztheit, es verletzte mich, daß dieser junge Bursche, wer immer er war, meinen Freund Cromer-Blake, der ihn anflehte, schlecht behandelte und zurückwies. Aber ich stand noch immer dort, unbeweglich, vor jener Tür. Die Tür hatte einen goldenen Knauf, sie war geschlossen, aber sicher ohne Vorhängeschloß und auch nicht zugesperrt, sicher hätte man nur den Knauf drehen und drücken müssen, damit sie aufgegangen wäre, so pflegte Cromer-Blake es zu halten, wenn er drinnen war, ohne Vorhängeschloß noch zugesperrt, mit einem Schild, das ich in diesem Augenblick vor Augen hatte und auf dem stand: »Dr. P. E. Cromer-Blake«, Cromer-Blake mit Namen. Es folgte eine weitere Pause, als hätte Cromer-Blake vorübergehend seine Fähigkeit zur Erwiderung verloren, seine gewöhnliche Fähigkeit zu Ironie und Zorn. Ich hörte das Knarren der anderen Tür, die zum Schlafzimmer führte, Cromer-Blake war wohl ins

Schlafzimmer gegangen, ich konnte nicht wissen, ob allein oder in Begleitung; aber das Knarren wiederholte sich sogleich, Cromer-Blake hatte wohl etwas geholt und kehrte ins Wohnzimmer zurück. Er sagte: »Ist gut. Aber mach mir wenigstens die Photos, das ist weder gefährlich, noch macht es böses Blut, nicht?« Jetzt hatte er den leicht ironischen Ton wiedergefunden, obwohl er weiterhin *bat* (aber nicht mehr darum, daß man ihn umarmen möge). Ich dachte an seinen Freund Bruce und an jene verlockendsten Angebote und schönsten Verführungsaktionen, die er an jenem Abend erwähnt hatte, an die schönen Gesichter oder athletischen Körper, die, wie er gesagt hatte, ihm bisweilen in seinem Schlafzimmer zur Verfügung standen. Cromer-Blake war ein gutaussehender Mann, aber nach dem zu urteilen, was ich unter der Dachtraufe vernahm, hatte er Schwierigkeiten, sich sein gutes Aussehen zunutze zu machen, lange bevor er alt war, lange bevor er es nötig hatte, auf seine Erinnerungen zurückzugreifen, die er im Gedanken daran produziert und gespeichert hatte, ein wenig Abwechslung im Alter zu finden, zu einer Zeit, da es ihm normalerweise zustünde, sich noch mitten bei der Produktion und Speicherung für die Zukunft zu befinden. Ich dachte, an der Krankheit könne es nicht liegen, wie sie auch beschaffen sein mochte und wenn sie nicht schon vorbei war: Es gibt Dinge, angesichts deren keine Gefahr zählt. Cromer-Blake selbst bat um Umarmungen, obwohl es für ihn vielleicht wirklich nicht gut war, die geringste Anstrengung zu unternehmen. Dayanand, erinnerte ich mich, war ein gefährlicher Mensch, wie ich selbst während jenes *high table* in seinem Feuerblick hatte sehen können. Dayanand mußte mehr Willen und Kraft besitzen, um zu erreichen, was er sich vorgenommen hatte, mehr Kraft als

Cromer-Blake, seine Augen besaßen keinen Schleier, sie kamen aus dem Süden, wie die meinen, der indische Arzt trug seinen Dämon in sich, wie Toby Rylands, der vielleicht Südafrikaner gewesen war, und wie Clare Bayes, die ihre Kindheit in fernen südlichen Ländern verbracht hatte, und möglicherweise auch wie der tote Gawsworth, der in Tunis und Algerien, in Italien und Ägypten und in Indien gewesen war (wenn auch nicht in Redonda); und wie ich ohne Zweifel, der ich aus Madrid war, bin und sein werde (das weiß ich jetzt). Mein Blut ist heiß oder lau oder kalt. Aber auch ich würde fordernd sein, sobald ich Gelegenheit dazu fände, sobald man sie mir böte. Ich war es schon seit Wochen, aus der Entfernung, Clare Bayes gegenüber, bei der ich der *Bittende* war.

»Ist gut«, antwortete die Stimme des jungen Burschen mit dem verspäteten Stimmbruch; »wir müssen uns aber beeilen.« »Du machst sie mir also?« sagte Cromer-Blake mit plötzlicher unverhohlener Dankbarkeit und mit Erleichterung. »Ein Glück, denn bei diesen Beziehungen über Agenturen verlangen sie am Ende immer Photos von einem. Du weißt nicht, wie dankbar ich dir bin, ohne sie ist nichts zu machen, und wenn du sie nicht machst, wer dann. Bruce kann ich nicht darum bitten.« »Auf, mach dich fertig, je eher wir anfangen, desto rascher haben wir es hinter uns«, sagte die brüchige Stimme gönnerhaft. Cromer-Blake, dachte ich, ließ sich spezielle Photos machen, um sie an irgendeine Agentur zu schicken oder an jemanden, mit dem er über diese Agentur in Verbindung getreten war. Ich begann mich zu fragen, während ich keinen Dialog mehr hörte, sondern nur noch einzelne Sätze und das unverwechselbare Klicken einer Polaroid (»Ist es so gut?« sagte Cromer-Blake. »Bei diesem mußt du einen guten Ausschnitt nehmen«, sagte Cromer-Blake. »So ist er schön groß, oder?« sagte Cromer-Blake. »Klick« machte die Polaroid), von was oder in welchen Posen diese Photos gemacht wurden, die weder der erwähnte Bruce noch zum Beispiel Clare Bayes oder auch ich von ihm hätten machen können. Und als ich begann, das zu denken, spürte ich eine noch größere Hitze im Gesicht (dort hinter der Tür), aber ich weiß, daß es dieses Mal nur reine, unvermischte Schamröte war. Und obwohl es niemanden gab, der meine Röte hätte sehen können (das einzige, was mich anschaute, war das glänzende Schild mit Cromer-Blakes unvollständigem Namen), glaube ich, daß nicht meine Vermutungen sie hervorriefen, sondern meine Reaktion oder die meines Gewissens (ein Rest). Denn in diesem Augenblick schämte ich mich meines *eavesdropping*.

Mit großer Vorsicht, mit einer Vorsicht, die ich nicht verwandt hatte, als ich hinaufging und ans Ende der Treppe gelangte, weil ich zu diesem Zeitpunkt noch nicht indiskret, heimlich, verstohlen gewesen war, drehte ich mich um und begann, sie auf Zehenspitzen hinunterzugehen, während an meine Ohren (jetzt *overhearing*, denn sie wollten nichts mehr hören) ein letzter Satz drang (»Es ist wichtig, daß man ihn von oben sieht«, sagte Cromer-Blake. »Klick« machte die Polaroid). Und gleichzeitig, als ich schon ein paar Stufen hinuntergestiegen war, konnte ich mir im Gedanken an die mögliche Szene, die ich nicht gesehen hatte, auch nicht ein leicht ironisches Lächeln verkneifen (als wäre ich Cromer-Blake). Aber mein Lächeln verschwand sofort, als mir plötzlich einfiel, warum ich dorthin gegangen war, und mir wurde klar, daß ich meine Absichten nicht mehr mit Cromer-Blake besprechen noch verlangen könnte, er möge im voraus mein mögliches Scheitern mildern, noch von seinen Lippen die Ermutigung und die Antwort hören könnte, die ich später zu hören wünschte, wenn es ernst würde, denn ich hatte die Entmutigung und die Antwort, die ich nicht wünschte, bereits von anderen, unbekannten Lippen und einer brüchigen Stimme gehört.

Clare Bayes und ich begaben uns nach Brighton, als die Trennung schon in der Luft lag, das Kind Eric abgereist war und sie einwilligte, mich noch einmal zu sehen (mich allein zu sehen) und meine Vorschläge anzuhören, mit mir in Ruhe und ohne Eile noch Wecker noch Glocken zu sprechen, die die vollen, halben und Viertelstunden schlagen und auch bei Einbruch der Dämmerung rücksichtslos bimmeln (und es bis zum Ende aller Tage weiter tun werden, auch wenn ich sie nicht mehr höre). Nach Brighton fuhren wir an einem Wochenende, an einem Samstag, um dort eine einzige Nacht zu verbringen, die erste und letzte, die wir gemeinsam verbrachten, denn mit ihr hatte ich nie geschlafen, wie ich eine Nacht mit Muriel geschlafen hatte (das Kind Eric befand sich wieder in Bristol und Edward Bayes auf einer Reise auf dem Kontinent). Aber wir verließen kaum das Hotel in Brighton, das anders und weniger konventionell war als die Hotels in London und Reading und von dessen Frontfenstern wir die Minarette und zwiebelförmigen Kuppeln des hochberühmten Royal Pavilion mit seinem pseudoindischen oder grotesk indischen Stil sahen und den Strand auf der anderen Seite (dieses einzige Mal war das Zusammensein teuer: Ehebruch tendiert dazu, billig zu sein). Es stimmt nicht, daß wir nicht ausgingen, aber ich empfinde es so, immer eingeschlossen mit Clare Bayes, in Oxford und in London und in Reading und in Brighton. Wir fuhren nicht mit dem Zug nach Brighton, sondern in ihrem Auto, und auch das besaß etwas von Eröffnung, etwas Neues (obwohl es abschloß): zusammen in ihrem Auto zu sitzen und dem Süden zuzufahren, auf einer Reise, zum erstenmal London und Reading hinter uns lassend, ich mit dem falschen Eindruck, zu fahren, auf der linken Seite, sie mit dem gleichen (richtigen) Eindruck, mich zu fahren. Aber alles war falsch, glaube ich (was uns betraf, aber nicht, was andere betraf, die Person, die vor dreißig Jahren in einem fernen Land gestorben war, und die Person, die nicht gestorben war, aber sterben mußte, hier und zu dieser Zeit). Die Trennung lag in der Luft mit ihrem starken und immer kenntlichen Geruch, aber wir taten dennoch so, als stünden der Abschied und die Trennung überhaupt nicht fest, wie sie von Anfang an festgestanden hatten (im vorübergehenden Aufenthaltsort eine sogenannte *Liebesgeschichte* haben, *jemanden*, an den man denken kann, so lauteten der Beschluß und der Plan), sondern als könnten sie von diesem Treffen oder Wochenende abhängen, als könnten sie in der Stadt Brighton und in einem Hotelzimmer in Brighton beschlossen werden oder nicht. Und ich erlebte den großen Trost (oder vielleicht das enorme Vergnügen), das Unmögliche vorzuschlagen, von dem man weiß, daß es nicht akzeptiert wird: Denn gerade die erkannte Unmöglichkeit und die sichere Ablehnung – die Zurückweisung, auf die der, der vorschlägt und zuerst das Wort ergreift, nur wartet – machen es möglich, jede Zurückhaltung aufzugeben und heftig zu sein und größere Sicherheit beim Formulieren der Wünsche zu zeigen, als wenn es auch nur das geringste Risiko gäbe, sie könnten erfüllt werden. Und Clare Bayes tat, als glaubte sie mir – glaube ich –, als nähme sie mich ernst, und gab mir Erklärungen, als wären sie wirklich nötig und als genügte nicht ein *Nein*, als müßte sie versuchen, mich nicht zu verletzen, und als wäre es wichtig, daß ich verstünde (sie verhielt sich zartfühlend). Dieser Formalität müssen sich die nicht blutsverwandten Beziehungen unterziehen, um sich zu erheben, denn sie sind niemals fruchtbar noch besonders interessant, und doch scheinen sie für das Denken notwendig zu sein, damit das Denken über das Kommende phantasieren kann und nicht verkümmert. Oder nicht verfällt. Damit es nicht an Hinfälligkeit leidet.

Aber darüber sprachen wir – ich behielt meine kleine Rede für mich, und sie behielt ihre große Antwort für sich – erst nach dem Abendessen und dem Spaziergang über den endlosen Strand, als wir in das Hotelzimmer zurückgekehrt waren, im Wissen, daß die größte Anstrengung – die Darstellung, die Gestaltung – uns jetzt bevorstand. Deshalb hatten wir während der Fahrt im Auto und während der Besichtigung des imitierten Palais oder Royal Pavilion mit seinen Zinnen und Erkern und seinen südlichen Gitterläden vor den Fenstern Energien gespart (verbale Energien, Abschiedsenergien); während der Einkäufe in der Stadt (immer ein Antiquariat, das überall in England auf mich wartet, immer Tüten für Clare Bayes und ein Geschenk für das Kind Eric) und während des Abendessens mit dem Blick auf den Strand und das zurückströmende Wasser; und während des Spaziergangs mit bloßen Füßen, auch ich dieses Mal barfuß und mit den Schuhen, die an zwei meiner Finger baumelten, Mittelfinger und Ringfinger (unbehandschuht). Und als wir nach so vielen einzelnen Sätzen und so vielen Pausen hinaufgegangen waren (aber es war nicht spät, denn wir wußten, daß es noch Stunden dauern würde, bis wir diesen Tag für beendet erklären und den Schlaf suchen konnten, und vielleicht wollten wir alles nicht zu mühsam oder zu wahrhaftig machen), zog sie sich wie gewöhnlich wieder die Schuhe aus und ich nicht mehr, obwohl ich Sand in den Socken hatte, und legte sich auf das Bett, und ihr Rock rutschte hoch, wie es ihm immer bestimmt war, um den Blick auf ihre Beine freizugeben, die nicht muskulös und kräftig waren, wie sie es für so viele andere sein dürften, sondern schlank und fast kindlich in ihren Bewegungen. An jenem Abend konnten wir den Inhalt unserer Zeit verewigen oder es so empfinden, und deshalb war nichts eilig, nicht einmal, mit dem Sprechen zu beginnen, nicht einmal, sich zu küssen, nicht einmal, daß mein Schwanz ihren Mund suchte oder ihr Mund ihn oder er keinen Ort. Die Frühlingsnacht war eine Frühlingsnacht, und eines der Fenster des Zimmers – durch das man ein deplaziertes Minarett oder eine zwiebelförmige Kuppel sehen konnte, die in der Ferne beleuchtet waren – stand offen. Ich wandte ihr den Rücken zu. Ich lehnte mich an den Rahmen. Von dort sah ich den Strand und das Wasser aus dem Frontfenster. Ich zündete eine Zigarette an und sagte: »Clare, ich möchte nicht fortgehen. Ich kann jetzt nicht fortgehen«, und ich dachte, diese beiden so ähnlichen Sätze könnten genügen, damit sie das Wort ergreife und etwas antworten müßte (und gleich darauf dachte ich auch, daß ich zwar mit dem Sprechen begonnen hatte, aber immer noch nachdachte und nicht ausruhte). Sie ergriff das Wort, aber sie antwortete nicht (nicht richtig, es war keine Antwort).

»Du meinst, aus Oxford.«

Ich sagte: »Ja, obwohl es nicht um Oxford geht, ich nehme an, daß ich aus Oxford schon fortgehen möchte, und außerdem bleibt mir nichts anderes übrig, der Vertrag läuft aus. Aber ich will mich nicht von dir trennen. Ich habe dich zu sehr vermißt in diesen endlosen Wochen, und ich will mich nicht aus rein geographischen Gründen von dir trennen, das wäre lächerlich«, und ich dachte, daß ich damit noch deutlicher gewesen war, wie es bei ernsthaften Gesprächen zwischen Liebenden, die sich auf einer ebenen Fläche und im Klaren und Künftigen bewegen müssen, immer erforderlich ist.

»Die Geographie ist ein Grund, der mächtig genug ist, um Menschen zu trennen. Manchmal ist er unwiderruflich. Du willst nicht fortgehen und möchtest doch gern fortgehen, also weißt du nicht sehr genau, was du willst. Ich weiß, daß ich von nirgendwo fortgehen kann oder will. Aber es ist auch egal, daß du es nicht weißt, denn du mußt in jedem Fall gehen, und du wirst fortgehen. Es hat keinen Sinn, über etwas zu reden, das keinen Zweifel zuläßt.«

Ich sagte: »Aber du könntest mit mir kommen«, und ich dachte, daß ich damit zu meiner Überraschung schon fast alles gesagt hatte, was an diesem Juniabend und Samstagabend in der Stadt Brighton wesentlich zu sein schien (und deutlich sein mußte) (und ich dachte auch, daß Clare Bayes sagen würde, dies sei unmöglich).

»Wohin? Nach Madrid? Sei nicht albern. Das ist unmöglich.«

Ich sagte: »Würdest du denn mit mir kommen, wenn es möglich wäre?« Und ich dachte, daß ich auch ihr die Gelegenheit bot, zu sagen, daß sie etwas täte, von dem wir beide wußten, daß es nicht sein würde. Aber sie ergriff sie nicht, denn dies war nicht ihre Rolle, sondern die meine.

»Ich würde gerne wissen, wie, aus Neugier.«

Ich sagte: »Ich weiß nicht, wie, man müßte einen Weg finden, es gibt immer Wege, wenn man sie finden will.

Aber zuerst muß man sie suchen wollen, ich muß wissen, daß du es möchtest oder daß du bereit bist, dir diese Frage zu stellen; und daß du nicht zulassen wirst, daß es noch einmal vier Wochen wie die letzten geben wird. Ich will auch nicht, daß dein Sohn mich seltsam anschaut, wenn ich ihn sehe, sondern daß er mich kennt und mit uns lebt, wenn wir zusammenleben, daß er auch mein Sohn ist oder mein Stiefsohn. Ich kann ohne dich nicht leben, wenn mir das auch zu spät klargeworden ist, jetzt, da ich schon kurz davor stehe, ohne dich leben zu müssen. Aber so ist es immer«, und ich dachte, daß ich viel zu früh etwas zu sagen wagte, was zu sagen ich nicht einmal vorgehabt hatte und von dem ich nicht sicher wußte, ob ich es überhaupt sagen wollte, gleich ob am Anfang oder vielleicht am Ende (das Wort *zusammen*, das Wort *Sohn*, das Wort *Stiefsohn*); und ich dachte auch, daß die letzten Sätze, sogar der allerletzte, innerhalb der schmalen Skala möglicher Verhaltensweisen bei nicht blutsverwandten Beziehungen annehmbar gewesen waren. An Clare Bayes war es jetzt, überrascht zu sein, wenigstens ein bißchen, obwohl ihre Überraschung vorgetäuscht sein müßte. Aber ihre Vortäuschung bestand darin, sich nicht überrascht zu zeigen, was eine Form ist, die Überraschung (ihre Vortäuschung) dem anderen Teil zu überlassen.

»Es ist nicht zu spät«, sagte sie und zündete sich ihre erste Zigarette im Bett an, ihre erste Bedrohung für ihre Strümpfe: Während des Abendessens und während des Spazierganges hatte sie kaum geraucht, als hätte sie es für den Abend und das Zimmer aufgehoben. »Es ist keine Frage der Zeit, denn dafür gab es nie eine bestimmte Zeit. Es befand sich außerhalb jeder Zeit, es war immer ausgeschlossen, und so ist es weiterhin, jetzt noch mehr. Du wirst bald nach Madrid zurückkehren, und es ist besser, daß wir uns in den letzten Wochen und Monaten nicht gesehen haben, so haben wir uns allmählich daran gewöhnt, ich habe mich ziemlich daran gewöhnt. In Madrid wirst du mich nicht so vermissen wie hier, hier bist du allein. Jeden Tag, den du dort bist, werde ich dir ferner rücken, und du wirst mich verschwommener sehen. Es hat keinen Sinn, darüber zu sprechen. Laß uns dieses Wochenende so gut wie möglich verbringen und morgen Abschied nehmen. Zumindest davon, daß wir uns allein sehen. Es ist genug gewesen.«

Ich sagte: »So einfach«, und ich dachte, daß endlich sie das Wort übernommen hatte und daß ich vielleicht überhaupt nicht mehr sprechen müßte, sondern nur zuhören und ausruhen könnte.

»Nein, es ist überhaupt nicht einfach, glaub nicht, daß es einfach ist. Ich habe viel an dich gedacht, als Eric zu Hause war, und ich werde oft an dich denken, wenn du fortgegangen bist.«

Ich sagte: »Aber ich werde dauernd an dich denken, so wie ich in diesen Wochen dauernd an dich gedacht habe. Wenn du nicht mit mir kommen willst, dann muß ich einen Weg finden, hierzubleiben, und wäre es auch mit einer anderen Arbeit«, und ich dachte, daß ich nicht in Oxford bleiben wollte, um an einem Institut Spanischunterricht zu geben, und auch nicht in London, um beim Rundfunk zu arbeiten (das war das einzige, was mir in jenem Augenblick einfiel), und auch nicht mit dem Gesicht eines Chinesen und blauen Augen enden wollte, wie sie vielleicht, die ihre Kindheit weit entfernt, in Delhi und Kairo, verbracht hatte.

»Du würdest es hier nicht viel länger aushalten, du hast

dein Land nicht so vergessen, wie du glaubst. Und wenn du bleiben würdest, wäre ich nicht mit dir zusammen, oder ich wäre nicht anders mit dir zusammen als bisher. Wir würden uns weiter so sehen, in Hotels oder kurz in unseren Wohnungen zwischen zwei Lehrstunden von mir. Wir haben niemals darüber gesprochen, ich nehme an, aus gegenseitiger Höflichkeit und weil es stillschweigend vorausgesetzt war. Es war nicht nötig; und auch aus Zeitmangel, um uns unsere kurzen Feste nicht zu verderben. Wir haben nie viel über irgend etwas gesprochen. Ich werde das Leben mit Ted nie aufgeben.«

Im Rahmen der Schritte, die in klaren Gesprächen über die Zukunft getan werden müssen (der Schritte, die nur Formalitäten sind), hatte ich jetzt die Wahl zwischen zwei Möglichkeiten: Ich konnte fragen (ich blickte auf den Strand), ob dieses Verlassen nie in Betracht käme, weil sie den Ehemann trotz allem liebte (aber an diesem Juniabend und Samstagabend in der Stadt Brighton wollte ich nicht das Risiko eingehen, zu hören, daß es sich so verhielt, noch versuchen müssen, sie durch unvermeidlich eitles Gebaren meinerseits zu widerlegen); oder ich konnte ihr – indem ich tat, als existierte diese Möglichkeit nicht – ihren mangelnden Wagemut und ihre Fügung in die Gegebenheiten vorwerfen (ich drehte mich um und blickte zu den Kuppeln: ich warf die Zigarette aus dem Fenster – wie eine Münze –, ich sprach mit dem Rücken zu ihr), in Gegebenheiten, bei denen ich nicht dabeigewesen war und für die ich weder Verantwortung noch Achtung empfand. Es war gleichgültig, daß ich mich für die zweite Möglichkeit entschied, denn Clare Bayes antwortete, als hätte ich mich für die erste entschieden.

»Ich werde dir jetzt nicht sagen, daß ich in Ted verliebt

bin, denn weder weiß ich genau, ob ich es bin, noch in welcher Weise, hingegen weiß ich, daß ich es nicht bin, wie ich es vor Jahren war, als wir heirateten und vorher und danach. Um die Wahrheit zu sagen, ich stelle mir nicht viele Fragen, ich frage mich das gewöhnlich nicht. Aber selbst wenn es wahr wäre, daß ich es bin, und diese Überzeugung besäße, würde ich es dir auch nicht sagen. Es ist lächerlich, daß eine Frau ihrem Liebhaber so etwas sagt oder ein Mann seiner Geliebten, und noch dazu jemandem, der kein Gelegenheitsliebhaber ist, sondern jemand, den sie seit geraumer Zeit kennt und gern hat. Ich könnte es nicht vor dir vertreten, auch wenn ich sicher wäre. Aber es ist nicht nötig. Es genügt, wenn ich dir sage, daß ich gern mit ihm lebe, das weißt du schon. Es ist nicht nur angenehm, ich bin auch daran gewöhnt. Es ist das Leben, das ich gewählt habe, und ich wähle es weiterhin aus unter all den Leben, die mir möglich wären, vergessen wir die unmöglichen. Einen Liebhaber haben steht nicht im Widerspruch dazu, nicht einmal, wenn ich dir wie eine leicht lächerliche Frau sagen würde, daß ich Ted mehr als alles andere liebe.«

Ich sagte: »Liebhaber nehmen sich Zeit und sind guten Willens und bringen große Begeisterung auf, ist es nicht so?« Und ich dachte, daß ich mir auch mit Muriel, der falschen Dicken aus Wychwood Forest, Zeit genommen hatte und guten Willens gewesen war; aber ich hatte keinerlei Begeisterung aufgebracht.

»Du bist ein Dummkopf«, sagte Clare Bayes zu mir, wie an jenem fünften November in ihrem Arbeitszimmer in All Souls, in der Catte Street, gegenüber der Radcliffe Camera, und deshalb war es das zweitemal, daß sie mich einen Dummkopf nannte (ohne daß ich mich verletzt fühlte, weder dieses noch das andere Mal): Sie hatte sich über meinen Kommentar geärgert und sicher auch, weil ich sie unterbrochen hatte, als sie bereits fest entschlossen war, das Wort zu behalten und mit mir eine kindliche Unterhaltung zu führen: den ganzen Prozeß der Annäherung, der Erfüllung und der Entfernung aufzurollen; den Prozeß der Fülle, des Kampfes und der Zweifel; der Gewißheiten, der Eifersucht und des Verlassens; und des Lachens (dieser ganzen Mühe ein Ende zu machen). »Du bist ein Dummkopf«, sagte sie zu mir. »Ja, ihr Liebhaber nehmt euch Zeit und seid guten Willens und bringt große Begeisterung auf, aber nicht für lange, und so muß es sein. Das ist eure Rolle, und darin liegt auch euer Charme. Auch der meine als deine Geliebte, vergiß das nicht; auch der meine, obwohl du nicht verheiratet bist. Unsere Aufgabe ist es, nicht zu lange zu dauern, nicht zu beharren, nicht zu bleiben, denn wenn wir etwas über Gebühr dauern, dann hört der Charme auf, und es beginnen die Leidensgeschichten und folgen die Tragödien. Dumme Tragödien, vermeidbare Tragödien, gesuchte Tragödien.«

Ich sagte: »Ich habe nicht viele Tragödien gesehen in diesen Zeiten«, und ich dachte, daß es sie zwischen Clare Bayes und mir unmöglich geben konnte, weder in Oxford noch in London noch in Reading noch in Brighton. Nicht einmal auf dem Bahnhof in Didcot.

»Es ist egal, ob sie in diesen Zeiten passieren oder in anderen passiert sind, die Zeiten sind nie sehr verschieden, auch wenn es so aussieht. Wer kennt denn eine andere Zeit als die seine. Vor dreißig Jahren, das heißt zu meiner Zeit, habe ich eine Tragödie gesehen, die wahrscheinlich dumm war, und seitdem, oder vielleicht seitdem, ich wußte, daß ich sie gesehen hatte, versuche ich mein ganzes Leben lang, unverletzbar zu sein, pessimistisch und kalt genug, um gegen dumme Tragödien gefeit zu sein; um immun gegen sie zu sein und sie nicht zu suchen. Du hast nichts gesehen und kannst dir noch viel erlauben, aber ich nicht. Und ich will auch nicht.«

Und jetzt kam der Augenblick, da Clare Bayes, die auf dem Bett lag und auf der einen Seite den Strand und das Wasser sah und auf der anderen Seite die bizarre Nachahmung eines indischen Palastes im Hintergrund und im Vordergrund denjenigen, der sechzehn Monate lang ihr Liebhaber gewesen war und kurz davor stand, es nicht mehr zu sein, jetzt kam also der Augenblick, da Clare Bayes (als wäre sie ein Mann) sich bereit zeigte, mit lauter Stimme weit zurückliegender Dinge zu gedenken. Jetzt kam der Augenblick, da das Gespräch zwischen den Liebenden aufhörte, sich auf einer ebenen Fläche und im Klaren und im Künftigen zu bewegen, um sich auf eine unebene, brüchige Fläche, ins Nebelhafte und Vergangene zu begeben. »Hör zu«, sagte sie und zündete sich eine neue Zigarette an und stützte den Kopf in eine Hand und stützte den Ellbogen auf das lange Kissen des Ehebetts (so legte sie sich hin, um mir jene melodramatische Episode zu erzählen, in der es um einen konkreten Tod ging, der verschiedene Zeugen gehabt hatte, obwohl nur noch die Person lebte, die sich nicht an ihn erinnern konnte). »Hör zu«, sagte sie, und ich drehte mich abermals um, als sie es sagte, und wandte dem landeinwärts liegenden Fenster wieder den Rücken zu; und dabei konnte ich nicht umhin zu bemerken, daß bei der Bewegung, mit der sie sich zur Seite gedreht und mir zugewandt hatte, ihr Rock noch weiter nach oben gerutscht war: Es war fast, als trüge sie keinen. »Hör zu«, sagte sie, »meine Mutter hatte einen Geliebten, der zu lange dauerte. Er hieß Terry Armstrong, und ich weiß nicht, wer er war und was er tat, denn ich habe alles sehr viel später erfahren, nachdem es geschehen war, es geschah, als ich erst drei Jahre alt war. Er hat keine Spur hinterlassen. Erst als ich in dem Alter war, mir mehr Fragen über meine Mutter zu stellen, konnte ich andere fragen, wenn ich auch nie mehr als eine Version und eine Antwort erhielt, die ich gelten lassen mußte, weil sie die einzigen waren. Mein Vater hat immer ein schmerzvolles Schweigen bewahrt, vielleicht nicht nur, weil er nicht sprechen will, sondern vielleicht auch, denke ich manchmal, weil er wahrscheinlich nicht alles weiß; er könnte nicht die ganze Geschichte erzählen. Die einzige Person, die sie mir später erzählen wollte, war Frau Munshi, Hilla, meine Kinderfrau, die Kinderfrau, die in Delhi für mich sorgte. Mein Vater hingegen hat sich jedesmal geweigert, mir zu antworten, wenn ich ihn fragte oder ihn anklagte, das heißt, er hat auch nie geleugnet, nie hat er etwas von dem geleugnet, was ich ihm seinerzeit von den Erzählungen der Kinderfrau erzählte. Jedesmal, wenn ich die Sache zur Sprache brachte, stand er auf und ging mit trübem Gesicht aus dem Zimmer, ich verfolgte ihn mit meinen Fragen bis zur Tür seines Schlafzimmers, in dem er sich einschloß und aus dem er erst Stunden später wieder herauskam, zum Abendessen, als wenn nichts geschehen wäre. Aber auch diese Auseinandersetzungen sind schon lange her, ich komme nicht mehr auf den Gedanken, ihn zu bedrängen oder Rechenschaft von ihm zu fordern, ich spreche nie darüber und versuche es auch nicht, weder mit ihm noch mit sonst jemandem, und Hilla ist vor Jahren hier in England gestorben, wo ihre Kinder lebten und wo sie Enkel hatte. Ich weiß nicht einmal, ob ich mit dir darüber sprechen soll, aber es ist egal, und außerdem wirst du sehr bald fortgehen«, und ich dachte, daß es angenehm und schmeichelhaft war, daß Clare Bayes mir Erklärungen gab, obwohl sie nicht erforderlich waren, so als wären sie notwendig an jenem Abend in Brighton; und ich dachte auch: »Es stimmt. Welche Bedeutung wird das jetzige Geschehen haben, wenn ich fortgegangen bin? Ich werde keine Spur hinterlassen. Wie Terry Armstrong.« Und ich dachte noch: »Terry Armstrong.« Aber während ich das dachte, hatte Clare Bayes weitergesprochen, den Blick immer verlorener oder immer starrer, denn so – und nicht anders – ist der Blick der Erinnerung und der Erzählung. »Wie die Kinderfrau erzählte, war dieser Terry Armstrong, von dem sie nie mehr als den Namen wußte, begeistert und guten Willens, als guter Liebhaber. Einer dieser Männer, die mit genügend Ernst und genügend Ironie Briefe und Gedichte schreiben und Tatkraft vermitteln und mit ihrer Vitalität anstecken und denjenigen, der sich von ihnen geliebt fühlt, zum Lachen bringen und mit zu vielen Illusionen erfüllen. Er tauchte auf und verschwand wieder, und man wußte niemals genau, wann er wieder erscheinen würde, er lebte in Kalkutta, wer weiß, ob ebenfalls als Angehöriger des diplomatischen Korps oder auf eigene Rechnung, wahrscheinlich das zweite, denn dieser Name steht nicht in den Archiven des Korps, bei dem ich mich in einem Brief danach erkundigt habe, als meine Neugier größer und dringender wurde. Vielleicht war es nicht sein wahrer Name, ich weiß nicht; vielleicht wußte ihn nur meine Mutter, oder nicht einmal sie. Jedenfalls mußte er sich schon eine Zeitlang in Indien befinden, oder er war früher schon dort gewesen, denn mit der Kinderfrau sprach er ein wenig Hindi, nach ihrer Meinung, um ihr zu schmeicheln. Er schmeichelte der Kinderfrau, und er schmeichelte meiner Mutter, anscheinend tat er hauptsächlich das. Für die Kinderfrau hatte oder war er nie mehr als diese schmeichelhafte Anwesenheit und dieser Name, sie kümmerte sich nie darum, mehr zu erfahren, das fiel nicht in ihr Ressort, damit mußte sie sich begnügen: Er war Mr. Terry Armstrong oder Armstrong Sahib, so wie mein Vater Mr. Newton oder Newton Sahib war und ich Miss Clare, die Tochter des Hauses, ohne daß es eine Rolle spielte, was wir sonst noch waren oder ob wir sonst noch etwas waren. Die heimliche Beziehung meiner Mutter mit Terry Armstrong dauerte so lange, wie unsere fast schon dauert, eineinhalb Jahre, und obwohl mein Vater sie sicher lange nicht entdeckte, scheint er doch geraume Zeit vor ihrem Ende von ihr erfahren zu haben und hat sie anscheinend geduldet oder ertragen oder getan, als würde er sie ertragen, in der Erwartung vielleicht, man würde ihn an einen anderen Ort senden oder Armstrong würde versetzt werden, wenn er dem diplomatischen Korps angehörte oder von einem Unternehmen abhing, Diplomaten bleiben nirgendwo sehr lange, auch nicht die Ausländer, die keine Eheverbindung eingehen, so wie du nicht länger hier bleiben wirst. Die Unregelmäßigkeit hilft sehr, Belastungen zu ertragen, und, wer weiß, wenn Terry Armstrong kam und ging, wenn er Hunderte von Meilen entfernt lebte und sie nur zurücklegte, wenn er konnte, dann war die Situation vielleicht nicht völlig unerträglich für meinen Vater, und er war bereit zu warten, so wie es sein kann, daß Ted, wenn er in dieser Zeit einen Verdacht gehegt hat, jetzt wartet, daß du fortgehst. Vielleicht warte ich darauf. Ich weiß es nicht. Ich habe seit langem darauf verzichtet, von meinem Vater etwas zu erfahren, ich habe ihm seinerzeit ziemlich zugesetzt, und er wird ziemliche Qualen gelitten haben, wenn es stimmt, was die Kinderfrau erzählte. Und es muß stimmen.« »Was hat die Kinderfrau noch erzählt?« fragte ich von meinem Fenster her (von meinem landeinwärts liegenden Fenster her); aber mehr als um alles andere kreisten meine Gedanken bereits um den Namen Terry Armstrong, obwohl ich noch nicht wagte, mehr als das zu denken, den bloßen Namen. »Terry Armstrong«, dachte ich erneut. Namen besagen viel. »Die Kinderfrau erzählte, daß meine Mutter schwanger wurde«, antwortete Clare Bayes, »und daß sie glaubte, dieses Kind sei von Terry Armstrong, obwohl sie keine Gewißheit besaß, oder vielleicht doch, aber ohne es zu wollen. Wie dem auch sei, dieser vorgetäuschte oder echte Zweifel war genug, daß mein Vater nichts mehr ertrug oder duldete. Daß mein Vater von diesem Zweifel wußte, das weiß ich, denn die Kinderfrau Hilla hörte Bruchstücke von ihrer wahrscheinlich letzten Unterhaltung. Ihrer letzten Auseinandersetzung.« Clare Bayes drehte sich um und wechselte ihre Haltung: Die Beine lagen jetzt auf dem Kissen, das Kinn in den Händen, beide Ellbogen auf dem Fußende des Bettes. Jetzt sah ich die Rückseite ihrer Oberschenkel und den Ansatz ihrer von den Strümpfen bedeckten Hinterbacken. Und ich dachte: »Man läßt nur dann ohne Absicht so viel sehen, wenn man großes Vertrauen besitzt zu dem, der schaut, wenn es ein Bruder ist oder ein Ehemann, wenn man unter sich ist. Ich bin nicht ihr Ehemann und auch nicht ihr Bruder, sondern ihr ausländischer Liebhaber, der gerade aufhört, ihr Liebhaber zu sein. Aber sie vertraut mir heute abend ein Familiengeheimnis an.« »Ich war drei Jahre alt, und eines Nachts, als ich schon seit Stunden schlief und die

Kinderfrau Hilla sich vor einigen Minuten hingelegt hatte, hörte sie mich weinen. Sie stand auf und kam wie in anderen Nächten, um mich zu beruhigen und zu trösten und mir irgendein Lied vorzusingen, das mich wieder in den Schlaf wiegen würde, und da hörte sie auch den sicheren Grund meines Erwachens und Weinens: Meine Eltern waren gerade zurückgekommen, und aus ihrem Zimmer nahe dem meinen drangen laute Stimmen und ab zu das Poltern eines Schlages, eines Schlages auf den Boden oder auf einen Tisch. Die Kinderfrau erschrak und begann mir sogleich etwas vorzusingen, um die lauten Stimmen zu übertönen und ihre Angst zu vertreiben, und ihr eigener Gesang zusammen mit meinem Schluchzen hinderte sie daran, die Unterhaltung zu hören, obwohl die Stimmen in einigen Augenblicken so laut wurden, daß sie sie abermals erschreckten und zum Verstummen zwangen, so daß sie gegen ihren Willen einzelne Sätze vernahm. Einige wenige Sätze, genau gesagt acht, acht einzelne Sätze, jeweils zwei zusammen, die sie gehört hatte und auf mein Bitten hin so oft wiederholte, daß es jetzt fast ist, als würde ich mich an sie erinnern. Denn auch ich muß sie damals gehört haben, aber es ist nicht möglich, daß ich mich an sie erinnere, so wie es mir auch fast unmöglich ist, mich an meine Mutter zu erinnern. Aber ich erinnere mich an diese Sätze, die ich zuerst aufschrieb und später dann ohne jede Anstrengung im Gedächtnis behielt, und ich weiß, daß meine Mutter in jener Nacht der Kinderfrau zufolge unter anderem sagte: »Aber ich bin nicht sicher, Tom, es kann auch von dir sein.« Und ich weiß, was mein Vater antwortete: »Dieser Zweifel reicht aus, daß es das nicht sein kann und auch nicht sein wird.« Und ich weiß, daß meine Mutter in einem anderen Moment sagte: »Ich weiß nicht, was ich will, wollte Gott, ich wüßte es, ich habe es satt, es nicht zu wissen.« Und mein Vater antwortete: »Und ich habe es satt, es zu wissen und es nicht zu erreichen.« Der dritte Satz meiner Mutter lautete: »Wenn es das ist, was du willst, dann gehe ich morgen fort, aber ich nehme das Mädchen mit.« Und mein Vater antwortete: »Du bist nicht in der Lage, dir mehr mitzunehmen als das, was du auf dem Leib und darin trägst, und es kann sein, daß du Clare niemals wiedersiehst.« Und später hörte die Kinderfrau das letzte, was sie von meiner Mutter hörte: »Ich kann nicht mehr, Tom«, sagte meine Mutter. Und mein Vater antwortete: »Auch ich verkrafte das nicht.« Die Kinderfrau Hilla sang, bis ich wieder einschlief, immer leiser, je schwächer die Stimmen wurden, und als ich wieder in den Schlaf gefunden hatte und die Stimmen schon verstummt waren, erzählte die Kinderfrau, sei die Tür meines Zimmers aufgegangen, und die Gestalt meines Vaters sei im Gegenlicht erschienen. Er trat nicht über die Schwelle. »Ist das Mädchen wieder eingeschlafen?« fragte er. Die Kinderfrau schaute ihn an und hob den Zeigefinger an die Lippen, und mein Vater fügte leiser hinzu: »Mrs. Newton reist morgen sehr früh ab. Es ist besser, wenn das Mädchen nicht sieht, daß sie fortgeht. Nehmen Sie sie heute nacht zum Schlafen zu sich.« Die Tür schloß sich wieder, und dann gehorchte die Kinderfrau den Anweisungen, mit großer Vorsicht, im Dunkeln, ohne mich aufzuwecken, und nahm mich auf die Arme und trug mich in ihr Zimmer, damit ich den Rest der Nacht bei ihr verbrächte. Sie überließ mir ihr Bett und schlief auf einem Stuhl, nur mit einem Auge.« Clare Bayes verstummte und machte eine Pause. Sie erhob sich von dem Ehebett, das nur sie belegte, und ging ins Badezimmer; unser gegenseitiges Vertrauen ging jedoch nicht so weit, daß sie die Tür nicht geschlossen hätte. Dennoch konnte ich nicht umhin zu hören, wie die Flüssigkeit in die andere Flüssigkeit fiel, und während ich es hörte (ohne es hören zu wollen), dachte ich abermals jenen Namen: »Terry Armstrong«, dachte ich, und dieses Mal dachte ich noch etwas: »Armstrong ist sehr geläufig und Terry auch, bei einer Frau ist es Theresa, ihr Diminutiv, aber bei einem Mann ist es Terence, und auch sein Diminutiv. Aber Armstrong ist sehr geläufig, es gibt Tausende in England und hat sie immer gegeben, genauso viele oder mehr als Newton und fast genauso viele wie Blake, dagegen ist die Zusammensetzung Cromer-Blake selten. Und Terence oder Terry ist ebenfalls sehr geläufig, wenn auch nicht wie John oder wie Tom oder Ted, was von Edward und Theodore kommt. Armstrong«, dachte ich. »Armstrong hieße Starkarm.« Und als Clare Bayes zurückkam, setzte sie sich auf das Bett und stützte das Kreuz auf das zusammengeknickte Kissen und den Rücken gegen die Wand. Sie zündete eine neue Zigarette an und schlug die Beine übereinander, und der Rock rutschte wieder hoch. Sie hatte sich das Gesicht befeuchtet, und der Blick war nicht mehr so starr, aber sie hatte den Faden nicht verloren. »Am nächsten Morgen war meine Mutter nicht mehr zu Hause, man sagte, sie sei für ein paar Tage verreist. Ich hatte weiter die Kinderfrau Hilla, und von jenem Tag an hatte ich sie noch mehr, immer an meiner Seite die ganzen Jahre lang, die wir noch in Delhi blieben, ohne versetzt zu werden, trotz der Ereignisse dort. Sie konnte die Verbindung mit meiner Mutter nicht mehr herstellen und mit Armstrong natürlich auch nicht, sie wußte nicht einmal, wo sie ihn hätte finden können. Außerdem unterstellte mein Vater sie in jenen

Tagen einer diskreten Überwachung und zwang sie, die ganze Zeit mit mir im Haus zu sein, mich nicht einen Augenblick aus den Augen zu lassen, und das tat sie von da an, sie war die ganze Zeit mit mir zusammen und ließ mich nicht einen Augenblick aus den Augen, bis wir Jahre später schließlich Delhi verließen und sie es vorzog, uns nicht zu folgen. Die Kinderfrau hat nie gewußt, was in jenen Tagen aus meiner Mutter geworden war, aber es ist anzunehmen, daß sie sich an Armstrong wandte und sich mit ihm in irgendein Hotel flüchtete oder zu jemandem, den er in Delhi kannte, zu Indern, sicher nicht zu jemandem aus der britischen Kolonie, deren Angehörigen er das Geschehen schwerlich hätte erklären können. Meiner Mutter konnte man die Schwangerschaft damals schon ansehen, man merkte ihr etwas an, der Kinderfrau zufolge, an den verschwimmenden Gesichtszügen und am Körper, der sich zu wölben begann, vielleicht mußte sie deshalb mit meinem Vater sprechen, es ihm in jener Nacht erzählen, auf die ihre Abreise folgte. Die Kinderfrau wußte auch nicht, ob Terry Armstrong sich bereits in der Stadt befand, als meine Mutter das Haus verließ, ob er schon dort war in jener Nacht und am folgenden Morgen irgendwo auf sie wartete oder ob er, von ihr gerufen, später kam, sobald er konnte, und meine Mutter daher am Anfang allein gewesen sein mußte. Die Kinderfrau sagte, Armstrong sei ihr nie wie ein praktischer Mensch vorgekommen oder wie jemand, der sich zu helfen wußte, sondern wie ein Träumer, so definierte die Kinderfrau ihn, ein Träumer, mit diesem Wort. Sie erinnerte sich vor allem an seine glänzende Laune und seine ständigen Scherze. Sie erzählte, daß er oft eine flache Metallflasche aus der Tasche holte und sie lachend den Lippen meiner Mutter und sogar den Lippen der Kinderfrau näherte, die sie immer amüsiert zurückwiesen, und dann hielt er Reden mit der hocherhobenen Flasche und brachte Toasts auf englische Namen aus, die für die Kinderfrau keine Bedeutung besaßen, und trank lange und fröhlich, obwohl sie ihn nie betrunken sah. Meine Mutter lachte immer, sie lachte über alles, was er machte, und sie lachte darüber, wie junge Leute lachen und wie Armstrong selbst: immer zu Scherzen aufgelegt, sagte die Kinderfrau: ein ewiges Gelächter.« Und während Clare Bayes von dem Mann sprach, von dem sie nichts wußte als einen Charakterzug und den Namen, verließ ich schließlich meinen Posten und ging auf das Bett zu, an dessen Fußende ich mich auf den Boden setzte, um besser zuzuhören und weniger zu denken. Aber selbst in diesem Augenblick achtete ich auf mein Denken, das jedoch rasch und kurz war, denn das einzige, was ich denken konnte (während ich auf das Bett zuging und den Sand in meinen Socken spürte, und dann am Fußende des Bettes), war ein bloßer Name: »Terence Ian Fytton Armstrong.« »Vier Tage nach der Nacht der Auseinandersetzung sahen wir ihn, Terry Armstrong. Die Kinderfrau und ich sahen ihn und vielleicht mein Vater, obwohl er es nie zugegeben hat und ich mich nicht daran erinnern kann, so wie ich mich nicht an die Sätze erinnere, die mich in jener anderen Nacht zum Weinen gebracht und aufgeweckt hatten. Oder vielleicht habe ich das, was ich gesehen habe, lange Zeit vergessen, und erst sehr viel später, als ich es erfuhr, als ich erfuhr, daß ich es gesehen hatte, kehrte eine Art Erinnerung zurück an das, was ich, der Kinderfrau zufolge, ebenfalls mit meinen eigenen Augen gesehen hatte. Wenn ich es jetzt erzähle, als würde ich mich daran erinnern, dann sehr wahrscheinlich nur deshalb, weil ich es jetzt weiß und weil ich es mir seit Jahren vorstelle, seitdem ich es weiß. Aber, verstehst du, ich kann das Bewußtsein, daß ich es gesehen habe, nicht ausschalten, und obwohl ich es damals nicht verstanden habe und mich jetzt auch nicht mit meinem Gedächtnis daran erinnere, glaube ich, daß ich mich jetzt mit meinem Bewußtsein daran erinnere.« Und während Clare Bayes, die vorher Clare Newton war, mir erzählte, was sie von der ersten Clare Newton wußte oder erinnerte, die vorher gewiß einen anderen Namen getragen hatte, den ich nicht weiß (oder: während das Mädchen Clare mir von seiner toten Mutter erzählte), dachte ich weiter an den Namen Armstrong, und dieses Mal dachte ich (während ich gleichzeitig diese so melodramatische Episode aus dem Munde eines ihrer Zeugen vernahm): »Es kann nicht sein und es ist nicht und es wird nicht sein, Armstrong ist sehr geläufig, und auch Terry ist geläufig, es gibt Tausende von Terrys und Tausende von Armstrongs und Hunderte von Terry Armstrongs, und außerdem gibt es keine Möglichkeit, es herauszufinden, denn niemand weiß etwas von Terry Armstrong, der keine Spur hinterlassen hat, nachdem er in den fünfziger Jahren nach Kalkutta zurückgekehrt war, so wie er am Ende seiner Zeit nach Vasto zurückkehrte, vielleicht ist er zu *einer letzten Sauftour* nach Kalkutta zurückgegangen, die sich komplizierte und ihn aufhielt und eineinhalb Jahre dauerte (es war mehr als eine Sauftour) und ihn bis Delhi führte; *eine letzte Sauftour*, obwohl er sie fünfzehn Jahre vor seinem wahren Tod veranstaltete.« »Es waren nur vier Tage vergangen, und ich stand im Garten mit der Kinderfrau und schaute auf den Fluß und wartete auf die abendlichen Züge, was ich von klein auf immer getan habe, wie ich dir schon erzählte, und was ich weiter tat, bis wir Delhi verließen. Mein Vater stand in einiger Entfernung, am

Rand des Gartens, beim Haus, und deshalb kann es sein, daß er alles gesehen hat, und es kann auch sein, daß er nichts gesehen hat. Aber ich sah das, von dem ich weiß, daß ich es sah und an das ich mich nicht erinnere, an das ich mich auch später nicht erinnerte, auch nicht damals, nicht einmal unmittelbar, nachdem es geschehen war, denn an jenem Abend, vier Nächte nachdem meine Mutter fortgegangen war und während ich auf den Postzug aus Moradabad wartete, der immer mit großer Verspätung kam, erschienen zwei Gestalten, eine Frau und ein Mann, auf der Eisenbrücke, die über den Fluß führt.« »Die Brücke über den Yamuna oder Jumna, die Clare Bayes mir beschrieben hat«, dachte ich. »Die lange Brücke mit den diagonalen, gekreuzten Eisenträgern, die meiste Zeit leer, im Dunkeln, müßig und verschwommen, genau wie eine jener ergebenen, zweitrangigen Gestalten der Kindheit, die sich später entziehen, um nach langer Zeit, wenn sie gerufen werden, nur für die Dauer eines Augenblicks wieder zu erscheinen und aufzuleuchten und sich sogleich wieder im Dunkel ihrer unbekannten, austauschbaren Existenzen zu verlieren, nachdem sie ihren kurzen Dienst geleistet oder das Geheimnis offenbart haben, das man plötzlich von ihnen fordert. Genau wie die Kinderfrau Hilla oder wie das alte Dienstmädchen, das mich mit meinen drei Brüdern durch die Calle de Génova oder de Covarrubias oder de Miguel Ángel begleitete: die indische Kinderfrau Hilla und das alte Madrider Dienstmädchen, die austauschbar sind und nur existieren, damit das Kind, immer wenn es das Bedürfnis danach spürt, durch sie hindurchgehen kann.« Und während Clare Bayes mir erzählte, was sie gesehen hatte und nur mit dem Bewußtsein erinnerte, dachte ich es am Fußende des Bettes und schaute dabei auf ihre schlanken und kräftigen Beine, auf die Vorderseite ihrer Beine und den Rand ihres Slips: Das englische Mädchen schaut jetzt auf die schwarze Eisenbrücke und wartet, daß ein Zug sie überquert, um zu sehen, wie sie aufleuchtet und sich im Wasser spiegelt, einer dieser Züge mit lebhaften Farben, voller Licht und unhörbarer Geräusche, welche den Yamuna von Zeit zu Zeit überqueren, den Jumna, den sie geduldig von ihrem Haus in der Höhe anschaut, wenn die Dunkelheit schon hereingebrochen ist. Aber dieser Zug erscheint noch nicht, und über die im Dunkeln liegende Brücke gehen dafür jetzt zögernd und furchtsam zwei Gestalten, die vielleicht über die Schienen stolpern und auf den Kies treten, zwei Gestalten, die John Gawsworth und die Mutter des Kindes sind, das schaut, Clare Newton, eine Frau, die jung ist, jünger als ihre Tochter heute abend in Brighton. Sie gehen Hand in Hand, und es ist Armstrong, der die Mutter führt, sie stützen sich auf die diagonalen, gekreuzten Eisenträger, sie klammern sich an sie, als fürchteten sie, hinzufallen und ins Wasser zu fallen, obwohl es sein kann, daß sie deshalb auf die Brücke gegangen sind, um zu fallen und unterzugehen, oder vielleicht ist es nicht so, und sie überqueren einfach nur zu Fuß die Brücke, unter Schwierigkeiten, vielleicht fliehen sie, oder sie sind benommen oder verstört oder betrunken oder krank, vielleicht wissen sie nicht, was sie tun. Das Mädchen erkennt sofort ihre beiden Gestalten im Dunkel, weil beide weiß gekleidet sind und eine von ihnen seine Mutter ist (und weil die künftige Clare Bayes nur Augen für die Eisenkonstruktion hat, die tausendfarbige Waggons ankündigt). »Da ist Mama«, sagt das Mädchen und weist auf die Brücke, und die Kinderfrau schenkt ihr zunächst keine Beachtung, sie hebt ihren Blick nicht und trällert weiter irgendein nichtssagendes Lied, während sie näht oder nichts tut und sich darauf beschränkt, die Hände dicht beieinander im Schoß zu halten und über das Mädchen zu wachen, das man ihr anvertraut hat. Das Mädchen sieht, wie der Mann, der vielleicht Gawsworth ist, der Mitte der Brücke zustrebt, die Mutter immer im Schlepptau, und obwohl das Mädchen es noch nicht weiß – die Kinderfrau wird es ihm während ihrer künftigen Kindheit ins Ohr flüstern, aber erst viel später wird sie ihm alles erzählen: erst, wenn man es von ihr fordert, wird sie es erzählen –, befinden sie sich auf der Brücke, von der sich mehr als ein unglückliches Liebespaar hinabgestürzt hat. Aber vielleicht werden sie sich nicht hinabstürzen, wenn es auch sein kann, daß sie an jenem Abend schon ein unglückliches Liebespaar sind, das sich jedoch aus einem anderen Grund auf der Brücke befindet, wer weiß, vielleicht weiß selbst Gawsworth, der die Mutter führt, den Grund nicht sehr genau. Armstrong holt seine Metallflasche aus der Tasche seines weißen Jacketts, aber er bringt keinen Toast mehr aus und hält auch keine Reden und nähert sie auch nicht den Lippen der ersten Clare Newton, die immer so viel lachten (den so oft geküßten Lippen), sondern er trinkt hastig ein paar Tropfen, es fast vor der Frau verheimlichend, die ihn liebt und ihm folgt: Sie hält den Blick gesenkt, während er ihn erhoben hält, mag sein, daß ihr schwindlig ist, daß sie unwillkürlich nach unten sieht, in den breiten Fluß mit den blauen Wassern (oder schwarzen Wassern, denn es ist dunkel), und daß es außerdem keine andere Möglichkeit gibt, sich langsam an sie zu gewöhnen, denn vielleicht wird die Mutter sich tatsächlich hinabstürzen, möglicherweise ist sie stärker dazu entschlossen und fragt sich, ob Gawsworth oder Terry Armstrong ebenfalls springen wird, wie sie es sich versprochen und wie sie es geplant haben. Der ersten Clare Bayes entgeht es nicht, daß er immer wieder einen Schluck aus seiner Metallflasche nimmt, vielleicht um sich – auch er – langsam an die Flüssigkeit zu gewöhnen, die sie erwartet; und auch der Kinderfrau entgeht es nicht, die mittlerweile zur Brücke schaut, weil das Mädchen nicht lockergelassen hat (»Schau, da ist Mama mit einem Mann«), obwohl sie verdutzt schaut und noch nicht begreift, was sie sieht. Vielleicht haben sie es sich versprochen und es geplant und es in der vergangenen Nacht vereinbart, die Mutter und der Mann, oder während des Tages, in einem Hotelzimmer, und sie haben es vereinbart (Clare Bayes weiß es nicht, niemand weiß es), weil ihnen keine andere Lösung einfällt, als rasch ein Ende zu machen, Gawsworth ist ein Unglücksmensch, und seine Vernunft trübt sich, und außerdem ist er nicht ernst und scherzt und spielt (sein Denken ist erratisch, sein Charakter schwach), und er kann nicht akzeptieren, daß das Leben sich auch seiner angenommen hat, daß es ihm einen Mittelpunkt und eine Bürde zuweist, der König von Redonda kann keinen Erben gebrauchen oder die Verantwortung für ein Kind übernehmen, er kann nicht einmal die Verantwortung für die Frau übernehmen, die er liebt und die eines von ihm trägt, vielleicht könnte er es nicht einmal dann, wenn sie keines trüge. Und Clare Newton hat es mit ihm vereinbart (Clare Bayes weiß es nicht, niemand weiß es), weil sie verängstigt und verzweifelt ist, seit drei Nächten und vier Tagen ist sie allein und ohne Wohnung und vielleicht ohne Geld, in billigen Hotels, oder womöglich ist sie durch die jetzt ungastliche Stadt geirrt, während Armstrong auf sich warten läßt und niemand da ist, der sich um sie kümmert, drei

Nächte und vier Tage in Bestürzung und Entsetzen, ohne glauben zu können, was geschieht: Ihr Wille irrt umher, sie kann ihn nicht mehr zurückhalten, sein Entfliehen hinauszögern, er gehört ihr nicht mehr ganz, wie der eines Kranken oder eines Alten oder wie der eines Gestörten. Er trinkt, sie schaut auf das Wasser. Beide bleiben in der Mitte der Brücke stehen, sie schwanken hin und her. Gawsworth legt ihr den Arm – seinen starken Arm – um die Schultern, wie man den Arm um Menschen legt, die man beschützt und liebt, und mit der anderen Hand klammert er sich an einen diagonalen Eisenträger, der sich mit einem anderen kreuzen wird, und in der ersten Hand wird er die Metallflasche halten, die sicher leer ist, obwohl er es nicht bemerkt hat. Jetzt schaut Armstrong nach unten, die Mutter dagegen nach oben, wobei sie versucht, den Garten ihres Hauses auszumachen, in das sie nicht zurückkehren wird, und ihre Tochter in der Höhe, und sich fragt, ob sie wohl noch immer schaut, in der Hoffnung, sie möge nicht mehr schauen, die Kinderfrau Hilla möge sie schon zu Bett gebracht haben und ihr etwas vorsingen, weil der Postzug schon vorbeigefahren ist, der aus Moradabad kommt und für das Mädchen das Ende des Tages anzeigt (aber Clare Newton weiß nicht, daß dieser Zug auch heute große Verspätung hat). Das Liebespaar, das erst seit kurzem ein unglückliches Liebespaar ist, verharrt reglos, setzt seinen Weg nicht fort, dieses Paar überquert die Brücke nicht ganz. Und in diesem Augenblick erscheint hinter einer Biegung der Postzug aus Moradabad, der Zug, den das englische Mädchen wie jeden Abend ihrer gegenwärtigen und künftigen ausländischen und südlichen Kindheit erwartet, dieser Zug, der immer mit unberechenbarer Verspätung kommt (niemand kann sie berechnen, und an diesem Abend hat sie niemand berechnet) und deshalb, obwohl er sich bereits seinem Ziel nähert, niemals seine Geschwindigkeit verringern zu wollen scheint. Gawsworth wendet den Blick zu dem auftauchenden Zug, während die Mutter ihn kommen hört (sie hört auch das Sirren des Eisens, das für das Mädchen unhörbar ist), ohne nach ihm schauen zu müssen, sie schaut nur wieder das Wasser an. Der Mond ist fleischig und zieht dahin und ist wie ein Splitter. Und dann hebt Armstrong den Arm, den er um die Schultern der ersten Clare Newton gelegt hat, macht sich frei und läßt sie los, und mit beiden Händen – mit jenen Händen, die Flugzeuge steuerten und um Almosen bitten werden – klammert er sich an die diagonalen, gekreuzten Eisenträger und preßt sich mit dem Körper an sie, die Trunkenheit ist plötzlich vorbei, die Flasche losgelassen und heruntergefallen, seine Augen sind weit aufgerissen und entsetzt, wie die des Hundes von Alan Marriott, kurz bevor ihm auf dem Bahnhof in Didcot die linke Hinterpfote abgefahren wurde. »So viele Dinge halten uns zurück«, denkt Gawsworth vielleicht, an die Eisenträger geklammert, »und es kann noch alles geschehen.« Oder vielleicht denkt er es nicht, er weiß es. Auch die Mutter muß es wissen, aber dennoch hält sie bis zum letzten Moment mit ihrem Körper dicht am Gleis stand – mit ihrem Körper, der sich zu wölben beginnt über dem, was noch nicht Clare Bayes' jüngeres Geschwister ist und auch nicht sein wird –, sie folgt Armstrongs Beispiel nicht, die beiden Liebenden tun nicht das gleiche, und statt sich ebenfalls an den Eisenträgern festzuhalten, fällt oder springt die Mutter durch sie hindurch, sie stürzt sich ins Wasser mit ihrem weißen Kleid (weiß wie das Haar von Cromer-Blake und wie das von Rylands und wie die Brüste von Muriel, der falschen

Dicken aus Wychwood Forest), Clare Newton mit Namen. Und während Clare Newton springt und Terry Armstrong nicht springt, fährt der Zug vorbei und nimmt die ganze Eisenbrücke ein, von einem Ende zum anderen, und beleuchtet den Fluß mit seinen Fenstern (die Männer auf den Lastkähnen geraten aus dem Gleichgewicht, während sie nach oben schauen), und das ist das Bild, das dem Mädchen hilft, in den Schlaf zu finden und sich mit der Vorstellung des nächsten Tages in einer Stadt abzufinden, zu der sie nicht gehört und die sie erst dann als ihre sehen wird, wenn sie sie verlassen hat und ihrer nur noch mit ihrem Sohn oder einem Liebhaber mit lauter Stimme gedenken kann, denn Liebhaber wie Kinder dienen hauptsächlich dazu, unsere Geschichte anzuhören. Die Mutter fällt mit ihrem Gefühl von Niedergang, mit ihrem Gefühl von Bürde, mit ihrem Gefühl von Schwindel, von Fall und Leibesschwere und Gewicht, mit ihrem gewölbten Körper und ihren verschwommenen Gesichtszügen, mit ihrer falschen Korpulenz und ihrer Hinfälligkeit. Und die Augen von Gawsworth – die jetzt schon seit Jahren geschlossen sind und keinen irgendwie gearteten Blick mehr haben – sehen, wie sie fällt und wie der Körper der Person untergeht, die er liebte; und das Mädchen Clare betrachtet von der Höhe aus, wie in den blauen Wassern des in der Nacht glänzenden hellen Flusses der Körper der Person verschwindet, die es liebte – die Mutter, an die sie sich heute abend in Brighton nicht erinnern kann; und vielleicht sieht auch der Vater vom Rand des Gartens, vom Haus her, wie der Körper der Person, die er noch immer liebte, lange nicht an der Oberfläche erscheint und überhaupt nicht erscheint. (Alle drei sehen, wie die geliebte Person sich umbringt.) Und es ist die Kinderfrau Hilla, die sieht, daß die Männer der Lastkähne den geliebten Körper nicht finden, den die Strömung mitgerissen hat, wer wird das Geheimnis offenbaren, denn weder Terry Armstrong noch der Vater werden es tun, und auch nicht die Eisenbrücke über den Jumna. Und als der Zug vorbeigefahren ist und Clare Bayes, die damals Clare Newton war, schon die hin und her pendelnde Laterne des letzten Waggons aus den Augen verliert und ihr mit der Hand einen Abschiedsgruß zugewunken hat, der niemals um einer Antwort willen erfolgte, denn die Person, die ihn hätte erwidern können, war nicht mehr da, liegt diese Brücke wieder leer da, im Dunkeln, müßig und verschwommen. Auf ihr bleibt nur ein paar Sekunden lang die andere weiße Gestalt, die sich vielleicht in den Yamuna hinunter erbricht, wie ein Bettler aus Oxford in den Isis, bevor sich im Laufschritt, entsetzt, der letzte König von Redonda entfernt, der Schriftsteller John Gawsworth, der *Wahre Schriftsteller*, der nicht mehr schreiben und keine Spur hinterlassen wird. Oder nur eine Metallflasche, die vielleicht seit jener Nacht plattgedrückt, verrostet und leer dort zwischen den Schwellen liegt.

Und als Clare Bayes ihre Erzählung beendet hatte, stand ich vom Boden auf und kehrte an mein Fenster zurück und schaute abermals hinaus, während ich dachte: »Aber es kann nicht sein und wird nicht sein und ist nicht.«

Sie verließ das Bett und kam auf mich zu, und dann schauten wir beide schweigend aus jenem Fenster, aus dem in der Ferne jene phantastische Imitation der Paläste des Landes ihrer Kindheit zu sehen war: Der Mond schien, und es war wolkig; ihre Brust berührte meinen Rücken. Clare Bayes streichelte mit der Hand meinen Nacken, und ich drehte mich um, und wir schauten uns an, als wären wir einer des anderen wachsame und mitfühlende Augen, Augen, die aus der Vergangenheit stammen und nicht mehr zählen, weil sie schon seit langer Zeit wissen, wie sie uns sehen müssen: Vielleicht schauten wir uns an, als seien wir beide ältere Geschwister und als bedauerten wir, einander nicht stärker lieben zu können. Oder mehr als geschwisterlich. Und in diesem Augenblick konnte ich mich nicht der Erinnerung an einige Verse erwehren, die ich als Zitat gelesen hatte, an die Verse eines anderen englischen Autors, über den man (im Gegensatz zu Gawsworth) viel weiß, abgesehen von seinem obskuren Tod, der gewaltsam war und legendär ist und den man sich hat vorstellen müssen wie den von Clare Newton: Er starb durch einen Messerstich noch vor seinem dreißigsten Lebensjahr, an einem Trinity-Tag, am dreißigsten Mai vor vierhundert Jahren, in Deptford, was Tieffurt hieße, in der Nähe der Themse, wie man den Isis überall und zu allen Zeiten kennt, außer bei seiner Durchquerung von Oxford. Und ich dachte: »*Thou hast committed fornication: but that was in another country, and besides, the wench is dead.*« Oder, dasselbe: »*Du hast Unzucht begangen: aber das war in einem anderen Land, und außerdem ist die Dirne tot.*«

Am nächsten Tag, als Clare Bayes mich mit ihrem Wagen an der Tür meines Hauses in Oxford absetzte (obwohl es nicht dunkel war, verbargen wir uns nicht mehr), sah ich, daß die blumenverkaufende Zigeunerin, die sich an Feiertagen gegenüber dem Haus aufstellte, gerade von ihrem unsichtbaren Ehemann mit seinem sauberen, modernen Lieferwagen abgeholt wurde. Das bedeutete, daß der Tag trotz des unveränderlichen, schwebenden und lauen Lichts des Frühlings bereits zur Neige ging und daß wenig fehlte, bis das schwache Rad der Welt sich wieder in Bewegung setzte und die Ruhe ein Ende fände. Mir wurde mit Freude bewußt, daß ich mir einen aus der Unendlichkeit verbannten Sonntag erspart hatte.

Zwei der drei sind gestorben, seit ich Oxford verlassen habe, aber keiner der beiden ist Clare Bayes, sondern es sind Toby Rylands und Cromer-Blake, die gestorben sind, und so war es vorgesehen, daß sie es sein würden. Der meine väterliche und mütterliche Gestalt und mein Führer in dieser Stadt gewesen war, starb vier Monate nach meiner Abreise und erlebte keinen weiteren Michaelmas und auch kein weiteres Studienjahr mehr, und so war mein letztes und zweites Jahr auch das letzte von Dr. Cromer-Blake, der seit sehr viel längerer Zeit im Wasser schwamm. Und es war Toby Rylands, der zwei Jahre später (also erst vor zwei Monaten) sterben sollte, der mir in einem Eilbrief die Nachricht mitteilte und seine Tagebücher aufbewahrte, die später, als auch er starb, seinem letzten Willen und Testament gemäß in den Süden gereist sind, damit ich sie aufbewahre. Der Brief von Rylands war sehr knapp, als wollte er nicht viel sagen über das Ereignis, auf das man so sehr gefaßt gewesen war, und auch nicht über denjenigen, der nach seinem Tod zu dem Spiegel wurde, in dem er sich jetzt sicher nicht sehen wollte: als wäre es jetzt Rylands, der nicht bereit war, Cromer-Blake zu besuchen, weder sein Grab noch seine Erinnerung.

Cromer-Blake wurde in London beerdigt, wo er geboren wurde (im Norden), und obwohl man keine Kollekte veranstalten mußte, um die Beerdigung dessen zu bezahlen, der es nicht zum *bursar* gebracht hatte, wohnten seinem Begräbnis nicht viele Personen bei, fast nur die (so solidarischen, so humorvollen) Kollegen der Tayloriana. Der Geistliche, der das Responsorium zelebrierte und das Wort ergriff, war so geschmacklos, die in der katholischen Kirche von Marble Arch anwesenden Kinder auszuschließen, Kinder von zwei Kollegen, die ihre Eltern begleitet hatten, um die Reise am Samstag auszunutzen und den Rest des Tages im Londoner Zoo zu verbringen. Von Cromer-Blakes Familie (er hatte Eltern, einen unverheirateten Bruder und eine verheiratete Schwester) war nur sein Bruder Roger anwesend, der anscheinend sofort nach dem Ende der Zeremonie, ohne jemanden zu begrüßen, in einem Sportwagen (vielleicht einem Aston Martin) davoneilte. Weder sein Freund Bruce noch auch Dayanand waren zugegen, von dem Cromer-Blake sich den Tagebüchern zufolge, die ich ganz gelesen habe, ohne mehr als einige Teile zu verstehen, in seinen letzten Monaten endgültig entfernt hatte. Von seinem *college* waren einige Mitglieder anwesend, wenn auch nicht der *warden* Rymer, dem er den einen oder anderen Gefallen erwiesen hatte – mit dem er ein Herz und eine Seele war –, wohl aber der Ökonom Halliwell, den alle nach dem Ende der Begräbnisfeierlichkeit geflohen haben dürften, um nicht von seinem einzigen Gesprächsthema ertränkt zu werden. Die Nachricht vom Tod Cromer-Blakes erschien »in zwei überregionalen Zeitungen, beide wenig freundlich«, wie Rylands sich rätselhaft ausdrückte. Der emeritierte Professor war knapp in seinem Brief, man konnte sehen, daß er ihn in Eile verfaßt hatte, um sich so rasch wie möglich seiner Pflicht zu entledigen, aber doch bewegt. »Cromer-Blake wußte seit fast einem Jahr, was er hatte, er wußte es seit dem vergangenen Dezember. Wie tapfer er war. Vor der

Welt ertrug er seine schreckliche Verurteilung unbekümmert, das sagen alle, die ihn weiterhin sahen. Es ist überraschend, wie manchmal Menschen, die uns ›unwahrscheinlich‹ erscheinen, großen Mut beweisen. Wie ungeheuer traurig. Ich kann nicht aufhören, an ihn zu denken.« Das und wenig mehr war der Eilbrief, in dem er mir am Ende eine Londoner Adresse mitteilte, an die ich, falls ich es wünschte, zum Gedenken an Cromer-Blake eine Spende für eine Wohltätigkeitsinstitution schicken könnte.

Ich habe nichts geschickt, obwohl ich es mir vornahm. In Wahrheit versuchte ich, seinen Tod zu vergessen, seit ich ihn erfahren hatte, und dies gelang mir zum Teil, weil es nicht unmöglich ist, so etwas zu vergessen, wenn der Tote weit entfernt ist und der Lebende schon begonnen hatte, der Vergangenheit anzugehören. Das letzte Mal, als ich ihn sah, ging es ihm wieder mittelmäßig oder schlecht. Liebenswürdig wie immer, hatte er sich erboten, mich mit meinen riesigen Koffern voller Bücher in seinem Wagen zum Bahnhof zu bringen, von wo aus ich nach London fahren würde und später dann weiter mit dem Zug und dem Hovercraft und wieder mit dem Zug nach Paris und von dort nach Madrid, in den Süden. Aber am Abend vor meiner Abreise fühlte er sich schlechter und rief mich an, um mir zu sagen, es sei besser, wenn er am nächsten Tag das Haus nicht verließe. Ich legte also eine Pause in meinen Vorbereitungen ein und ging zu seinem *college*, um mich von ihm zu verabschieden. Obwohl der Juni gerade zu Ende ging und eine sehr angenehme Temperatur herrschte, empfing er mich auf seinem Sofa liegend und von einer Decke bedeckt, als wäre er Saskia: Der Katarakt, der seine Beine umhüllte, war jetzt kariert, der Talar hing hinter der Tür, schwarz, sehr lang, so wie jetzt der meine bei mir zu Hause in Madrid hängt. Er hatte einen Teil seiner ästhetischen Verkleidung verloren. Der Fernsehapparat war eingeschaltet, eine Oper ohne Ton. Er sagte, ihm sei kalt, er habe etwas Fieber, ich erinnere mich nicht, worüber wir sprachen, ich habe es vergessen, so wie man die Dinge vergißt, denen man zu ihrer Zeit keine Bedeutung zumißt, die Dinge, die nicht bewegen, weil man sie nicht im Wissen darum tut, daß das, was man sagt oder tut – oder sieht –, Bedeutung und Gewicht besitzt. Dieser Abschied besaß sie damals nicht, oder nicht sehr, vielleicht wollte ich glauben, daß Rylands mit seinen Prophezeiungen übertrieb (denn Cromer-Blake zeigte sich so unbekümmert), und ich war mit meinem Kopf mehr bei meiner Abreise, bei dem, was mich erwartete (im Künftigen, im Klaren und im Ebenen), als bei dem, was ich verließ (im schon Vergangenen und im Nebelhaften, im Unebenen und Brüchigen). Ich erinnere mich nur, daß er noch viel blasser war als sonst, während er unfreiwillige Blicke auf einen stumme Laute ausstoßenden Falstaff warf, aber daran war nichts Besonderes: In Examenszeiten wird die Haut der *dons* immer blaß. Seine besaß an jenem Abend fast die Farbe seines vorzeitig ergrauten Haares, das von Grau immer mehr zu Weiß überging. Ich blieb nur kurz, es war spät. Ich mußte zu Ende packen, und er wollte vielleicht Falstaff hören.

Die letzten Anmerkungen seiner Tagebücher, die ich jetzt aufbewahre, sind äußerst kurz und lustlos, zwei oder drei Zeilen jeden Tag, an dem er etwas schreibt, und es sind bei weitem nicht alle Tage. So heißt es zum Beispiel am 3. September: »Heute ist mein Geburtstag. Ich habe es auf achtunddreißig gebracht. Ich bin nicht mehr jung. Clare hat mir einen selbstgestrickten Wollpullover geschenkt. B. nichts, er hatte ihn vergessen.« Und drei Tage später, am 6., beschränkt sich die Eintragung auf noch weniger: »B. will nach London ziehen. Meine Stadt, absurd. Es kommt mir sehr weit vor, obwohl es nur eine Stunde entfernt ist.« Dann folgt nichts mehr bis zum 12., wo er schreibt: »Heute habe ich angefangen, den *Quijote* wieder zu lesen, ich hoffe, ich schaffe es, ihn diese oder nächste Woche zu beenden. Vielleicht sollte ich mit dem zweiten Teil beginnen.« Und dann, am 14.: »In sieben Tagen ist der Sommer zu Ende. Ich bin es leid. Mich schlecht zu fühlen und den Sommer.« Und am 20. spricht er von mir: »Heute ist der Geburtstag unseres lieben Spaniers. Er ist vierunddreißig geworden, auch er ist nicht sehr jung. Ich habe ihn in Madrid angerufen, aber er war nicht da.« (Und es stimmt, daß ich an diesem Tag nicht zu Hause war, nicht einmal in Madrid, sondern in Sanlúcar de Barrameda, mit Luisa, die heute meine Frau ist und die ich einen Monat zuvor in Madrid kennengelernt hatte.) Die folgende Eintragung stammt vom 29. und scheint aus einem Notizbuch oder einem Kalender abgeschrieben zu sein, denn es heißt nur: »Michaelis und alle Engel. Siebzehnter Sonntag nach Trinitatis (achtzehnter nach Pfingsten). Erster Tag des Quartals. Die Sonne geht um 7 Uhr 02 auf, sie geht um 18 Uhr 47 unter. Vollmond um 0 Uhr 08.« Dann folgt nichts mehr bis zum 7. Oktober, an dem er schreibt: »Mond im abnehmenden Viertel um 5 Uhr 04. Toby hat angerufen, ich habe Vorwände vorgebracht, damit er mich nicht besucht. Armer Alter, er begreift nichts.« Und am 14.: »Neumond um 4 Uhr 33. Heute beginnen Michaelmas und der Unterricht, und ich kann keinen erteilen. Dewar und Kavanagh waren sehr freundlich und haben sich erboten, mich so lange zu vertreten, bis ich mich erholt habe.« Die letzte Eintragung stammt vom 17., und in ihr heißt es: »Heilige Etheldreda, Königin von Northumbria gegen ihren Willen, das dumme Stück. In ein paar Jahren wird diese Krankheit heilbar sein, mit Sicherheit, eine Bagatelle. Wie ich es satt habe.« Er starb am 19., am zwanzigsten Sonntag nach Trinitatis (am einundzwanzigsten nach Pfingsten) und am Tag der heiligen Frideswide (zumindest in Oxford). Die Sonne ging um 7 Uhr 38 auf und um 18 Uhr 01 unter, und der Mond stand im zunehmenden Viertel um 20 Uhr 13. Cromer-Blake erlebte das erste und auch das zweite, aber nicht diesen Mond.

Über den Tod des armen Alten weiß ich weniger oder so gut wie nichts, denn es gab keinen Cromer-Blake mehr, der ihn mir hätte berichten können, niemanden, der wenigstens gesagt hätte: »Wie ungeheuer traurig.« Es war Kavanagh, dynamischer und moderner als Rylands, der es übernahm, mich vor zwei Monaten in Madrid anzurufen, um es mir unter Verzicht auf Eilbriefe und Schenkungen mitzuteilen. Er war es auch, der mir die Tagebücher des ersten Toten geschickt hat. Aber ich weiß, daß Rylands es im Unterschied zu Cromer-Blake nicht vorher wußte, wenn denn dieser Satz für jemanden irgendeine Bedeutung besitzt. Ich meine, er war vorher nicht krank gewesen. Er befand sich nicht im Krankenhaus, sondern zu Hause, sein Herz blieb plötzlich stehen, unvermittelt, das ist alles. Ich weiß nicht, wann es geschah noch wo er sich aufhielt noch was er gerade tat. Vielleicht rief Frau Berry ihn zum Essen, und er kam nicht in die Küche, und dann ist Frau Berry vielleicht ahnungsvoll und vorsichtig zum Ufer des Cherwell gegangen, wo Rylands möglicherweise auf seinem kissenbedeckten Stuhl saß, um die herbstliche Sonne nicht ungenutzt zu lassen. Oder vielleicht näherte sie sich gar nicht, die zu ahnungsvolle Frau Berry, und ihr genügte ein Blick aus dem Fenster auf den gewaltigen gewölbten Oberkörper, der auf dem Stuhl zusammengesunken war. Das ins Gras gefallene Sherryglas. Den Blick ohne Autorität noch Farben. Den verrutschten gelben Pullover. Ich weiß es nicht, es ist nicht wichtig, es ist nicht ungeheuer traurig.

Es ist wenig Zeit vergangen, seit ich Oxford verlassen habe, aber alles ist sehr fern. Zu viele Dinge haben sich seither geändert oder begonnen oder aufgehört (jetzt beschäftigen und erfüllen mich die großen Projekte der treibenden Kraft Estévez und meine Frau Luisa und mein neuer Sohn). Rylands hat kein Buch über *Eine empfindsame Reise* veröffentlicht, und anscheinend hat sich auch unter seinen Papieren kein Manuskript gefunden, das diesem Text entsprechen könnte, den er mir an einem Sonntag am Ende von Hilary angekündigt hatte. In Wirklichkeit hat sich kein Text von ihm aus den letzten Jahren gefunden, nichts Unveröffentlichtes. Er hat sie vernichtet, oder aber sie haben nie existiert, und er muß diese Jahre seit seiner Pensionierung verbracht haben, ohne eine Zeile zu schreiben, untätig, den Blick auf den vorbeifließenden Fluß gerichtet, der zu allen Zeiten das Bild der Vergänglichkeit ist, oder auf irgendein Fernsehprogramm, und damit, seine rebellischen Schwäne zu rufen und seinen dankbaren Enten Brotkrumen hinzuwerfen und auf dem Postweg Ehrenbezeigungen zu erhalten, die immer unaufrichtiger wurden. Er muß gelogen haben, was sein Buch betraf, an jenem Sonntag, an dem er so viele Wahrheiten zu sagen schien. Vielleicht hat er bei allem gelogen, ich weiß es nicht, es ist nicht wichtig, mein Leben bewegt sich jetzt in anderen Bahnen, ich bin nicht mehr der gleiche, der zwei Jahre lang in Oxford gelebt hat, glaube ich. Ich bin nicht mehr verstört, obwohl meine damalige Verstörung nichts Besonderes war, sie war leicht und vorübergehend und artikuliert und logisch, wie ich schon gesagt habe, eine jener Verstörungen, die uns nicht daran hindern, weiter zu arbeiten noch uns vernünftig zu verhalten, noch korrekt zu sein, noch mit den anderen Menschen zu verkehren, als wenn nichts wäre; eine jener Verstörungen, die sicher von niemandem bemerkt werden als von dem, der sie empfindet, einer jener Zustände, die wir alle von Zeit zu Zeit erleben. Alles ist sehr fern, und meine stärkste Verbindung, jetzt, da nach Cromer-Blake auch Rylands gestorben ist und mit Kavanagh und Dewar kein Briefwechsel denkbar ist, besteht darin, daß ich aus meiner Geburtsstadt weiterhin meinen Beitrag an die Machen-Company entrichte und dafür und für einen Aufschlag weiterhin alle paar Monate eine detaillierte, manische Publikation über ihn oder den Zirkel seiner Freunde erhalte, unter denen bisweilen Gawsworth Erwähnung findet, aber ohne jede Angabe über sein Leben: Und gäbe es sie, so wollte ich sie doch nicht wissen, und deshalb habe ich nie einen der äußerst raren Titel des Königs ohne Reich gekauft, die manchmal, sehr teuer, in den extravaganten Katalogen angeboten wurden, die mir meine sonderbaren Antiquare noch immer aus Oxford und London zukommen lassen (aber niemals der Titel *Above the River*, den er mit neunzehn Jahren veröffentlichte und an dem Alan Marriott interessiert war). Ich vermute, daß Marriott selbst diese Pamphlete der Machen-Company kuvertiert und verschickt, aber ich weiß es nicht sicher, da niemand diesen Sendungen mit Poststempeln verschiedener Städte

(Chippenham, Lymington, Scarborough, er ist wohl viel unterwegs) je ein paar Worte hinzufügt. Ihn, Marriott, habe ich noch zweimal während meines zweiten Jahres in Oxford gesehen, nur aus der Ferne, mit seinem hinkenden Hund im Schlepptau, aber ich bin nicht auf ihn zugegangen, um ihn zu grüßen, und er ebensowenig. Seit den Tagen, in denen er mir gefolgt war und ich ihm überall begegnete, und seit seinem Besuch bei mir suchte er mich nicht mehr, das ist sicher. Vielleicht wollte er damals in Wirklichkeit nur ein neues Mitglied für seine Gesellschaft gewinnen, obwohl es sich nicht um eine herausragende Persönlichkeit handelte, und seine Beiträge kassieren.

Es war bloßer Zufall, daß ich Oxford allein verließ, ich beklage mich nicht: Cromer-Blake konnte mich nicht mit seinem Wagen begleiten, und es war schon zu spät, um einen anderen Kollegen darum zu bitten. Ich hatte mich drei Tage zuvor mit einem kleinen Fest von ihnen verabschiedet, und außerdem fuhr ich am nächsten Morgen sehr früh ab. Ich rief ein Taxi, ich betrachtete, verknotete und plazierte meine letzte Mülltüte, mein letztes *Werk*; ich ging hinaus und verschloß meine pyramidenförmige dreistökkige Wohnung, warf die Schlüssel durch den Briefschlitz an der Tür (sie fielen auf den Teppichboden und klirrten nicht); ich stieg in den Zug, ohne jemandem mit der Hand einen Abschiedsgruß zuzuwinken. Und als ich durch Didcot fuhr, wo der Zug eine Minute lang hielt, schaute ich, noch schläfrig, während dieser Minute aus dem Fenster, und auf dem gegenüberliegenden Bahnsteig, an dem die Züge in Richtung Oxford fuhren, sah ich Edward Bayes, der lachend eine Frau umarmte, die seine Umarmung erwiderte und mir dabei den Rücken zuwandte. Sie war blond und kurzhaarig; in der Hand hielt sie eine Zigarette; ihre

Knöchel wirkten zerbrechlicher (vollkommener vielleicht) durch ihre verliebte Haltung. Natürlich war es nicht Clare Bayes, aber ich würde auch nicht zu behaupten wagen, daß es das Mädchen vom Bahnhof in Didcot war, obwohl sie sich auf dem Bahnhof in Didcot befand. Ich glaube, auch dann nicht, wenn ich ihr Gesicht gesehen hätte – wenn sie sich umgedreht hätte –, denn schon damals war es so diffus, verschwamm es schon so sehr mit anderen wie jetzt, in meiner Erinnerung. Ich bin nicht erschrocken, ich hatte das Gefühl, daß mich das nicht betraf (ich war nicht dabei, ich schaute mit Schleier), und ich dachte nur, daß vielleicht auch Terry Armstrong in den fünfziger Jahren verheiratet gewesen war. Ich glaube, deshalb machte ich mir keine Sorgen um Clare Bayes, sicher, wie ich war und jetzt bin, daß ihr Mann und sie immer zusammenbleiben werden. Und ich versetzte mich wie andere Male an seine Stelle (an die Stelle des Ehemanns) und dachte nur, halb tot vor Müdigkeit: »Ich hoffe, daß sie nicht auf Rook treffen, wenn sie in den Zug steigen. Das würde ihnen Verdruß bringen, und es wäre aus mit dem Lachen, denn dies ist keine Zeit, um nach Oxford zurückzukehren.« Die Sonne war um 4 Uhr 46 aufgegangen und würde erst um 21 Uhr 26 untergehen, und ich weiß nicht, ob der Mond sichtbar wäre. Jedenfalls würde ich das schwebende, laue Licht nicht mehr erleben noch die Glocken hören, die rücksichtslos bei Einbruch der Dämmerung bimmeln.

Jetzt verändert sich das Licht nach und nach, hier in Madrid, und auch ich habe etwas, das ich schieben oder hinter mir herziehen muß, den Kinderwagen meines neuen Kindes, manchmal, im Retiro-Park, wenn die Dämmerung hereinbricht. Deshalb gleiche ich jetzt mehr Clare Bayes, die ihren Sohn Eric an der Hand führte, und Marriott, der an seinem hinkenden Hund zog, und Jane, der blumenverkaufenden Zigeunerin, die ihre Ware über den Bürgersteig schleppte, ohne daß ihr Mann je ausgestiegen wäre, um ihr zu helfen, und jenem alten Bettler, der seinen aus einem Feuer im Hafen von Liverpool geretteten Leierkasten mit sich führte und spielte. Und Gawsworth, der seinen viktorianischen Kinderwagen voller Bierflaschen durch die Shaftesbury Avenue schob, mit ruhigem Schritt der Dunkelheit zu; aber ihm gleiche ich auch weniger, weil das Leben sich schließlich meiner angenommen hat, es hat mir einen Mittelpunkt und eine Bürde zugewiesen mit diesem Kind, das ich manchmal vergesse und von dem ich noch nichts weiß, nicht einmal, ob es mehr mir oder seiner Mutter gleichen wird, die ich so oft küsse. Ich gleiche nicht mehr Dewar noch Rylands noch Cromer-Blake, die nichts vor sich herschoben oder hinter sich herzogen. Cromer-Blake und Rylands sind außerdem tot, was ebenfalls meine Ähnlichkeit mit ihnen verringert hat: Sie geben sich keinen Phantasien hin, ich hingegen gebe mich weiter Phantasien über das Kommende hin: über die treibende Kraft Estévez und über meine Frau Luisa und über das neue Kind, das uns normalerweise alle überleben wird, selbst das Kind Eric. Die anderen leben noch. Clare Bayes lebt, die einen anderen Liebhaber haben wird und mit der ich mich nicht schreibe. Dayanand lebt, der indische Arzt, obwohl nicht mehr lange, wie es scheint. Kavanagh lebt, der von Zeit zu Zeit nach Madrid kommt und mir von der statischen, in Sirup konservierten Stadt erzählt, der mir vom Wasser erzählt. Dewar lebt als Toter, der in drei Sprachen in seinem Zimmer deklamieren wird, allein, während sein weißer Ton erklingt, und wird mich vergessen haben. Will lebt, der alte Pförtner, der mit seinem klaren Blick (es gibt sie nicht in Madrid) unverändert grüßen und die Hand heben und die Zeit und meine Zeit verwechseln und vielleicht jemanden bei meinem Namen nennen wird (denn für ihn bin ich nicht fortgegangen, und für ihn sind alle Seelen lebendig); obwohl ich weiß, daß bislang noch kein Mr. Branshaw in der Tayloriana aufgetaucht ist. Muriel wird leben, so denke ich, im ehemaligen Wychwood Forest, zwischen seinen beiden Flüssen, in dem Ort, der einst ein Wald *war*. Ich besitze noch immer (ich lasse sie in einer Metalldose zusammen mit einem Paar Ohrringe klingen) einige Münzen von damals, die ich nicht ausgegeben habe. Ich hätte sie dem Kind Eric überlassen können, der in dieser Zeit zu den Ferien aus Bristol zurückkommen wird. Aber vielleicht möchte auch dieses neue Kind sie eines Tages sammeln. Das Kind Eric, das lebt und gedeiht.

Dezember 1988

Lizenzausgabe für die Büchergilde Gutenberg
Frankfurt am Main und Wien
mit freundlicher Genehmigung des
Klett-Cotta Verlags, Stuttgart
Die Originalausgabe erschien unter dem Titel
»Todas las almas«
bei Editorial Anagrama S.A., Barcelona

Umschlaggestaltung Anja Harms und
Ines von Ketelhodt, Oberursel
Gesetzt aus der Sabon-Antiqua von Uhl + Massopust, Aalen
Gedruckt und gebunden von Clausen & Bosse, Leck
Printed in Germany 1998 · ISBN 3 7632 4738 6